Für Dini

Alexandra Fuchs

Mitternachtsfarben

IM REICH DER DUNKELHEIT

Band I

Finde das Licht in der Dunkelheit!

Alex Fuchs

DRACHENMOND VERLAG

Copyright © 2018 by

Drachenmond Verlag GmbH
Auf der Weide 6
50354 Hürth
http://www.drachenmond.de
E-Mail: info@drachenmond.de

Lektorat: Kerstin Ruhkieck
Korrektorat: Lillith Korn
Satz: Marlena Anders
Layout: Astrid Behrendt
Illustrationen:
Umschlagdesign: Marie Graßhoff
Bildmaterial: Shutterstock

Druck: Booksfactory

ISBN 978-3-95991-923-4
Alle Rechte vorbehalten

Erster Teil der Dilogie

Für Mirjam H. Hüberli

Weil du an meiner Seite stehst, seit ich den ersten Fuß in die Autorenwelt gesetzt habe. Danke. <3

Für alle, die manchmal denken, dass sie allein auf der Welt sind und niemand sie versteht. Ihr seid nicht allein, manchmal strahlt ihr nur zu hell und könnt die Sterne um euch herum nicht erkennen.
Trotzdem sind sie da und ihr seid einer davon.

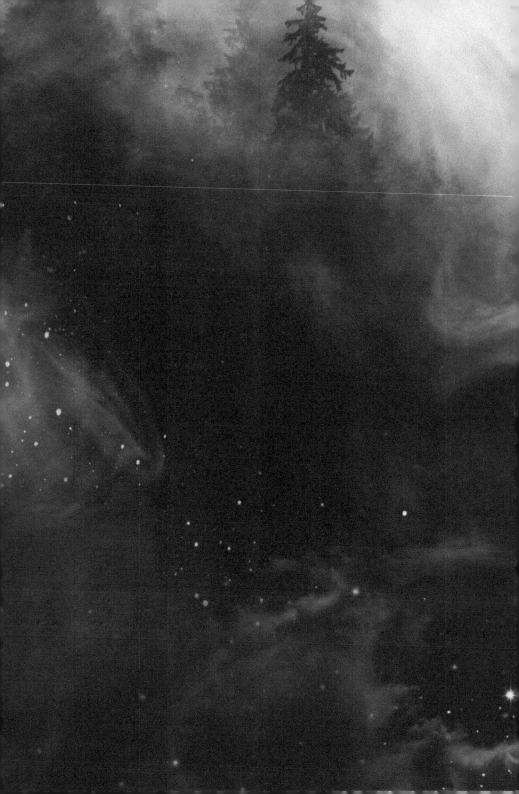

Playlist

Every Moment – Dead Times
Sowieso – Mark Forster
Meant to Be – Bebe Rexha feat. Florida Georgia Line
Don't Go Breaking My Heart – Backstreet Boys
Havana – Camila Cabello feat. Young Thug
Strong – London Grammar
Where Do Broken Hearts Go – One Direction
Just Hold On – Louis Tomlinson feat. Steve Aoki
I'm a Mess – Bebe Rexha
Sanctuary – Welshly Arms
Too Much to Ask – Niall Horan
Just Like You – Louis Tomlinson
Colorblind – Counting Crows
Strong – One Direction
The Chain – Fleetwood Mac
Seeing Bling – Niall Horan & Maren Morris
Sign of the Times – Harry Styles
Happy & Sad – Kacey Musgraves
Hold On – Chord Overstreet
Want You Back – 5 Seconds of Summer
Royals & Kings – Glasperlenspiel

Davor

Die Dunkelheit schließt mich ein und ich taste nach den letzten hellen Stellen, die ich irgendwo über mir ausmachen kann. Hektisch greift jemand nach mir, doch ich entgleite seinen Fingern, sinke tiefer, während die Kälte sich ihren Weg in meine Lunge sucht, sie lähmt und Atmen unmöglich macht. Trotzdem versuche ich es, sauge weitere Kälte ein und muss mir eingestehen, dass es hier und jetzt zu Ende geht.

Aufgeben kann ich nicht – noch nicht –, also winde ich mich, versuche freizukommen, einen Weg zwischen den Schatten in die Helligkeit zurückzufinden. Ich reiße die Augen auf, stelle meinen Blick scharf und sehe dennoch nur verschwommen. Wo ist oben? Wo ist unten? Und wo muss ich hin? Hoch!

Sicher?, schießt es mir durch den Kopf und ich schüttle ihn, um meine Gedanken zu klären.

Etwas greift erneut nach mir. Dieses Mal fühlt es sich anders an, absoluter, als könnte ich unmöglich entkommen. Angst breitet sich in mir aus, wird angefeuert von Panik und zwingt mich in die Knie. Mein Körper gehorcht mir nicht länger, verweigert sich jeder Bewegung, während meine Lunge ihren Dienst vollkommen quittiert und meine Lider schwer werden. Ich kämpfe gegen die Finger, die mir mittlerweile sanft über die Haut streichen, mich locken, ihnen zu folgen, und gegen meinen eigenen Körper, der mich im Stich gelassen hat.

Auf einmal verschwindet die Furcht und reine Glückseligkeit bleibt. Mein Verstand nimmt seine Funktion von Neuem auf und die Kälte ist restlos aus meiner Lunge verschwunden. Unglaublich, ich habe es wahrhaftig geschafft, bin der Dunkelheit entkommen, habe die Schatten hinter mir gelassen.

Oder?

MANCHMAL RENNT MAN NICHT SCHNELL GENUG, DAS CHAOS FINDET EINEN TROTZDEM

Montag, halb zehn, wo bleibt mein Knoppers? Anscheinend hat das Schicksal kein Mitleid mit mir, denn ich sitze nicht nur in der langweiligsten Kunstunterrichtsstunde, die die Menschheit je gesehen hat, sondern habe auch keinen Kaffee, geschweige denn ein Knoppers. Deswegen starre ich missmutig auf mein altersschwaches Smartphone, das ich hinter meinem Mäppchen versteckt habe, und lese Spiegel-Online-Artikel.

Ein Raunen durchdringt die Reihen und ich hebe meinen Blick, sehe verwirrt zu Mia, beste Freundin Nummer eins, die neben mir sitzt. Ihr wasserstoffblondes Haar hat sie zu einem Pferdeschwanz gebunden und mit der Nerdbrille und der weißen Bluse wirkt sie wie die Referendarin aus einem schlechten Porno. Nicht, dass ich wüsste, wie so eine aussieht ...

»Was ist los?«, flüstere ich und sperre mein Handy, um es in meine Tasche gleiten zu lassen.

Mia verkneift sich ein Lachen und deutet mit dem Kopf auf Herrn Degen, unseren Kunst- und Sportlehrer. Wahrscheinlich versucht sie, gewissenhaft wie immer, jeden kleinsten Kommentar, der über die Lippen des Lehrers kommt, zu notieren. Zu meinem Glück, da ich mir angewöhnt habe, ihre Notizen später zu kopieren. Ohne sie wäre ich aufgeschmissen. Aber dem Degen kann ich beim besten Willen nicht folgen.

Meine Mitschüler kichern verhalten und ich wende mich der Tafel und dem Bild zu, das ein Projektor an die Wand wirft. Verblüfft ziehe ich eine Augenbrauen nach oben.

Okay … Ein nackter Jüngling mit Engelsflügeln erstrahlt in einer Großaufnahme und selbst da ist sein bestes Stück mikroskopisch klein. Ehrlich.

»Verstehen Sie, was ich meine?«, fragt der Degen in diesem Moment und zieht meine Aufmerksamkeit auf sich. »Caravaggio schafft es, mit seiner Maltechnik eine Plastizität hervorzurufen, die greifbar wirkt.«

Aha. So oder so ähnlich. Für mich ergibt das meiste, was er sagt, keinen Sinn. Ich sehe ein Bild, das war's. Trotzdem habe ich Kunst als Leistungskurs und höre mir deswegen viermal die Woche an, wie ausdrucksstark dies ist und wie plastisch das.

Bullshit, wenn man mich fragt – was natürlich keiner macht. Wieso ich trotzdem diesen Kurs gewählt habe? Erstens, weil Mia Kunst liebt und ich so die Hälfte des Unterrichts neben ihr verbringe, und zweitens, weil ich gern zeichne und gut darin bin.

»Das müssen Sie spüren, oder?«, meint der Degen und mir ist unklar, worauf er hinauswill. »Die sexuelle Aufgeladenheit in diesem Werk ist einmalig und sucht seinesgleichen.«

Ähm, wie bitte? Das kann er unmöglich ernst meinen. Erneut betrachte ich die Abbildung, sehe den jungen Mann und sein kleines bestes Stück, und suche nach der sexuellen Spannung, von der mein Lehrer spricht. Ich finde sie nicht.

»Schon etwas pervers, bei einem Fremden von etwas Sexuellem zu sprechen«, gebe ich an Mia gewandt zu bedenken. Ihren glitzernden Augen entnehme ich leider, dass sie genau versteht, was der Degen von sich gibt, und ihm zustimmt. Trotzdem kichert sie, verkneift es sich aber, als sie einen mahnenden Blick von unserem Lehrer erntet. Mia ist Degens Musterschülerin, ihre Meinung ist ihm enorm wichtig, was lächerlich ist, immerhin ist er die Lehrkraft.

Ich ziehe mein Handy aus der Tasche, blende den Unterricht aus und checke Twitter. Keine neuen Beiträge von *5Minutes* – meiner absoluten, All-time-für-immer-und-ewig-Lieblingsband. Dass ich deswegen oft belächelt werde, ist mir egal. Wenn jemand meine Liebe zu Musik und Boybands kindisch findet, packe ich mein verbales Hackebeil aus. Das ist meine Sache, jeder sollte lieben können, was oder wen er will. Punkt.

Unruhe in der Klasse lässt mich erneut aufsehen. Weiterhin springt mir der Mikropenis nahezu entgegen. Ich seufze und versuche, mich zumindest ein bisschen auf den Unterricht zu konzentrieren.

»Fühlen Sie es? Die Pinselführung ... lassen Sie die Gefühle zu, es ist beinahe ... ja, man könnte sagen, man erlebt einen Orgasmus beim Betrachten«, erklärt unser Lehrer. Ich verschlucke mich an meiner Spucke und ziehe die komplette Aufmerksamkeit auf mich. Gelächter wird laut und alle schauen zu mir.

Mist.

»Herr Degen, entschuldigen Sie, ich wollte Sie nicht bei Ihrem Orgasmus stören«, sage ich, als ich wieder Luft bekomme und das Husten vorbei ist. »Ich war einfach überrascht und habe es selbst so sehr gefühlt ... es hat mich überrumpelt. Diese Malweise ...«, rede ich mich aus der Scheiße und höre, wie das Gekicher lauter wird. Der Degen merkt davon zum Glück nichts, nickt nur zustimmend und fährt mit seinem Vortrag fort. Puh.

»Juli!«, lacht Mia und ich drehe meinen Kopf zu ihr. »Das war knapp.«

»Ja ... und das Schlimmste: Er erwartet wirklich, dass wir ihm zuhören, obwohl er so einen Scheiß von sich gibt. Ehrlich, ich will nie wieder hören, wie einer meiner Lehrer über Sex spricht. Mir bluten die Ohren und die Augen und das Herz – alles! Schreib *Bloody Juli* auf meinen Grabstein. Und jedes Mal, wenn ein Lehrer dreimal hintereinander einen Orgasmus bekommt, erscheine ich und lasse ihm das Geschlechtsteil ausbluten.«

Mia kichert und hält sich eine Hand vor den Mund. Gott sei Dank klingelt in dem Moment die Glocke und erlöst mich von dem Gebrabbel meines Lehrers. In Windeseile packe ich Kunstbuch und Block sowie mein Mäppchen in meinen Rucksack und springe auf. Ich fühle mich besudelt und wünsche, ich könnte duschen. Vielleicht hilft ein Kaffee? Einen Versuch ist es wert, denn jede Situation wird durch das schwarze Allheilmittel besser.

»Mensa?«, fragt Mia, als hätte sie meine Gedanken gelesen und ich nicke.

Bella und Nils gesellen sich zu uns. Somit ist unsere Clique komplett – na ja, fast. Normalerweise würde jetzt Mauro zu uns stoßen, der keinen Kunstunterricht hat, doch seit wir uns getrennt haben, meidet er mich und die anderen. Das ist der Grund, wieso man nie etwas mit seinem besten Freund anfangen sollte – es geht nie gut. Dabei sind wir friedlich auseinandergegangen. Ich liebe ihn, aber mehr wie einen Bruder. Leider habe ich das zu spät festgestellt.

»Was zur Hölle war das bitte?«, meint Nils und ich brauche einen Moment, um seine Worte zuordnen zu können. Er spricht vom Unterricht, nicht von meinen Gedanken. Alles andere wäre echt gruselig gewesen.

Ich verdrehe die Augen. »Keine Ahnung, ich hab rein gar nichts gefühlt. Nicht bei diesem Mikropenis.«

Nils lacht und fährt sich durch sein blondes Haar, das wie immer perfekt gestylt ist. Manchmal ziehen wir ihn damit auf.

»Mikropenis«, kichert Bella und ihre Grübchen werden sichtbar. »Das lassen wir den Degen besser nicht hören.«

Ich gehe zielstrebig auf die Klassenzimmertür zu. »Besser ist das.« Meine Chucks quietschen auf dem Linoleumboden und ich checke noch mal mein Smartphone.

»Wie viele Tage sind es bis zum Konzert?« Mia deutet auf mein Smartphone. Manchmal frage ich mich, ob sie mich besser kennt, als ich es tue.

»Ich wollte …«, beginne ich.

»… nicht auf Twitter? Das wäre glatt gelogen, Juli«, unterbricht sie mich und ich schaue ertappt zu Boden, während wir in den Innenhof treten und direkt auf die Mensa zusteuern.

Lügen ist sinnlos, Mia kennt die Antwort. »Anfang August«, gestehe ich. »Lediglich ein Monat. Ich kann's kaum glauben.« Dann ist es soweit, ich werde 5Minutes zum ersten Mal live sehen, in Köln. Meine Aufregung steigt allein bei dem Gedanken daran in Sphären, die jenseits von Gut und Böse sind.

Trotzdem lasse ich das Handy sinken, sonst denken meine Freunde noch, ich sei ein Stalker. Derart schlimm ist die Liebe für die Band keineswegs. Ich mag die Musik der britischen Band und die Mitglieder, sie versüßen mir meinen öden Alltag und lenken mich von dem Chaos mit Mauro ab.

»Kaffee«, seufze ich, als wir endlich vor dem Automaten stehen. Hintereinander werfen wir je einen Euro in den dafür vorgesehenen Schlitz und nehmen unsere Pappbecher entgegen. Sofort trinke ich einen Schluck und verbrenne mir prompt die Zunge. Na ja, heißt es nicht, was man liebt, das verletzt einen?

Wir setzen uns an einen Tisch und Bella schnaubt gequält. Ihr rotblondes Haar hängt ihr ins Gesicht und sie versucht, es mit einem Zopfgummi zu bändigen. Klappt nur semioptimal.

»Was habt ihr am Wochenende vor?«, fragt Nils.

»Die Exkursion, habt ihr die vergessen?«, meldet Mia sich zu Wort und ich wende mich ihr zu.

Entsetzt ziehe ich meine Augenbrauen hoch. »Welche Exkursion?« Bella kichert und mir entgleiten die Gesichtszüge.

»Wir fahren in die Staatsgalerie«, informiert sie mich und ich erinnere mich endlich wieder.

»Mist, das hab ich verdrängt«, gestehe ich und nehme einen großen Schluck von meinem Kaffee. »Aber nur am Samstag, oder?«

Mia schüttelt den Kopf und ich schnaube genervt. Schule am Samstag *und* Sonntag, ich kann mir kaum etwas Schöneres vorstellen. »Wir übernachten doch in der Jugendherberge. Ganz ehrlich, wenn dein Kopf nicht angewachsen wäre, würde er in deinem Chaos verloren gehen.«

»Zum Glück hat Gott mitgedacht und keine losen Körperteile erschaffen«, gebe ich zurück und zwinkere ihr zu.

Die Glocke klingelt erneut. Das bedeutet, dass die 15-Minuten-Pause vorbei ist. Schwerfällig erhebe ich mich und schlurfe den anderen hinterher zur nächsten Stunde. Meine Lust strebt gegen Minus-Unendlich und ich kann mir tausend Dinge vorstellen, die ich lieber täte, als die folgende Mathestunde hinter mich zu bringen. Frau Fischer hasst mich. Keine Ahnung, was ich ihr getan habe. Allerdings mag sie keinen ihrer Schüler und vielleicht übertreibe ich ein wenig.

»Juli?«, murmelt Mia und reißt mich damit aus meinen Gedanken. Ich schaue auf. »Mh?«

»Wollen wir am Freitag einen Mädelsabend machen?«

Meine Augenbrauen wandern verblüfft in die Höhe. »Nur wir?« Mist, das klang zu fröhlich. Seit Mia mit Sasa zusammen ist, verbringen wir weniger Zeit miteinander. Sasa kann mich nicht leiden. So gar nicht. Nicht mal ein bisschen und das macht sich bemerkbar, wenn wir uns in einem Raum befinden. Ich habe versucht, nett zu ihr zu sein, und ich sehe, dass Mia glücklich ist. Aber es ist gemein und macht mich wütend, wenn Sasa mich immer wieder von der Seite anschnauzt. Ohne Grund. Und dieses Mal übertreibe ich kein bisschen.

»Ja«, bestätigt Mia und ich verkneife mir das fette Grinsen, das sich auf meine Lippen legen will. »Ich sorge für Pizza, du suchst die Filme aus? Meine Eltern sind bei Freunden und übernachten dort.«

»Das klingt perfekt«, meine ich und lasse die Andeutung eines Lächelns zu.

Zusammen betreten wir das Klassenzimmer und mir rutschen die Mundwinkel nach unten. Frau Fischer steht hinter ihrem Pult und ihre Augen haben diesen teuflischen Ausdruck, als hätte sie unglaublich Spaß daran, uns mit dem trockenen Stoff zu quälen. Wundervoll ... nicht.

Ich falle auf meinen Stuhl und Mia nimmt neben mir Platz. Während sie gewissenhaft die Utensilien, die sie für den Unterricht braucht, auf dem Tisch ausbreitet, checke ich Twitter. Ah, Louis hat etwas gepostet. Er ist das Bandmitglied, das ich am meisten mag. Oft schweigsam, ungern in der Öffentlichkeit, aber immer aktiv auf Twitter. Das eine oder andere Mal hat er sogar auf meine Antworten zu seinen Tweets reagiert und ich würde ihn dafür am liebsten abknutschen.

Louis Adams @mysteriousLou:
Hawaiipizza an die Macht. Die Weltherrschaft gehört uns. L

Darunter ein Bild, wie er in ein phänomenal großes Stück Pizza beißt. Scheiße, er ist verdammt heiß und dazu hat er mein absolutes Lieblingsessen in der Hand. Da läuft mir gleich doppelt das Wasser im Mund zusammen. Schnell tippe ich eine Antwort, bevor die Stunde anbricht. Immerhin schule ich meine Englischkenntnisse, daher ist es quasi Unterricht.

Juli @holyjulicamoli:
@mysteriousLou Ich bin der Pinky, du der Brain? Zusammen übernehmen wir die Weltherrschaft und dann wird Hawaiipizza zum Nationalgericht ernannt.

Dazu ein GIF, das eine Frau zeigt, die Herzchen anstatt Augen hat, während lauter Pizzastücke um sie herumfliegen. Lächelnd lege ich mein Handy weg und hoffe, dass die Briten die Serie »Pinky und der Brain« kennen.

In dem Moment betritt Mauro das Klassenzimmer und eine Traurigkeit breitet sich in mir aus, die mir die Luft aus der Lunge drückt. Es tut weh, ihn zu sehen und zu wissen, dass er mich ignoriert und mir am liebsten komplett aus dem Weg gehen würde. Ich hätte die Sache zwischen uns sofort unterbinden sollen. Leider dachte ich, dass ich etwas für ihn empfinde. Zu spät wurde mir klar, dass es lediglich die Liebe zu einem Bruder ist. Wir kennen uns fast unser ganzes Leben, sind zusammen aufgewachsen und haben gemeinsam Sandkuchen gebacken.

»Guten Morgen, Klasse«, sagt Frau Fischer und auch ich hole endlich die Mathesachen aus dem Rucksack.

Shit, habe ich die Hausaufgaben erledigt?

Hatten wir überhaupt welche?

Vorsichtig werfe ich einen Blick in meinen Kalender. Aufgabe zehn und elf hatte ich notiert. Mit einem mulmigen Gefühl schlage ich meinen Block auf, suche die Notizen der letzten Stunde und finde … Aufgabe zehn und elf. Puh, ich Glückspilz.

»Hast du mittlerweile mit Mauro gesprochen?«, flüstert Mia mir zu.

Ich nicke. »Er sagt, alles sei okay.«

»Klar«, meint sie sarkastisch.

Hilflos zucke ich mit den Schultern und dränge die Tränen zurück. Normalerweise weine ich beinahe nie, aber dieser ganze Postbeziehungstrennungsscheiß macht mir zu schaffen. Wir haben unsere Freundschaft zerstört. Oder besser: Ich habe es. Alles wäre einfacher, hätte ich mich in ihn verliebt. Leider habe ich das nicht und es erschien mir falsch, ihn anzulügen. Er ist – war – mein bester Freund, da sagt man sich die Wahrheit. Trotzdem will ich ihn verdammt noch mal zurück. Was gäbe ich für Hermines Zeitumkehrer. Dann könnte ich die letzten Wochen ungeschehen machen.

»Was ist wichtiger als Mathematik, Frau Gothe?«, fragt Frau Fischer direkt vor mir und ich schaue sie mit großen Augen an. Echt jetzt? Zwei Lehrer an einem Tag? Das ist mein persönlicher Rekord. Glücklicherweise ist Mathe meine letzte Stunde.

»Nichts?«, antworte ich.

»Ist das eine Frage?«

Ich schüttle den Kopf. »Niemals. Sie wissen doch, ich lebe für die Mathematik.«

Mia bricht in schallendes Gelächter aus und ich verkneife mir das Grinsen nur mit Mühe. Mathe ist mein schlechtestes Fach und ich kämpfte jedes Schuljahr aufs Neue um die Drei.

»Na, dann hoffe ich, dass Sie in anderen Dingen, für die Sie leben, erfolgreicher sind, sonst stelle ich mir das etwas trostlos vor.«

»Charmant wie immer«, rutscht es mir über die Lippen, bevor mein Gehirn meinen Mund stoppen kann.

»Das Kompliment nehme ich gerne an, vielen Dank.«

Sprachlos lehne ich mich zurück und bin mir unsicher, ob sie wahrhaftig denkt, ich hätte ihr ein Kompliment gemacht. Wenigstens dreht sie sich um, steuert auf die Tafel zu und lässt mich in Ruhe.

Tief seufzend spitze ich die Ohren und versuche, dem Matheunterricht zu folgen. Leider klingt alles, was Frau Fischer sagt, wie Kauderwelsch und nicht zuzuhören hätte dasselbe Ergebnis. Das muss Mia mir später erklären. Was ist eine Hypotenuse? Etwas im Dreieck? Mist, besser frage ich Nils irgendwann, Mia hat im Moment wenig Zeit für mich, da nutze ich jede freie Minute mit ihr und verschwende keine mit Matheaufgaben. Ich frage mich, wie um Himmels willen ich das Abi in diesem Fach schaffen soll, als Frau Fischer mir die Antwort liefert.

»Meine Lieben, wenn Sie mit dieser Arbeitsmoral weitermachen, werden sie Ihr Abitur in der Pfeife rauchen können.« Motivierend wie immer, die Gute.

Ein Stich im Rücken lässt mich zusammenfahren und ich drehe mich um. Nils grinst mich an, während ich mich mit meinem Stuhl zu ihm lehne. »Immerhin können wir dann was mit unserem Abi anfangen.«

»Denkst du eigentlich ständig ans Kiffen?«, flüstere ich.

»Nö, manchmal schmuggelt sich Kendall Jenner in meine Träume.«

»Lass mich raten, sie bringt dir einen fetten Joint.«

Langsam lasse ich mich nach vorn sinken und schreibe die Aufgabe von der Tafel ab, begleitet von Nils' Lachen. Wir verstehen uns wunderbar, haben denselben Humor und es tut mir gut, dass er über meine Witze lacht, während ich über seine schmunzeln kann.

»Weißt du«, flüstert Mia und dreht ihren Kopf in meine Richtung, »du kannst Freitag direkt deine Sachen für die Exkursion mitbringen und bei mir übernachten. Wir können zusammen losgehen am nächsten Morgen?«

»Klingt perfekt.«

Den Rest der Stunde bringen wir ohne weitere Vorkommnisse hinter uns und ich verlasse das Schulgebäude mit Kopfhörern auf meinen Ohren. Vor mir eilt Mauro die Straße entlang und ich senke den Kopf. Normalerweise gehen wir den Weg zusammen, da er wenige Häuser neben mir wohnt und unsere Eltern befreundet sind.

Die Jungs von *One Direction* rütteln mich wach und ich singe den Text lautlos mit. Musik ist mein halbes Leben und ich habe ständig einen Song im Kopf. Aber das ist okay, ich bin sogar dankbar, denn so ist es nie still.

Bis nach Hause dauert es kaum zehn Minuten und ich stoße zwei Lieder später die Haustür auf und nehme die Kopfhörer ab. »Mama, bin zurück.«

»Wo warst du denn, Schatz?«

Echt jetzt? Langsam geht mir diese *Phase*, wie mein Vater sie bezeichnet, echt auf die Nerven. Seit er sie vor einem Jahr für eine andere verlassen hat, dreht sie vollkommen durch. Ich werde es ihm bis an mein Lebensende übel nehmen, dass er uns im Stich gelassen hat. Mama wusste gar nicht, wie ihr geschah. Ihrer Meinung nach hatten sie eine vorbildliche Ehe geführt. Offensichtlich sah mein Vater das anders. Seitdem verhält sie sich komisch. Sie hat ihren Job gekündigt und befindet sich im Moment nach eigenen Angaben in der *Selbstfindung*, was auch immer das heißt.

»Schule«, rufe ich und gehe zu ihr in die Küche.

»Oh, am Wochenende?«

»Es ist Montag«, erkläre ich und sie zieht die Augenbrauen nach oben, schaut zum Kalender und schüttelt den Kopf.

»Aber natürlich ist heute Montag.« Mehr sagt sie nicht, während sie allerlei Gemüse und Obst in den Mixer wirft.

»Was wird das?«

»Smoothie, soll gesund sein«, informiert sie mich und ich verdrehe die Augen.

Ich betrachte sie einen Moment, beobachte, wie sie eine Mango malträtiert und zu einigen Gurkenscheiben und einem ... ist das wirklich ...? In der Tat ... einem Brokkoli in das Glasgefäß wirft. Kann man den überhaupt roh essen?

Mamas langes braunes Haar steht verstrubbelt vom Kopf und sie wirkt, als hätte sie sich erst vor wenigen Minuten aus dem Bett gequält, was sogar der Wahrheit entsprechen könnte.

Lautstark gibt der Mixer von sich, dass er die Mischung in seinem Inneren verabscheut, doch meine Mutter ignoriert das Geräusch. Sie drückt so lange den Knopf, bis keine Stückchen mehr zurückgeblieben sind, und schüttet die Masse schließlich in ein Glas.

»Probier mal.« Sie streckt mir den Smoothie entgegen und ich schüttle leicht den Kopf. »Jetzt komm schon. Du bist sowieso viel zu dünn geworden in letzter Zeit. Ist alles in Ordnung bei dir?«

Nein, Mama, nichts ist in Ordnung, sollte ich sagen, trotzdem schweige ich. Im Moment hat sie genug Probleme, da braucht sie keine weitere Belastung in Form meines postpubertären Mists. »Klar, nur die Abiturvorbereitung ist echt krass.« Die Lüge schmeckt bitter, trotzdem ist sie notwendig.

Mama kommt um den großen Tresen, stellt das Glas vor mir ab und legt einen Arm um meine Schulter. »Ach, Schätzchen, du machst dir zu viel Druck. Es gibt wichtigere Dinge im Leben.«

»Das hast du vor einigen Monaten noch ganz anders gesehen.« Zweifelnd betrachte ich die grüne Flüssigkeit. Lebt sie? Sieht ein bisschen so aus. Ekelhaft.

Mama schnaubt. »Ach!« Sie wischt meine Bemerkung mit der Hand weg und deutet auf das Glas. Widerwillig nehme ich es von der Küchenfläche, schwenke es ein wenig und rieche daran. Es riecht grün. Ernsthaft. Langsam führe ich es zu meinen Lippen. Leider schmeckt es genauso eklig, wie es aussieht. Ich kämpfe den Drang, zu würgen, nieder und bringe meine Mundwinkel dazu, sich ein Stück nach oben zu ziehen.

»Gesund«, murmle ich, was sogar der Wahrheit entspricht.

»Sage ich doch«, freut sich Mama und nimmt mir das Glas ab. Sie verzieht sich ins Wohnzimmer und ich gehe die Stufen in den zweiten Stock nach oben.

Als meine Eltern sich getrennt haben, ist Papa ausgezogen. Innerhalb weniger Tage hat er das halbe Haus ausgeräumt und ist mit seiner neuen Frau zusammengezogen. Das lässt mich vermuten, dass er die Trennung geplant hatte. Ich verspüre keinen Hass ihm gegenüber, trotzdem ist es schwer, mit anzusehen, wie meine Mutter kaum mit der Tatsache klarkommt, betrogen und verlassen worden zu sein. Es schmerzt, ihre Verzweiflung zu sehen. Seit ich denken kann, war sie anders, keine normale Mutter. Hat sich für Esoterik, Sternzeichen und solchen Kram interessiert. Mich in dem Glauben an das Schicksal erzogen: Alles hat einen Grund, passiert nicht zufällig und wird irgendwann Sinn ergeben. Doch seit Papa weg ist, hat ihre Einzigartigkeit ein neues Level erreicht und im Augenblick kann ich damit schlecht umgehen. Die Situation belastet mich und das Chaos mit Mauro und Mias Freundin Sasa macht es nur schlimmer. Danke, Schicksal.

2

ZWEIDEUTIGKEIT IST MEIN ZWEITER VORNAME, ALBERNHEIT MEIN DRITTER UND DUMMHEIT MEIN VIERTER

Den Rest der Woche bringe ich ohne weitere Orgasmen oder Mathematikdebakel hinter mich. Freitag bin ich nahezu euphorisch und kann den Abend kaum erwarten. Als ich das Schulgebäude verlasse, setze ich meine Kopfhörer auf und lausche endlich *5Minutes*. Die letzten Tage habe ich vor allem mit Lernen verbracht und das ist die einzige Tätigkeit, die ich nur ohne Musik zu hören ausführen kann. Zu meinem eigenen Leidwesen. Ich ziehe mein Handy aus der Tasche und öffne Twitter. Louis und die restlichen Bandmitglieder waren die Woche über ziemlich still. Vielleicht, weil die Tour kurz bevorsteht.

Dieses Mal habe ich Glück, mein Liebling hat just in der Sekunde etwas gepostet.

Louis Adams @mysteriousLou:
Esse eine Banane. L

Louis Adams @mysteriousLou:
Esse immer noch eine Banane. L

Sofort zaubern mir seine Worte ein Lächeln auf die Lippen und ich bin dankbar, dass es die fünf Jungs gibt. Auch wenn sie mich nicht kennen – abgesehen von der Tatsache, dass Lou manchmal auf meine Tweets antwortet – geben sie mir Kraft. Mir ist klar, wie das klingt, aber ich klammere mich an jeden Strohhalm, den ich habe. Und Musik ist ein guter.

Ich muss einfach antworten, der Tweet ist die perfekte Vorlage.

Juli @holyjulicamoli:
@mysteriousLou denke daran, was ich alles mit deiner Banane anstellen könnte.

Sekunden später twittere ich erneut.

Juli @holyjulicamoli:
@mysteriousLou denke immer noch daran, was ich alles mit deiner Banane anstellen könnte.

Zweideutigkeit ist mein zweiter Vorname und ich liebe es, albern zu sein.

Ich schaue hoch und erschrecke, kann gerade so bremsen, bevor ich mit jemandem zusammenstoße.

»Hey.« Schnell ziehe ich die Kopfhörer von den Ohren, um mich zu entschuldigen. Scheiße. Mauro sieht zu mir herab und mir fehlen die Worte, ich habe verlernt, zu sprechen oder zu denken oder zu atmen.

Er räuspert sich. »Ah … Juli … ich muss … also gehen.« Sein Gestammel reißt mich aus meiner Starre, erlöst mein Hirn, welches sich postwendend von nutzlosem Matsch zu sinnvollem Organ zurückverwandelt.

»Mauro«, schreie ich nahezu, weil er sich bereits abgewandt hat. Einen Moment zögert er, hält dann inne und dreht sich wieder zu mir. Sein schwarzes Haar wirkt matt, beinahe glanzlos, genau wie sein Blick. Die Tatsache, dass es ihm offensichtlich schlecht geht, macht mich traurig. Dennoch versucht er sich an einem Lächeln. Es wirkt steif und ich könnte auf der Stelle in Tränen ausbrechen, möchte ihn in den Arm nehmen. Zusammen sind wir stark, das war unser Motto. Leider scheint es nicht länger zuzutreffen, denn ich erkenne den Schmerz in seinen Augen.

»Es tut mir leid«, flüstere ich und senke die Lider. Tränen trüben meine Sicht. Schnell blinzle ich sie weg, bevor sie über meine Haut rinnen können.

Mauros Schuhe treten in mein Sichtfeld und ich hebe hoffnungsvoll den Kopf an. Auf einmal finde ich mich in seinen Armen wieder und glaube für einen Moment, alles könnte gut werden.

»Juli«, raunt er in mein Ohr, lässt mich los und verschwindet so schnell wie er kann, ohne dabei zu rennen.

Ferngesteuert wandern die Kopfhörer zurück auf meine Ohren und ich bringe das letzte Stück des Weges hinter mich. Zu Hause schmeiße ich die Tasche im Flur auf den Boden und eile in mein Zimmer. Mama scheint weggegangen zu sein, zumindest ist es verdächtig still. Nun lasse ich die Tränen hemmungslos über mein Gesicht laufen und gönne mir das Bad im Selbstmitleid. Vielleicht bin ich doch nah am Wasser gebaut, zumindest momentan.

Am liebsten würde ich Mia anrufen, die ist jedoch mit Sasa unterwegs und das ist kein guter Zeitpunkt – sofern sie überhaupt abnehmen würde. Nils und Bella? Nein, beide sind genervt vom Mauro-Juli-Drama und ich will sie ungern weiter belästigen. Wer bleibt? Lisa!

Schniefend schnappe ich mir mein Smartphone und rufe sie in meinen Kontakten auf. Während es klingelt, putze ich mir die Nase. Vor einigen Jahren hat Lisa noch nebenan gewohnt, doch ihr Vater hat in Köln ein tolles Jobangebot bekommen und sie sind umgezogen. Trotzdem haben wir es – ein Hoch auf das Internet – geschafft, den Kontakt zu halten. Lisa ist, genau wie Mauro, eine Kindheitsfreundin und kennt uns beide. Wir haben oft zu dritt gespielt, später DVDs geschaut oder Eis gegessen.

»Sunshine?«, schallt Lisas vergnügte Stimme durch den Hörer und ich schluchze. »Oje, was ist passiert?«

Kurz fasse ich zusammen, was vor einigen Minuten geschehen ist. Natürlich ist sie sonst auf dem neusten Stand, immerhin gehört sie zu meinen engsten Freunden, da ändern die gefühlten Millionen Kilometer zwischen uns nichts.

»Beruhig dich«, bittet sie mich. »Ich hab nur die Hälfte verstanden. Aber du kennst Mauro, er ist die Dramatik in Person. Ernsthaft, ich glaube weiterhin, dass sich das spätestens in einigen Wochen regeln wird. Er liebt dich.«

»Lisa, deswegen haben wir den Salat doch erst.« Mühsam rolle ich mich auf den Rücken und habe das Gefühl, jegliche Kraft sei aus meinem Körper gewichen. Selbst das Handy ans Ohr zu halten ist anstrengend.

Meine Freundin räuspert sich und Töpfe klappern im Hintergrund. »Schon klar. Irgendwann muss er zu Verstand kommen und einsehen, dass er dich verliert, wenn er sich weiter derart ätzend aufführt.«

»Aha. Und was soll ich bis dahin tun?«

»Nichts.«

»Nichts?«

»Ja.«

Stille.

Weiterhin Stille.

Ernsthaft? Nichts?

»Aber ich kann doch schlecht untätig rumsitzen«, sage ich.

Lisa schnaubt. »Natürlich kannst du. Du musst. Er braucht Zeit. Stell dir vor, du hättest einen Korb bekommen und der Junge rennt die ganze Zeit vor deiner Nase rum, will zum Alltag zurückkehren und so tun, als wäre nichts geschehen.«

Aus diesem Blickwinkel habe ich die Sache bisher nie betrachtet. Mist. »Du hast recht.«

»Und das überrascht dich jetzt?«, meint sie lachend und meine Tränen sind versiegt. Es tat unglaublich gut, sich alles von der Seele zu reden und einen ehrlich gemeinten Rat zu bekommen.

Müde schließe ich die Lider für ein paar Sekunden. »Danke.«

»Jederzeit. Süße, ich muss auflegen, meine Vorlesung beginnt gleich und … vielleicht sollte ich mir vorher noch mal den Stoff anschauen. Oder zumindest meine Tasche packen. Und ich muss Alex noch dazu bringen, dass er mich später bekocht.«

Ich lache, das klingt nach Lisa. Alex ist ihr Mitbewohner und wird uns zum Konzert begleiten. Auch er ist *5Minutes*-Fan und allein deswegen mag ich ihn jetzt schon, obwohl ich ihn bislang nur von Bildern und Telefongesprächen kenne. »Lass uns bald wieder quatschen, okay?«

»Klar. Und in ein paar Tagen kommst du her. Ich kann es kaum erwarten, dann sehen wir unsere Lieblinge.«

Die Haustür fällt ins Schloss und ich öffne die Augen, setze mich auf, während ich die Hand vor den Hörer lege und Mama einen Gruß zurufe. »Jaaa, ich will die Zeit vordrehen«, gestehe ich.

»Ich auch. Bis bald, hab dich lieb.«

»Tschüü, ganz viel Liebe«, antworte ich und lege auf.

Nachdem ich einmal tief durchgeatmet habe, gehe ich ins Bad, befeuchte einen Waschlappen und drücke ihn auf meine Augen. Wenn Mama mich derart verheult sieht, dreht sie durch. Glücklicherweise kommt sie nicht hoch, sondern scheint in der Küche am Werk zu sein – zumindest den Geräuschen nach zu urteilen.

Zurück in meinem Zimmer sehe ich eine Nachricht von Mia auf dem Smartphone. Sie fragt, wann ich komme, damit sie alles vorbereiten kann – keine Ahnung, was. Ein Blick auf die Uhr verrät mir, dass es bereits später Nachmittag ist, und ich erschrecke mich halb zu Tode. Wann ist die Zeit vergangen? Schnell schnappe ich mir meine Sporttasche, werfe Handtücher, Waschutensilien, Klamotten und Schuhe sowie mein Lieblingskissen hinein.

Habe ich alles?

Hoffentlich.

Bevor ich mein Zimmer verlasse, fällt mir das Handyladegerät ein und ich stecke es schnell in meine Tasche. Die Stufen renne ich beinahe hinunter, informiere Mia, dass ich mich gleich auf den Weg mache, und betrete die Küche. Vorsichtig schiele ich zum Mixer. Er ist abgeschaltet. Zum Glück. Einige Töpfe stehen auf dem Herd und aus manchen steigt Dampf auf.

»Schätzchen«, begrüßt mich Mama und ich schenke ihr mein schönstes Zahnpastalächeln. Hoffentlich fallen ihr meine geröteten Augen nicht auf. »Ich koche uns was. Hast du Hunger?« In dem Moment knurrt mein Magen theatralisch und sie lacht.

»Mia wartet auf mich«, erkläre ich.

»Es gibt Kartoffelmatsch mit Gemüse. Muss ich weiterreden?«

»Nein.« Die Tasche gleitet von meiner Schulter auf den Boden und ich gehe zum Herd. Das ist mein Lieblingsessen, seit einigen Jahren jedenfalls, und ich bekomme nie genug davon. Ich strecke den Kopf über einen der Töpfe und inhaliere genussvoll den leckeren Geruch. Danach trete ich zurück, damit Mama alles mühelos erreicht. Beim Kochen zu helfen wage ich nicht, ich würde es nur ruinieren, denn Kochen ist keins meiner endlosen Talente.

Mama rührt in einer Pfanne und die Kartoffeln sind schon matschig. Wuhu, so esse ich sie am liebsten. »Du kannst die Teller holen, es ist gleich fertig.«

Ich tue, wie mir geheißen, und nach einigen Augenblicken sitzen wir kauend am Tisch. Es schmeckt herrlich und erinnert mich an die Tage meiner Kindheit und in diesem Moment habe ich das Gefühl, Mama vor mir zu haben, wie ich sie kenne. Ohne Smoothie-Phase. Sie wirkt keineswegs verzweifelt oder traurig, sondern normal. Die Minuten auskostend, bekomme ich weder genug von dem Essen noch meiner Mama.

»Manche Dinge brennen sich für immer in unser Gedächtnis«, meint Mama unvermittelt und ich bin unsicher, ob sie mit mir oder sich selbst spricht. »Ich erinnere mich, wie du das erste Mal Kartoffelmatsch gegessen hast, als wäre es gestern geschehen. Du warst knapp ein Jahr alt und hast ihn ausgespuckt, kaum, dass ich dir den Löffel in den Mund geschoben habe.«

Kichernd verschlucke ich mich beinahe. »Zum Glück bin ich größer geworden und hab meine Abneigung gegen Kartoffeln überwunden.«

Mama schüttelt den Kopf, ein Lächeln liegt auf ihren Lippen. »Du hättest so viel verpasst.«

Als mein Teller zum zweiten Mal leer ist, räume ich unser Geschirr in die Spülmaschine und greife nach meiner Tasche.

»Ich muss wirklich los. Vergiss nicht, dass ich das Wochenende über in Stuttgart auf einer Exkursion bin. Sonntagabend bin ich wieder da, ja?« Glücklich drücke ich mich an meine Mutter und sehe das Licht am Ende des Tunnels. Irgendwann wird sie über Papa hinwegkommen, da bin ich mir sicher. »Kommst du zurecht?«

»Natürlich.« Sie drückt mich ebenfalls fest und streicht mir beruhigend über den Rücken. Nach einigen Herzschlägen löse ich mich widerwillig, prüfe ein letztes Mal, ob ich die wichtigen Dinge – Smartphone und Geldbeutel – eingepackt habe, und verlasse mit einiger Verspätung das Haus.

In Konstanz ist alles zu Fuß erreichbar, zumindest in der Innenstadt. Zu Mia zu laufen dauert mir trotzdem zu lange, deswegen schwinge ich mich auf mein Rad und trete zum Rhythmus, den mir die Musik auf meinen Ohren vorgibt, in die Pedale. Ich grinse den gesamten Weg vor mich hin. Der erste Abend seit Wochen, den ich nur mit meiner besten Freundin verbringe – ohne Sasa. Langsam lasse ich mir ihren Namen auf der Zunge zergehen und habe sofort einen bitteren Geschmack im Mund. Mir ist unklar, wieso sie mich derart scheiße findet. Eigentlich fand ich sie sofort nett und habe mich für Mia gefreut – was ich weiterhin tue, bloß mit weniger Herzblut als sonst. Deswegen erschließt sich mir Sasas Hass mir gegenüber nicht. Wahrscheinlich will sie Mia für sich allein haben. Das verstehe ich. Bis zu einem gewissen Grad jedenfalls.

Genug, rüge ich mich. Ich möchte diesen Abend und das bevorstehende Wochenende genießen, auch wenn es größtenteils um langweilige Gemälde gehen wird. Wenigstens werde ich Zeit mit meinen Freunden verbringen und da wird das ödeste Erlebnis zur Party.

Ich schließe mein Fahrrad am Gartenzaun vor Mias Haus an und klingle. Keine Sekunde später öffnet sich die Tür und Mias Schopf schiebt sich in mein Sichtfeld.

»Wow, hast du dahinter gelauert?«

»Du bist zu spät.« Mit diesen Worten dreht sich um und geht ins Innere.

»Nette Begrüßung«, murmle ich und folge ihr. Hinter mir ziehe ich die Tür ins Schloss und lasse meine Tasche fallen, während Mia in Richtung Wohnzimmer verschwindet.

Als ich den großen hellen Raum betrete, kommt mir meine Freundin entgegen, in ihren Armen hält sie ein kleines Bündel aus Fell. »Schau mal, was Mama heute von der Arbeit mitgebracht hat.«

Sie streckt mir ein Katzenbaby entgegen, indes hinter ihr ein weiteres wie ein Kamikaze vom Sofa springt und den Raum unsicher macht.

Ich reiße die Augen auf. »O mein Gott, sind die süß. Dürft ihr sie behalten?«

Mias Mutter ist Tierärztin und sie bringt ab und zu Tiere mit nach Hause, um sie aufzupäppeln. Einige – meist Fundtiere – hat die Familie danach behalten.

»Ja, sie wurden in einer Mülltonne entsorgt und bisher hat sich niemand gemeldet, der sie zurückhaben will. Ich denke also, sie bleiben hier.«

»Haben sie schon Namen?«

Mia nickt und ich nehme ihr das Katzenbaby ab, streichle es am Kopf und drücke den warmen Körper an mich. »Bastet für das Mädchen, das du gerade hältst, und Osiris für den kleinen Kater.«

»Ägyptische Gottheiten?« Ich muss lachen.

»Ja, Mama glaubt, dass Papa sich aufregen wird wegen den Katzen, und wenn wir sie nach ägyptischen Göttern benennen, muss er sie lieben und sie dürfen hierbleiben«, erklärt sie grinsend.

»Gerissen«, gebe ich zu. Mias Vater ist Professor an der Uni. Zwar unterrichtet er Kunstwissenschaften, doch sein Herz hängt an allem, das etwas mit Gottheiten – egal, welcher Kultur – und Ägypten zu tun hat.

Die kleine Katze schmiegt ihren Kopf an mich und scheint direkt einzuschlafen. Ich bin eigentlich eher der Hundemensch, aber ehrlich, wer kann einem Katzenbaby widerstehen?

Mia streicht sich die platinblond gefärbten Haare aus der Stirn und fängt Kamikazekatze Osiris ein. Zusammen setzen wir uns auf das große dunkle Sofa und betrachten die neuen Familienmitglieder einen Moment.

Es klingelt an der Tür und Mia springt auf. »Hab Pizza bestellt. Kannst du Bastet und Osiris in den Wintergarten bringen und die Tür hinter dir schließen?«

»Klärchen.« Schnell schnappe ich mir Bastet, bevor sie mir vom Schoß springen kann, und greife nach Osiris, der Mia hinterherhüpft. Die Kleinen zappeln in meinen Händen. Wahrscheinlich sind meine Arme am Ende des Tages voller Kratzer. Glücklicherweise ist mir das Schicksal wohlgesonnen und ich schaffe es, die Würmchen im Wintergarten einzusperren, ohne Wunden davonzutragen.

»Lieferservice«, flötet Mia, als sie mit dem Essen und einer Flasche Cola zurück ins Wohnzimmer kommt.

»Super.« Ich hab ja nicht gerade erst gegessen ... Die Tatsache verschweige ich Mia und öffne einen der Kartons wortlos. Der Duft der wundervoll aussehenden Pizza steigt mir in die Nase und ich beiße genüsslich in das erste Stück. Das ist wie mit dem Nachtisch, der passt immer rein, egal, wie vollgefressen man ist. Mein Nachtisch ist heute eben Pizza, was soll's.

Mia räuspert sich und ich ziehe fragend eine Augenbraue hoch. »Ich wollte wissen, ob das richtig war?«

Kurz sehe ich zu dem Stück in meiner Hand: Artischocke und vier verschiedene Sorten Käse. »Besser. Es ist perfekt.«
»Gut. Welche Filme hast du ausgesucht?«
Shit. Das habe ich nach dem Mauro-Intermezzo völlig vergessen. »Ähm ... also ... um ehrlich zu sein, habe ich das verschwitzt. Können wir etwas auf Netflix gucken?«
Mia nimmt es mir keineswegs krumm und schaltet den Fernseher ein. Wir entscheiden uns für eine Reihe von Disneyfilmen, weil die immer gute Laune machen, und erstellen eine Rangliste, nach der wir sie ansehen.
Nachdem wir die Pizza und die Hälfte des Süßkrams, den Mia gekauft hatte, vertilgt haben, beschließen wir, in ihr Zimmer zu gehen und auf ihrem Bett weiterzuschauen. Oben angekommen, krame ich Schlafklamotten aus meiner Tasche und ziehe mich um. Mittlerweile ist es mitten in der Nacht und ich weiß nicht, wie lange ich meine Augen noch offen halten kann. Für den Fall der Fälle will ich vorbereitet sein.
Mit meinem Lieblingskissen unter dem Kopf kuschle ich mich an Mia, die schon auf ihrem Bett liegt, und wir starten einen neuen Film. Bolt springt über den Bildschirm und rettet die Welt – zumindest glaubt er das.
»Ich liebe diesen Hund«, flüstere ich und meine Lider werden schwer.
Mia zieht die Decke über uns. »Weiß ich doch.«
Irgendwann am frühen Morgen werde ich wach. Draußen ist es dunkel und nur ein schmaler Lichtstrahl dringt ins Zimmer. Er kommt aus dem Flur. Ungeschickt greife ich nach meinem Handy, schmeiße dabei fast die Nachttischlampe um und checke die Uhrzeit. Vier Uhr in der Früh, fast Zeit zum Aufstehen. Mist. Ich drehe mich um und merke, dass Mia nicht mehr neben mir liegt. Verwirrt blinzle ich und versuche, wach zu werden. Ich höre eine gedämpfte Stimme vor dem Zimmer. Falls Mia in einigen Minuten immer noch weg ist, werde ich nachschauen, ob alles okay ist.
Bloß nicht einschlafen ... bloß nicht einschlafen ... nicht einschlafen ... nicht ... einschlafen.
Als die Tür aufgerissen und das Licht angeschaltet wird, reiße ich die Augen auf. Intuitiv fährt mein Oberkörper nach oben und ich sitze im Bett.

Sasa starrt mich an. »Was macht sie hier?« Mit ihrem Finger deutet sie auf mich und wendet sich dann Mia zu. Sasa ist aufgestylt, hat in ihr schulterlanges hellbraunes Haar Locken gedreht und ihre Augen stark geschminkt.

»Ich schlafe«, murre ich. Die Situation überfordert mich. Für Drama ist es zu früh. Selbst Shakespeare würde mir da zustimmen.

»Das sehe ich. Mia, was tut sie in deinem Bett?«

»Jedenfalls nicht mehr schlafen«, murmle ich und bringe Sasa damit auf die Palme. Tut mir leid, aber ich verstehe das Problem in keiner Weise.

Endlich kommt Leben in meine beste Freundin und sie geht auf Sasa zu. »Wir haben Filme geschaut und sind eingeschlafen, es ist nichts dabei.«

Sasa weicht zurück. »Nichts dabei? Ich finde es unmöglich, dass sie in deinem Bett schläft.«

»Wie bitte?«, entfährt es mir und ich bin auf einen Schlag hellwach. Das ist das Problem? Eifersucht? Wie lachhaft!

»Du hast mich schon verstanden, Bambi«, schreit sie mich an und ich bin versucht, mir wie ein kleines Kind die Hände auf die Ohren zu legen. »Hör auf, so treudoof zu schauen. Jeder kann sehen, wie sehr du in Mia verliebt bist.«

Ähm ... was? Die Überraschung überwältigt mich und mir fehlen die Worte. Mia offensichtlich ebenfalls, gleichwohl muss sie von der Theorie ihrer Freundin gewusst haben, zumindest sieht sie nicht halb so verwirrt aus, wie ich es erwartet hätte.

Angespannt sehe ich zwischen den beiden hin und her. Während Sasas Augen vor Wut lodern, hat Mia ihren Blick traurig gesenkt. Mir wird klar, dass meine beste Freundin in einer blöden Situation ist, und sofort habe ich Mitleid. Es ist schwierig, zwischen zwei Menschen zu vermitteln, die sich am liebsten mit den Fäusten bekämpfen würden.

Schließlich kehrt mein Sprachvermögen zurück. »Das ist Bullshit und das weißt du.«

Sasa schnaubt. »Ach so?«

»Natürlich«, flüstert Mia traurig.

Mittlerweile habe ich die Decke um meinen Körper geschlungen, weil ich mir nackt vorkomme, obwohl ich einen Schlafanzug trage. Die

Beschuldigungen sind haltlos und ergeben keinen Sinn, das muss Sasa selbst sehen. »Wir sind beste Freundinnen, seit wir vor vier Jahren in eine Klasse gekommen sind. Das ist alles.«

Sie funkelt mich an und ich verstehe, dass es keinen Sinn hat, zu argumentieren. Sie wird denken, ich lüge, egal, was ich sage.

»Raus«, kreischt sie und deutet auf die Tür. Okay, Shakespeare wäre stolz auf unser Drama. Wenn wir uns jetzt gegenseitig erstechen oder vergiften, wäre es das perfekte Finale und wir könnten das Stück im städtischen Theater aufführen.

Überrascht ziehe ich meine Augenbrauen nach oben. »Ernsthaft?«

»Ernsthaft.«

Ich sehe zu Mia, suche ihren Blick. Hilflos starrt sie mich an, zuckt mit den Schultern. Das kann wohl kaum ihr Ernst sein! »Ich werde auf keinen Fall gehen, das ist total kindisch.«

Sasa macht einen Schritt auf mich zu. In ihrer schwarzen Lederjacke und der zerrissenen Boyfriend-Jeans sieht sie einschüchternd aus. Die Decke fest an meine Brust gedrückt, rutsche ich so weit nach hinten wie möglich, bis ich die Wand im Rücken spüre. Mia steht weiterhin stumm da. Ihre Zerrissenheit ist ihr deutlich anzusehen, trotzdem erwarte ich Rückendeckung von ihr. Sasas Beschuldigungen sind haarsträubend und sie hat nicht die Befugnis, mich aus dem Zimmer meiner besten Freundin zu schmeißen.

Bisher standen Mia und ich fest an der Seite der anderen und ich dachte, niemand könnte das je ändern, auch keine Sasa. Anscheinend habe ich mich geirrt.

Auffordernd nicke ich Mia zu. »Sagst du dazu was?«

Einige Herzschläge ist es still und Nervosität breitet sich in mir aus. Hunderte Gedanken fliegen durch meinen Kopf, wollen verarbeitet und beantwortet werden. Sie alle landen auf dem Erledige-ich-später-Stapel, da ich mich kaum konzentrieren kann.

Mia zuckt mit den Schultern. »Es tut mir leid«, beginnt sie und meine Mundwinkel wandern nach oben, bis ich begreife, dass sie mit mir spricht. »Juli ... bitte ...«

Mehr muss ich nicht hören. Ich schlage die Decke zurück, krabble aus dem Bett und greife meine Tasche. Mein Zeug, das ausgebreitet auf dem Boden liegt, packe ich stumm ein und gehe wortlos an Sasa vorbei. Sie grinst siegessicher und ich würde ihr am liebsten ins Gesicht springen. Die Versuchung ist groß, ihr eine zu verpassen, weshalb ich meine Fingernägel in die Handinnenfläche drücke. Schwer lastet die Enttäuschung auf meinen Schultern und ich lasse sie hängen.

Mia hat den Kopf weiterhin stur Richtung Boden gesenkt, und ich kann einfach kein Verständnis für ihr Verhalten aufbringen. Nicht in dem Moment. Mein Verstand weiß, dass jede Entscheidung eine von uns verletzt hätte und meine beste Freundin zwischen zwei Sturköpfen steht. Trotzdem weint mein Herz, ist unwillig, Gnade walten zu lassen. Deswegen verlasse ich das Zimmer ohne ein weiteres Wort und knalle die Tür theatralisch hinter mir ins Schloss.

Toll, Juli. Immerhin dein Abgang war würdevoll, denen hast du es gegeben ... so richtig. Ich lehne mich gegen das kühle Holz. Und jetzt? Bleiben ist keine Option. Die Uhr auf meinem Handydisplay offenbart das nächste Problem: Es ist zu früh, um zum Bahnhof aufzubrechen. Dennoch schlüpfe ich in eine dunkle Jeans, ein weißes Top und ziehe ein Jeanshemd mit langen Ärmeln darüber. Zwar dürfte es einigermaßen warm draußen sein, aber es ist dunkel und es ist mir unangenehm, halb nackt durch die Straßen zu ziehen, nachdem ich gerade derart übel angeschnauzt wurde.

Soll ich nach Hause gehen? Und riskieren, meine Mutter zu wecken? Nein. Es bleibt keine andere Möglichkeit, um diese Uhrzeit hat kein Geschäft offen, nicht einmal McDonalds. Ich werde bis um halb neun am Bahnhof warten. Sobald irgendetwas öffnet, gönne ich mir ein ausgiebiges Frühstück.

Wütend stampfe ich so laut wie möglich die Treppe nach unten und gehe durch die Haustür. Der Schlüssel meines Fahrrads ist unauffindbar, daher lasse ich es stehen. Der Weg in die Stadt ist kurz und vielleicht klärt ein kleiner Spaziergang meine Gedanken.

Ein kühler Wind weht mir entgegen, sobald ich die Seestraße erreicht habe und direkt am Wasser entlang Richtung Innenstadt laufe. Die winzigen Wellen schlagen gegen die Steine und einige Vögel erwachen zwitschernd. Ansonsten ist es still.

Außer in meinem Kopf.

Das Gespräch spielt sich immer und immer wieder ab, ich höre jedes Wort, jeden Vorwurf – in Endlosschleife. Aus der Tasche krame ich die Kopfhörer, setze sie mir auf und stöpsele das Kabel in mein Smartphone. Musik übertönt die wilden Stimmen, die meine Freundin beschimpfen, Sasa verteufeln und mich selbst rügen. Zumindest einige Minuten, in denen ich mich beruhige und das Gefühl habe, wieder richtig atmen zu können.

Ich hätte bleiben sollen. Aber was hätte das gebracht? Nichts. Der Streit wäre weiter eskaliert. Leider beruhigt diese Tatsache mein schmerzendes Herz keineswegs. Mia war eine der wenigen Personen, auf die ich mich jederzeit verlassen konnte. Die mir in all dem Chaos Halt gegeben und mich aufgefangen hat. Stets hinter mir stand und mir Mut machte, wenn Mauro oder meine Mutter mir den letzten Nerv raubten. Sasa treibt einen Keil zwischen uns und ich bin unsicher, wie ich damit umgehen soll. Offensichtlich würde Mia sich für ihre feste Freundin entscheiden, falls Sasa so weit geht, das zu fordern. Würde mich in keiner Weise wundern, wenn es früher oder später darauf hinausläuft.

Tränen kämpfen sich an die Oberfläche und laufen mir stumm über die Wangen. Mit dem Ärmel wische ich sie weg. Das Gefühl, allein auf der Welt zu sein und nicht verstanden zu werden, legt sich um meine Brust, drückt zu und lässt die gesamte Luft entweichen. Keuchend atme ich Sekunden später ein, schluchze doch und drücke mir die Hand auf den Mund. Der leichte Wind, der mit meinen Haaren spielt, bringt mich wieder zur Besinnung und beruhigt mich etwas.

Am Bahnhof angekommen, lasse ich mich direkt am Gleis auf eine der Bänke sinken. Mein Körper fühlt sich an, als wäre ich verprügelt worden. Muskeln und Sehnen schmerzen. Träge lege ich die Tasche ans Ende der Bank und platziere meinen Kopf darauf, stelle die Beine angewinkelt auf das Holz. Die Augen lasse ich geöffnet, sonst schlafe ich sicher ein. Konstanz ist keine gefährliche Großstadt, trotzdem ist es ungewohnt, so früh allein unterwegs zu sein. Und Vorsicht ist besser als Nachsicht. Ich umklammere mein Handy. Sollte ich es verlieren … daran mag ich nicht denken. Es ist die einzige Verbindung zu *5Minutes* und meinen Freunden auf Twitter, die ich durch die Liebe zur Band kennengelernt habe. Und wenn ich ehrlich bin: Momentan sind die fünf Jungs mein einziger Lichtblick.

Kurz zusammengefasst habe ich meinen besten Freund und meine beste Freundin verloren, während sich Mama und Papa scheiden lassen und genug mit sich selbst zu tun haben. Bisher habe ich mir erfolgreich vorgemacht, dass mich das alles kaltlassen würde, vor allem die Scheidung. Pustekuchen.

Meine Kindheit war behütet und ich liebe meine Eltern. Sie sind das Gegenteil voneinander. Während mein Vater der rational denkende Rechtsanwalt mit eigener Kanzlei ist, glaubt meine Mutter an Fügung, Sternzeichen und arbeitete als Erzieherin in einem kleinen Kindergarten. Trotzdem gehören sie für mich zusammen, standen stets wie eine Einheit beieinander und haben gemeinsam Entscheidungen getroffen. Es fällt mir schwer, mir beide einzeln vorzustellen, deswegen habe ich den Gedanken an ihre Scheidung bisher immer verdrängt. Nachdem ich Mama einige Zeit ohne Papa erlebt habe, frage ich mich, ob sie sich für ihn verbogen hat und ihre aktuelle Phase gar keine ist, sondern nun ihre wahre Natur hervorbricht. Vielleicht. Wer weiß. Kenne ich sie überhaupt? Bin ich mir vollkommen bewusst, wer die Menschen sind, die ich liebe?

Letztes Jahr hätte ich diese Frage mit einem klaren Ja beantwortet, im Moment zögere ich.

Juli, jetzt übertreibst du. Vermutlich. Meine Stimmung ist mies und ich steigere mich in die Sache hinein, stelle meine Existenz, mein ganzes Sein infrage.

Schluss damit, rüge ich mich, setze mich mit einem Ruck auf und checke die Uhrzeit. Kurz nach halb acht.

Endlich!

Ein Kaffee schreit nach mir, ich höre ihn deutlich. Allein der Gedanke belebt mich und ich erhebe mich von der Bank, schultere meine Tasche und stapfe zum Fast-Food-Giganten.

Im Inneren ist es leer. Wie ausgestorben, bis auf die Mitarbeiter, die freudestrahlend an mir vorbeilaufen und mir einen guten Morgen wünschen. *Nichts ist gut,* will ich schreien, schlucke es jedoch hinunter und bestelle stattdessen Kaffee und Rührei.

Danach geht es mir kein bisschen besser, aber meine Gedanken sind klarer. Dennoch weiß ich nicht, wie ich Mia gegenübertreten soll. Ihr Verhalten hat mich verletzt und am liebsten würde ich die Exkursion absagen, um ihr einige Tage aus dem Weg gehen zu können. Leider ist das unmöglich, Kunst ist mein Leistungsfach, es ist Pflicht. Deswegen warte ich bis kurz vor knapp. Fünf Minuten vor der Abfahrt des Zuges spurte ich in Windeseile über die Straße zum Gleis und melde mich bei meinem Lehrer.

»Juliane, da sind Sie endlich, wir haben uns schon Sorgen gemacht«, ruft er über den Lärm des einfahrenden Zuges.

Ich lege einen zerknirschten Blick auf. »Tut mir leid, Herr Degen, ich habe verschlafen.«

Er nickt und entlässt mich damit. Mit zu Boden gesenktem Kopf warte ich, bis die Bahn steht und sich die Türen öffnen. Schnell schlüpfe ich hinein und setze mich auf einen Sitz am Gang zu einem älteren Herrn, damit niemand auf die Idee kommt, neben mir Platz zu nehmen.

Mir steht keineswegs der Sinn nach einem Gespräch und das verdeutliche ich, indem ich meine Kopfhörer aufsetze und die Musik anschalte. Laut dröhnt sie in meinen Ohren und ich schließe erschlagen die Augen, verlasse mich darauf, dass mich meine Mitschüler wecken, wenn wir umsteigen.

»Hey.« Jemand rüttelt an mir. Bella grinst mir mitleidig entgegen. »Du siehst furchtbar aus.«

»Danke für die Blumen«, gebe ich verschlafen zurück und ziehe mir die Kopfhörer runter. Verwirrt sehe ich mich um.

Meine Freundin setzt sich auf den Sitz auf der anderen Seite des Gangs. »Wir müssen gleich umsteigen.«

Ich nicke, wische mir übers Gesicht und versuche, aus meiner Traumwelt aufzutauchen. Traurigerweise würde ich gerne zurückkehren. »Wie lange sind wir unterwegs?«

»Eine halbe Stunde.«

»Erst?« Mist, ich hatte gehofft, schon mehr des Weges hinter mich gebracht zu haben.

»Ja, in Singen müssen wir umsteigen, den Rest können wir durchfahren. Hast du heute Nacht schlecht geschlafen?«

»Nein, nicht wirklich.«

Bella spielt mit dem Träger ihrer Tasche und ich bewundere ihre manikürten Nägel. »Hast du dich mit Mia gestritten?«

»Können wir bitte über etwas anderes reden?«, flehe ich. Der Zug wird langsamer und ich erhebe mich von meinem Platz. Bella steht ebenfalls auf und ich erhasche einen Blick auf ihre Flechtfrisur. Sie ist mit Sicherheit diejenige in unserer Clique, die sich am meisten für Mode und solchen Kram interessiert. Ständig liest sie Modemagazine, surft im Netz, um die neuesten Trends herauszufinden, und schaut Make-up-Tutorials. Auf Instagram hat sie sogar einen Account, dem mehrere tausend Menschen folgen. Seit wir uns kennen, bewundere ich sie für ihren Stil und das Selbstvertrauen, mit dem sie sich präsentiert.

Bella berührt meinen Oberarm und ich sehe ihr in die Augen. Sie sind dezent geschminkt und passen farblich zu ihrem nudefarbenen Lippenstift. »Wenn du drüber reden magst, bin ich für dich da.«

Ich lächle sie an. »Das weiß ich, Bella. Danke.« Kurz schließe ich sie in die Arme, dann verlassen wir die Bahn und warten auf den Anschlusszug. Mia bin ich bisher erfolgreich aus dem Weg gegangen und versuche, es auch weiterhin so zu halten. Natürlich habe ich sie gesehen, bin aber jedes Mal direkt weitergelaufen. Sie scheint es ebenso wenig darauf anzulegen, mit mir zu sprechen, und ich bin mir unsicher, wie ich das finde. Um ehrlich zu sein, erwarte ich eine Entschuldigung.

Schnaubend öffne ich Twitter und meine Mundwinkel gehen trotz der Umstände nach oben. Lou hat auf meinen Tweet zu seinem Bananenpost geantwortet.

Louis Adams @mysteriousLou:
@holyjulicamoli Erzähl mir mehr ;)

Und Marc und Rick haben ebenfalls auf Lous Tweet geantwortet.

Marc Hall @MarcHallOfficial:
Kann ihm mal jemand die Banane wegnehmen, sonst drehe ich gleich durch.

Richard Clark @RickBoy:
@MarcHallOfficial habe ihm die Banane erfolgreich aus den Händen gerissen und zerstört.

Dazu hat Rick ein Foto einer zermatschten, am Boden liegenden Banane gepostet.

Immerhin auf die Jungs kann ich mich verlassen.

3

WAHNSINNIG LEBT ES SICH BESSER – ODER AUCH NICHT

Die Staatsgalerie erreichen wir um die Mittagszeit. Strammen Schrittes marschieren wir hinter Herrn Degen her. Das Gebäude, in dem sich die Kunstschätze des Landes Baden-Württemberg verbergen, ist grausig. Zumindest der Eingangsbereich. Es schmerzt in meinen Augen, den Stilbruch zu den anderen Gebäuden zu verkraften. Zwischen alten, im Stil der Antike errichteten Kolossen prangt die modern gestaltete Galerie, deren orangene Türen im krassen Kontrast zu den grün gestrichenen Fensterrahmen stehen, die eine Seite des kompletten Eingangsbereichs einnehmen. Jedes Mal aufs Neue überrascht mich das seltsame Konstrukt.

Herr Degen baut sich vor uns auf und sein Tweet-Anzug fügt sich perfekt in die Szene ein. Ich seufze ergeben und lausche seinen Worten.

»Wir bekommen gleich eine ausführliche Führung, vor allem zu den Künstlern der deutschen Romantik. Der Bestand ist in dieser Richtung zwar ziemlich bescheiden, aber immerhin können sie auf diese Weise einige der Gemälde hautnah erleben, die wir theoretisch behandelt haben.«

Die Romantik ist eine der Epochen, die ich verstehe. Die Kunstwerke, die während der wenigen Jahre entstanden sind, finde ich beeindruckend. Sie zeigen die Erhabenheit Gottes in Form der Natur. Zwar glaube ich dank Mama eher an Schicksal und Karma, aber die dargestellte Macht der Natur ist unbestreitbar, vor allem in einem Zeitalter, in dem wir mit Überschwemmungen, Tsunamis, schmelzenden Polkappen und Ähnlichem leben.

Wir folgen Herrn Degen durch die Drehtüren ins Innere und eine freundlich lächelnde ältere Dame nimmt uns in Empfang. »Guten Mittag, ich bin Frau Schmitzt und freue mich sehr auf Sie. Als ich hörte, dass Sie an einem Samstag freiwillig in unser wunderschönes Haus kommen, wollte ich unbedingt Ihre Führung übernehmen.«

»Von freiwillig kann keine Rede sein.« Nils tritt neben mich. Meine Mundwinkel ziehen sich leicht nach oben und ich zwinkere ihm zu. Obwohl ich sonst immer einen Scherz auf den Lippen habe, ist mir nicht nach Reden. Ich fühle mich leer, aufgebraucht und hilflos. Deswegen beschränke ich mich darauf, zuzuhören und Interesse zu heucheln. Dadurch kann ich wenigstens auf eine gute Mitarbeitsnote hoffen.

Nachdem wir unsere Jacken aufgehängt und Karten an der Kasse bekommen haben, folgen wir Frau Schmitzt die Treppen nach oben und durch eine elektrische Tür in den Ausstellungsraum.

Mein erster Gedanke: Das ist Kunst? Ich bin unsicher, vor allem bei den Skulpturen. Sie zeigen verdrehte, kaum beschreibbare Körper. Nach einigen Minuten klinke ich mich aus und singe in meinem Kopf den Refrain des Liedes, das ich zuletzt gehört habe. Dabei gehe ich im Raum umher und tue so, als betrachte ich die Bilder. Doch in Wirklichkeit sehe ich nichts.

Nils gesellt sich zu mir. »Infinity?«

»Summe ich schon wieder?«, frage ich und sehe mich um. Niemand sonst ist in Hörweite. Leider ist es eine meiner Angewohnheiten, die Lieder mitzusummen, die ich in meinem Kopf höre.

Nils nickt und ich schnaube. »Hatte ich recht?«

»Nein, Havana von Camila Cabello.« Wir gehen zum nächsten Kunstwerk.

»Das ist gar keine Boyband«, meint er und seine Stimme geht dabei übertrieben in die Höhe. Macht er sich lustig über mich? Herr Degen mustert uns kritisch und ich tue wahnsinnig interessiert, obwohl das Bild nur aus wahllos gesetzten braunen Strichen besteht.

»In der Tat«, gebe ich zu und bin eingeschnappt. Ich werde oft ausgelacht wegen meines Musikgeschmacks – oder zumindest belächelt.

Im Normalfall stehe ich drüber, heute nicht. Ausgerechnet Nils, einer meiner besten Freunde. »Ich liebe Musik insgesamt, dazu gehören genauso Boybands wie Solokünstler. Was kann ich dafür, dass mir gerade ihr Stil so gut gefällt?« Angefressen gehe ich zu einer Skulptur, die aussieht, als hätte jemand mehrere Steinbrocken ausgekotzt und zusammengesetzt.

Schnell weiter.

Frau Schmitzt schreitet in diesem Moment durch die nächste Tür und ich folge ihr flink. Ein weiterer Freund, der sauer auf mich ist, würde mein Chaos wirklich perfekt machen.

Nils greift nach meinem Arm. Ich bleibe stehen und sehe ihn an. Er wirkt zerknirscht. »Hey Juli, du hast mich falsch verstanden, ich wollte dich lediglich aufmuntern. Tut mir leid.«

»Schon okay, ich hab total überreagiert«, gestehe ich.

Im nächsten Raum werden die Kunstwerke keineswegs schöner, denn wir sind bei Picassos Kubismus angekommen. Verzerrte Gesichter starren mich an und ich habe Angst, Albträume davon zu bekommen. Deswegen gebe ich mir dieses Mal nicht mehr die Mühe, Interesse zu heucheln.

Irgendwann stehe ich neben Mia. Ich habe sie mittlerweile komplett verdrängt – darin bin ich die Königin. Einen Herzschlag lang bin ich schockiert und mein Mund klappt auf. Ich betrachte sie von der Seite, da sie in ein Gemälde vertieft ist. In dem Moment wird mir klar, wieso ich derart wütend und verletzt bin. Mia hat ihrer Freundin verschwiegen, dass wir einen Mädelsabend machen, das ging klar aus Sasas Reaktion hervor. Meine beste Freundin hat mich verleugnet und ist mir daraufhin in den Rücken gefallen. Es tut weh, dass sie Sasa vorgezogen hat und darüber hinaus keine ihrer haltlosen Anschuldigungen dementierte.

Oder ... nein ... glaubt sie etwa ... Sasas Geschwätz?

Nie im Leben.

Oder?

Schnell drehe ich mich weg. Mit einem Mal überkommt mich die Müdigkeit und ich habe das Gefühl, auf der Stelle umzukippen. Ich hole tief Luft und schließe meine Augen, Letzteres verschlimmert es lediglich, also reiße ich sie wieder auf. Dann beginnt die Welt, sich zu drehen, bloß ich nicht, ich bin festgewachsen. Mühsam wanke ich zu dem kleinen viereckigen Block in der Mitte des Raumes und lasse mich darauf nieder. Ich stecke den Kopf zwischen die Beine und atme gleichmäßig ein und aus. Der Schwindel vergeht und ich traue mich, aufzustehen. Vorsichtig bleibe ich einige Sekunden stehen, dann sehe ich mich um und schaue in die verzerrten Fratzen und Leiber.

Die kleine Gruppe ist weitergezogen und ich gehe ihnen langsam hinterher. Mein Körper scheint sich beruhigt zu haben und solange ich mich von der Mauer fernhalte, die ich zwischen mir und dem Gedanken, dass Mia Sasa glauben könnte, errichtet habe, ist alles in Ordnung.

Meine Mitschüler steuern zielstrebig auf den hinteren Teil der Galerie zu und plötzlich befinden wir uns zwischen wundervollen Gemälden.

Die Romantik, endlich!

Ich lausche Frau Schmitzt, die jetzt interessante Fakten zu verschiedenen Bildern und deren Künstlern auspackt, und täusche nicht länger etwas vor. Mein Interesse ist echt.

Mit meiner vollen Konzentration erkunde ich die Werke. Sie lenken mich von dem Chaos in der Realität ab und ihre Ausstrahlung beruhigt mich. Trotzdem klopft die Müdigkeit beständig gegen meinen Schädel. Am liebsten würde ich ihr nachgeben, denn sie zwingt mich dazu, nur noch mit halbem Ohr zuzuhören. Der Kampf gegen sie ist anstrengend und meine Kraftreserven sind aufgebraucht, immerhin fehlt mir mein Schönheitsschlaf.

»Leute.« Der Degen baut sich vor uns auf und ich habe gar nicht gemerkt, wie Gemurmel laut wurde. »Ruhe, bitte. Das ist wichtig. Diejenigen, die ihr Abitur in Kunst schreiben, sollten genau zuhören.« An Frau Schmitzt gewandt fährt er fort: »Bitte, würden Sie das weiter ausführen?«

Sie nickt und ich trete von einem Bein auf das andere, gehe ein paar Schritte und versuche alles, um das Gähnen zu unterdrücken.

»Caspar David Friedrich ist einer der bekanntesten deutschen Vertreter der Romantik, man könnte sogar sagen, *der* Vertreter der Romantik. Er hat uns viele Werke hinterlassen und wir haben das Glück, einige in unserem Besitz zu wissen.«

Wir gehen zu einem Bild, das grün in grün ist. Es zeigt eine imposante Landschaft und die Romantik schreit aus jedem Pinselstrich. Mit schiefgelegtem Kopf versuche ich, jedes Detail zu erfassen, um es gebührend zu begutachten. Leider ist es mir momentan unmöglich gleichzeitig zuhören und etwas zu betrachten. Dazu ist mein Hirn nicht mehr fähig, die Müdigkeit hat es voll im Griff. Ich entscheide mich für Ersteres, das braucht weniger Leistung.

»... er wurde gerettet und hat sich danach der Kunst verschrieben. Seine Gemälde zeugen von Gott, der sich gemäß dem Glauben des Neunzehnten Jahrhunderts in der Natur offenbarte. Wenn Friedrichs Menschen verewigte, dann von hinten, aus der Ferne oder am Rand. Sie sind keine Hauptakteure. Die Berge, die Landschaft, das Meer stehen im Mittelpunkt. Zum Beispiel in diesem Werk wurde in der linken Bildhälfte eine kleine Stadt angedeutet. Die Forschung ist sich unsicher, was sie zu bedeuten hat. Eins ist trotzdem erkennbar: Die Berge, das grüne Gras sind präsenter, überragen die Stadt um ein Vielfaches, denn die Menschen können der Natur niemals habhaft werden, da sich Gott in ihr verbirgt...«

Ich gebe auf. Frau Schmitzt' Ausführungen sind interessant, aber ich merke, wie ich immer wieder den Faden verliere. Die Spuren der letzten Nacht lassen sich kaum noch unterdrücken, weswegen ich kleine Kreise im Raum ziehe und versuche, im Gehen und mit offenen Augen zu dösen. Dabei richte ich den Blick auf die Gemälde, um keine Aufmerksamkeit zu erregen. Als der Vortrag eine Ewigkeit später endet, atme ich erleichtert auf.

Herr Degen streckt seine Nase in die Höhe und ich ahne Schlimmes. Bitte, bitte, ich will einfach nur hier raus. Die Luft ist stickig und ich kann meinen Mund gar nicht so weit aufreißen, wie ich gähnen möchte.

»Wie Sie wissen, müssen Sie auch eine praktische Prüfung absolvieren, deswegen habe ich mir etwas überlegt. Suchen Sie sich eins der Gemälde in dieser Abteilung aus und skizzieren Sie es. Unten im Eingangsbereich gibt es Zeichenblöcke und Stifte, beides wurde extra für Sie bereit gelegt. Für diese Aufgabe haben Sie knapp zwei Stunden, ich möchte also keine Schnuddeleien sehen, sondern präzise ausgefertigte Arbeiten«, erklärt Herr Degen und ich könnte kotzen. Ehrlich.

Da man selten bekommt, was man will, schlurfe ich zum Ausgang und gehe mit meinen Mitschülern nach unten. Bella und Nils gesellen sich zu mir, doch sie merken schnell, dass ich wortkarg und auf den Mund gefallen bin, deswegen unterhalten sie sich, ohne eine Beteiligung meinerseits zu erwarten.

Die Treppe in den Eingangsbereich ist eine Herausforderung und ich stolpere mehrmals. Die letzte Stufe stellt sich als mein Feind raus, denn sie entgeht mir. Ich strauchle und sehe mich schon auf meiner Nase landen, da packt mich jemand an den Armen und zieht mich zurück in den sicheren Stand. Hektisch atmend sehe ich auf und erkenne Darius. Er lächelt mich verschmitzt an.

»Du brauchst dich nicht vor mir zu verbeugen, es reicht, wenn du mich *Master* nennst«, witzelt er.

»Haha.« Keinesfalls die Glanzstunde meiner schlagfertigen Antworten. »Witzig, ich lache später, ja?« Kleinlaut füge ich hinzu: »Danke.«

»Gern geschehen und immer wieder, wer könnte einer Jungfrau in Nöten die Hilfe abschlagen, die sie braucht?«

Gespielt verwirrt hebe ich eine Augenbraue. »Meinst du mich? Dann müssten wir über die Details deiner Aussage verhandeln, einige davon sind inkorrekt.«

Darius zwinkert und lacht. »Ach so?« Er geht zu seinen Freunden und ich an mein Schließfach. Aus meiner Wasserflasche nehme ich einen kräftigen Schluck und versuche, damit mein wild klopfendes Herz zu beruhigen. Das Adrenalin zieht sich zurück und nimmt den Schock, fast auf die Fresse gefallen zu sein, mit sich.

Nachdem ich einen Zeichenblock und die kleine Box mit verschiedenen Bleistiften abgeholt habe, laufe ich zur Damentoilette. Am Waschbecken drehe ich den Hahn auf und lasse mir kaltes Wasser über die Handgelenke laufen. Danach sammele ich es in meinen Innenflächen, die ich zu einem kleinen Gefäß geformt habe, und klatsche es in mein Gesicht. Erschrocken halte ich die Luft eine Sekunde an und schnappe mir blind eins der Papiertücher, um mein Kinn abzuwischen und zu verhindern, dass mir das Wasser den Hals hinabläuft. Die Kälte belebt mich und ich fühlte mich nicht mehr, als würde ich in der nächsten Sekunde auf den Boden sinken und einschlafen. So überstehe ich hoffentlich den Rest des Tages.

In der Eingangshalle hole ich mir einen schwarzen Kaffee am Automaten und trinke ihn in einem Zug leer. In der Galerie sind Getränke sowieso verboten. Zuerst werde ich wieder müde, dann tut das Koffein, wofür es vorgesehen ist, und ich gehe frohen Mutes zurück in die romantische Abteilung.

Überall sitzen meine Mitschüler auf dem Boden oder auf schwarzen Klappstühlen und haben längst mit dem Zeichnen begonnen. In Anbetracht meiner Verfassung entscheide ich mich für das Gemälde von Caspar David Friedrich. Die Landschaft wirkt einfach und ist leichter zu skizzieren als jedes andere Werk im Raum. Das sollte sogar ich schaffen. Anscheinend hatten noch andere diese Idee. Bella, deren Zeichenkunst annehmbar, aber nicht außergewöhnlich ist sowie Ines, die mit Sicherheit keine Lust hat, etwas Schwereres zu zeichnen, sitzen vor dem Bild und skizzieren eifrig. Ich lasse mich neben sie sinken, ziehe die Kopfhörer auf die Ohren und fühle mich sofort besser. Musik ist der Balsam für meine Seele. Sie flickt mich, wann immer ich zerbrochen bin, tröstet mich, wenn die Traurigkeit aus ihrer dunklen Höhle kriecht, und schenkt mir Hoffnung.

Trotz Kaffee und kaltem Wasser führe ich einen Kampf mit meinen Augenlidern. Sie werden schwer, verweigern den Dienst und ich rutsche mehrmals mit dem Stift ab. Beinahe erschrecke ich zu Tode, weil sich eine schwere Hand auf meine Schulter legt. Mit großen Augen blicke ich auf und sehe, wie Herr Degen auf meine Ohren deutet. Ich drücke auf Pause.

»Etwas leiser, bitte.«

Ich nicke, obwohl mir unklar ist, was genau sein Problem ist, da ich die Musik extra leise gestellt habe. Aber ich tue, wie mir geheißen, und stelle die Lautstärke runter.

Nachdem sich mein Herz von dem kleinen Schock erholt hat, gebe ich mich damit zufrieden, das grüne Gemälde lediglich zu betrachten. Meine Skizze ist nicht schlecht, trotzdem kann ich es sonst besser.

Ich verliere mich in der grünen Farbe und kratze unbewusst an all den Mauern, die ich den ganzen Tag über mühsam errichtet habe.

Keine Ahnung, wie Mia glauben kann, ich sei in sie verliebt. Das ist doch Bullshit, sie ist meine beste Freundin, wie eine Schwester und gehört zur Familie. Deswegen wiegt ihr Verrat umso schwerer und ich bin mir unsicher, ob ich ihr verzeihen kann. Ich wünschte, Mauro wäre hier.

Und dann?, flüstert eine düstere Stimme in meinem Kopf. *Er würde dich nicht mal mit dem Arsch anschauen. Du hast es versaut, Juli. Großartig. Alle hast du vergrault.* Innerlich klopfe ich mir trocken lachend auf die Schulter. Äußerlich bleibe ich ruhig, will auf keinen Fall die Fassung verlieren. Meine Mitschülerinnen sind wie Piranhas: Die stürzen sich auf jede Art von Klatsch und Tratsch.

Traurig lehne ich mich mit dem Rücken an die Sitzbank hinter mir. Jemand wuschelt mir durchs Haar und ich lege den Kopf in den Nacken. Darius lächelt zu mir runter und konzentriert sich dann auf sein Kunstwerk. Er hat sich eines der aufwendigsten ausgesucht. Sein Ehrgeiz, immer und überall der Beste zu sein, kennt anscheinend keine Grenzen.

Müde ziehe ich die Beine an und halte einen Augenblick Ausschau nach unserem Lehrer. Keine Spur vom Degen, deswegen lege ich meinen Kopf auf die Knie und gönne es mir, einen Moment die Augen zu schließen.

Großer Fehler, ganz großer Fehler.

EIN GEHIRN ZUM MITNEHMEN BITTE, MEINS IST KAPUTT

Sekunden später reiße ich panisch meine Lider auf und glaube kaum, dass ich wirklich eingeschlafen bin, mitten in ... einem Wald? Verwirrt reibe ich mir über das Gesicht und luge dann durch meine Finger. Es ist dunkel, trotzdem erkenne ich die dicht nebeneinanderstehenden Baumstämme deutlich vor mir. Sollte ich ... also ... eigentlich bin ich mir sicher, dass ich vor einigen Minuten in der Staatsgalerie saß. Sind wir weitergezogen? In einen Wald?

Supererklärung, Juli. Mein Gehirn kommt nur schwer in die Gänge und ich sehe mich um. Bäume, Bäume und noch mehr Bäume. Dazwischen dunkle Sträucher und Waldboden. Ich kann keinen Weg oder auch nur Ansätze davon erkennen.

Wie bin ich hergekommen?

Die Vorstellung, dass ich mich durchs Unterholz geschlagen habe, erscheint mir lächerlich. Vor allem müsste ich weit von der Galerie entfernt sein, in der Stadt gibt es keinen so dichten Wald, durch dessen Buschwerk ich nicht einmal den kleinsten Hauch von Laternen oder Lampen erkenne. Über Stuttgart hängt bei Nacht stets eine orangene Wolke des Lichts, so hell ist die Stadt beleuchtet. Doch die Gegend hier ist von Mitternachtsfarben gezeichnet. Kein Hauch von künstlichem Licht, lediglich der Mond, der die Nacht durchdringt.

Okay, ganz ruhig, Juli.

Was sind meine Möglichkeiten? Ich könnte weiterhin sitzen bleiben und über mein Schicksal sinnieren. Oder einen Weg nach draußen suchen. Oder gefressen werden.

Gut, jetzt werde ich albern. Ob ich träume? Schnell schließe ich die Möglichkeit aus. Der Schleier des Traums fehlt, meine Umgebung baut sich real und greifbar vor mir auf. Selbst meine Haut, die ich in dem Moment berühre, wirkt warm und fleischlich, zu hundert Prozent echt.

Ich erhebe mich, drehe mich einmal um mich selbst und ziehe die frische Luft tief in meine Lunge. Da tatenlos herumzustehen nie eine meiner Stärke war, entscheide ich mich dazu, nach rechts zu gehen. Die Büsche lichten sich an der Stelle und die Bäume stehen weiter auseinander, zumindest, soweit ich das in der Dunkelheit erkenne. Zur Sicherheit strecke ich meine Arme von mir und fuchtle etwas unbeholfen durch die Luft. Hoffentlich sieht mir keiner zu.

Meine Augen gewöhnen sich immer besser an die Lichtverhältnisse und je weiter ich vorankomme, desto mehr bricht der Mond durch die Bäume. Über mir erkenne ich einige Sterne, die herabscheinen. Zwar kann ich Sternbilder wie den kleinen Wagen identifizieren, eingehender habe ich mich aber nie mit ihnen befasst. Deswegen helfen sie mir im Moment kein bisschen weiter. Mein Blick wandert zurück zum Boden und ich steige über einen umgefallenen Baumstamm.

Hinter mir raschelt es und ich drehe meinen Kopf abrupt in Richtung des Geräuschs, fixiere die vermeintliche Stelle, entdecke jedoch nichts.

Der Wald liegt still vor mir, beinahe zu still.

Unbeirrt schiebe ich Äste und Sträucher zur Seite und gehe weiter. Dabei rasen meine Gedanken. Das Letzte, an das ich mich erinnere, ist die Führung durch die Galerie. Danach sollten wir uns ein Gemälde aussuchen und es zeichnen. War es soweit gekommen? Warum bin ich dann in einem Wald? Dazu mutterseelenallein? Es ist zum Haareraufen. Mein Hirn verweigert mir den Zutritt zu meinen Erinnerungen und auf diese Weise werde ich keine Antworten auf meine Fragen erhalten.

Tief durchatmend beruhige ich meinen Herzschlag und konzentriere mich auf das Hier und Jetzt. Nachdem ich den Weg zurück zu den anderen oder zumindest einem Telefon gefunden habe, kann ich mir weiter den Kopf zerbrechen.

Die Nachtluft ist kühl und ich fröstle in meinen Klamotten. Heute Mittag war es warm, deswegen habe ich lediglich das Top an, während das Hemd in meinem Schließfach in der Galerie liegt. Zumindest mein Schuhwerk ist für die Umgebung gemacht und ich finde mit meinen Lederstiefeln, die mit schwarz glitzernden Pailletten besetzt sind, einen guten Halt auf dem unbeständigen Boden.

Die Sinnlosigkeit meines Unterfangens, einen Ausweg aus dem Wald zu finden, droht, mich zu überwältigen, trotzdem kämpfe ich mich durch tiefhängende Äste und finde mich irgendwann auf einem Weg wieder. Heftig schnaufend stütze ich mich für einige Sekunden auf meinen Oberschenkeln ab und konzentriere mich auf mein wild klopfendes Herz. Dann richte ich mich wieder auf und sehe mich um. Der Waldweg ist nicht gepflastert oder geteert, trotzdem kann ich in der Erde zwei Einkerbungen ausmachen, die definitiv von Reifen kommen.

»Endlich«, flüstere ich und lasse meinen Kopf erneut von rechts nach links und wieder zurück wandern. In beiden Richtungen verschwindet der Weg nach einer Weile entweder in der Dunkelheit – rechts –, oder hinter einer Kurve – links. Keine Seite sieht einladender aus als die andere. Vielmehr wirken sie beide verlassen. Hätte ich eine Münze bei mir, würde ich sie werfen, so entscheidet meine Intuition und ich drehe mich nach rechts. Ob die Dunkelheit besser ist als die Kurve? Ich werde es sehen – wohl oder übel. Einige Minuten gehe ich schweigend, dann wird mir die Stille zu laut und ich summe das letzte Lied, das ich gehört habe. Was würde ich jetzt dafür geben, meine Kopfhörer zu … natürlich, mein Smartphone! Ich klopfe auf die Hosentaschen, um herauszufinden, in welcher es steckt und ziehe es aus der Gesäßtasche.

Shit, Akku leer.

Es reagiert nicht auf den Druck diverser Knöpfe. War ja klar. Entmutigt schiebe ich es zurück in die Hose und schlinge meine Arme um mich selbst. Eine Gänsehaut überzieht meine Arme und ich fröstle. Der Wind hat zugenommen und ich bin mir unsicher, ob die Bäume mich eventuell besser schützen würden, allerdings müsste ich dafür den Weg verlassen und dann wäre es schwieriger, ihm zu folgen. In kürzer werdenden Abständen werfe ich einen Blick über die Schulter und fühle mich zunehmend beobachtet. Gleichzeitig werden meine Lider schwer.

Nach einigen Minuten komme ich an einem umgefallenen Stamm vorbei und beschließe, mich zu setzen. Ein Geräusch weckt meine Aufmerksamkeit und mit einem Schlag bin ich hellwach. Lauschend schließe ich die Augen, konzentriere mich auf mein Gehör.
Pferde?
Möglich. Das erklärt den vibrierenden Boden unter meinen Stiefeln. Sie müssen unglaublich schnell sein. Ich erhebe mich, schöpfe neue Hoffnung, diesem Chaos zu entkommen und Antworten zu finden.
Wie aus dem Nichts packen mich zwei Arme hart um die Taille und ziehen mich zurück. Mein Ellbogen schrammt über Baumrinde und wird aufgeschürft. Ein Schrei quält sich meine Stimmbänder hoch, wird jedoch von schweren Fingern erstickt. Erschrocken sauge ich Luft durch die Nase und merke, dass sie frei ist.
»Beruhige dich, ich will dir helfen«, flüstert eine dunkle Stimme. Ich spüre seine Körperwärme an meinem Rücken und ein Schauer überläuft mich. Verwirrt halte ich inne, werde hinter das dicke Holz gezerrt und auf die feuchte Erde gedrückt. Der Fremde schließt mich zwischen sich und dem Waldboden ein, während meine Hände nutzlos unter mir begraben sind. Seine Wärme tut gut und die kalten Glieder entspannen sich gegen meinen Willen. Trotzdem klopft mein Herz schmerzhaft in der Brust, pumpt Adrenalin durch die Adern. Die Hand liegt immer noch fest auf meinem Mund und ich versuche, sie zu lockern, indem ich die Lippen bewege.
Der Fremde seufzt. »Wirst du schreien?«
Ganz bestimmt. Anstatt das zu sagen – was ich sowieso nicht gekonnt hätte – schüttle ich den Kopf.
»Wir sterben beide, falls du es tust.« Die Offenbarung klingt ernst und mir ist sofort klar, dass sie stimmt. Deswegen bleibe ich stumm, als ich freigegeben werde und das Gesicht verziehe, um es zu entspannen. Das Gewicht hebt sich von meinem Rücken und ich bin endlich in der Lage, mich zu bewegen, rutsche ein Stück höher, sodass ich über den Stamm spähen kann.
Am Ende des Weges erkenne ich Schemen, die sich uns schnell nähern. Schreie und Rufe werden laut, tiefe Stimmen unterhalten sich über den Lärm der Pferde hinweg. Sie preschen an uns vorbei und ich ducke mich hinter den Stamm. Ein ungutes Gefühl über-

mannt mich und ich bin froh, mich versteckt zu haben – versteckt worden zu sein.

»Wenn ich mich vorstellen darf, mein Name ist Christoffer ...«, beginnt der Fremde. Ich zucke zusammen und wende mich ihm zu.

»Holy Guacamole«, falle ich ihm ins Wort. Der Schreck sitzt mir in den Knochen, mein Herz pocht derart wild, dass es in meinen Ohren rauscht.

»Was?«

»Scheiße.« Kann er kein Englisch?

Empört zieht Christoffer die Augenbrauen nach oben. »Na, was ist das für eine Wortwahl?«

»Ich hab doch versucht, es zu umschreiben!« Keuchend richte ich mich auf und deute auf die längst verschwundenen Reiter. »Was war das denn? Die Männer sahen aus, als kämen sie direkt aus dem Wilden Westen. Hätte ich auf der Straße gestanden, die hätten mich glatt umgenietet.« Die Worte sprudeln aus mir heraus und zeugen von meiner Nervosität, die ich ansonsten vor dem Fremden zu verbergen versuche. Mittlerweile bin ich mir sicher, dass er mich weder vergewaltigen noch ausrauben wird, immerhin hat er mir das Leben gerettet.

Ich wende mich ihm vollständig zu und betrachte ihn genauer. Sein mittellanges blondes Haar hängt ihm wirr in die Stirn. Er dürfte in meinem Alter sein, wobei ich nie gut darin bin, so etwas einzuschätzen. Die blauen Augen mustern mich kritisch.

»Ach, shit, sorry, ich bin Juli«, stelle ich mich mit einiger Verzögerung vor.

»Das ist ein Monat, kein Name.«

»Gut erkannt, Watson«, meine ich sarkastisch.

»Christoffer, nicht Watson.«

Augenverdrehend ziehe ich ein Blatt aus meinem Haar. »Schon klar. Ich heiße Juliane, aber jeder nennt mich Juli.«

Christoffer erhebt sich und klopft sich den Dreck von ... sind das Kniestrümpfe? Verwirrt mustere ich ihn von oben bis unten. Zu einem hellen Hemd, das aus Leinen zu sein scheint, trägt er eine dunkle Hose, die knapp unterhalb seiner Knie endet, und Strümpfe, die eben bis zu dieser Stelle reichen.

Ich verkneife mir ein Lachen, als er sich zu mir beugt und mir seine Hand hinstreckt. Beherzt ergreife ich sie und lasse mir von ihm aufhelfen.

»Es ist nett, dich kennenzulernen, Juli. Verzeih mein ruppiges Eingreifen. Ich sah keinen anderen Weg.« Er streicht sich das Hemd glatt, strafft dann die Schultern und steht kerzengerade vor mir. Ein leichtes Lächeln ziert seine Lippen, während er mich verhalten betrachtet.

»Hey, kein Problem. Ich danke dir, dass du mir geholfen hast. Das war wirklich seltsam. Ist ein Kostümfest in der Stadt?« Diese Nacht wirft immer mehr Fragen auf.

Befremdet schweigt mein Retter. Sein Blick klebt an meinen Klamotten – oder meinem Körper, wobei ich auf Ersteres hoffe. Mit einem unguten Gefühl räuspere ich mich.

»Verzeih«, murmelt Christoffer und senkt die Lider. »Ich ... also ...«

»Was?«

Er schüttelt den Kopf und ich sehe an mir herab. Alles wie vorher, lediglich dreckiger. Peinlich berührt versuche ich, die Erdklumpen von meiner Jeans zu wischen, und verschlimmere damit die Sauerei. Hoffentlich geht das beim Waschen raus, die Hose gehört zu meinen liebsten. Nach einigen Momenten gebe ich auf und merke, dass mein Retter mich weiterhin beobachtet. Hat er noch nie eine Frau gesehen oder was? Langsam werde ich wütend. Die Situation zerrt an meinen Nerven.

»Was machst du mitten in der Nacht im Wald?« Mein Ton ist schnippisch und unangemessen, wenn man bedenkt, dass er mich vor einer Herde Reiter beschützt hat, deren Pferde mich zweifellos niedergetrampelt hätten.

»Das könnte ich dich fragen. Eine Frau, ohne jeglichen Schutz. Es war töricht, geradezu tödlich, alleine aufzubrechen«, weist er mich zurecht und schürt damit die Wut.

»Ah, so einer bist du also. Die Frau gehört hinter den Herd, wie?« Aufgebracht stapfe ich über einige Äste zurück auf den Weg. »Danke für deine Hilfe, aber ich komme jetzt ohne dich klar.« Das hoffe ich zumindest. In Wahrheit bin ich verunsichert, auch wenn gleißende Empörung durch meine Adern pulsiert. Ich habe keine Ahnung, wo ich mich befinde und wie ich hierhergekommen bin, während die

Menschen um mich herum absonderlich wirken und sich seltsam benehmen.

»Warte«, ruft Christoffer mir nach, doch ich stampfe unaufhörlich weiter, ignoriere ihn, bis er mir eine Hand auf die Schulter legt. »Es tut mir leid. Mein Tonfall war unangemessen. Ich mache mir lediglich Sorgen um dich.«

Verwirrt bleibe ich stehen, mustere ihn und suche in seinem Gesicht nach der Unehrlichkeit, die ich hinter den Worten vermute.

Nichts.

Er meint es entweder ernst oder ist ein verdammt guter Schauspieler. Letzteres würde seinen Aufzug erklären.

Nickend marschiere ich weiter. »Gut, ich glaube dir.« Meine Wut ist verraucht, zurück bleibt ein unangenehmes Gefühl. Christoffer läuft neben mir her, scheint in dieselbe Richtung zu müssen.

»Wo willst du hin?«, fragt er.

»Stuttgart. Was meinst du, wie lang werde ich brauchen?«

»Zu Pferd? Mehrere Tage. Zu Fuß? Eine halbe Ewigkeit«, scherzt Christoffer. Zumindest denke ich das, obwohl ich ihn keineswegs lachen höre. Ich schiele zu ihm.

»Scheiße, du meinst das ernst«, sage ich entsetzt und meine Stimme ist lauter geworden als beabsichtigt.

Christoffer fuchtelt mit seinen Armen vor meinem Gesicht herum und einen Moment denke ich, er will mich wieder schnappen und zu Boden drücken. »Pst, etwas leiser, bitte.«

Geschockt halte ich inne. »Gibt es keine Zugverbindung? Hat niemand ein Auto? Ich komme auch für die Benzinkosten auf«, verspreche ich und verschweige dabei, dass ich gar keinen Geldbeutel bei mir trage.

Chris mustert mich verständnislos. Die Freiheit, seinen Namen abzukürzen, nehme ich mir raus. Chris klingt vertrauter und genau das brauche ich jetzt. »Wie bitte?«

Shit, wo bin ich bloß gelandet? Ich reibe mir über die Augen, hoffe, mich geirrt zu haben und gleich zu Hause in meinem Bett aufzuwachen.

Aber nichts dergleichen geschieht. Als sich meine Sicht wieder scharf stellt, erkenne ich das verdutzte Gesicht meines Retters. Okay, so kann das nicht weitergehen. Ich brauche Antworten.

»Wo bin ich denn?«

»In der Nähe von Teplitz.«

»Wo?« Was gäbe ich für Google Maps.

»Östlich von Leipzig, im Gebirge.«

»Aha.« Wunderbar. Wie zur Hölle bin ich hier gelandet? Und viel wichtiger: Wie komme ich zurück? Das kann nur ein Scherz sein. Suchend mustere ich den Wald, versuche Kameras auszumachen, finde jedoch keine einzige. Mist. Wie ist das möglich?

»Was möchtest du in Stuttgart?«, fragt Chris und durchbricht somit meine Gedanken.

»Ich wohne da in der Nähe«, antworte ich halbherzig, was zwar nur der halben Wahrheit entspricht, aber auf große Erklärungen habe ich keine Lust, dafür ist mein Kopf zu voll. Die Unwissenheit lastet schwer auf mir und langsam verstehe ich wirklich nichts mehr.

Chris seufzt. »In der Stadt des Königs? Was führt dich derart weit weg?«

»König?«, echoe ich und ziehe meine Augenbrauen nach oben.

»Carl Eugen ...«

»... herrschte vor über zweihundert Jahren. Ich werde wahnsinnig. Eindeutig, das muss es sein. Das ist nicht witzig, Chris. Ehrlich. Sag mir die Wahrheit.« Bittend sehe ich ihn an. Mir ist es ernst, langsam wird mir angst und bange. Ich fühle mich verarscht und finde es in keiner Weise lustig. Meine Lunge krampft sich zusammen und schwarze Punkte tanzen vor meinen Augen Samba.

Chris legt mir eine Hand an den Oberarm. »Tief Luft holen. Du musst atmen.«

Das ist leichter gesagt als getan. Unverständnis entgegengebracht zu bekommen ist eins der schlimmsten Gefühle, die es gibt. Und meiner Ansicht nach hat Chris keine Ahnung, wovon ich rede. Oder andersrum, je nachdem, aus welchem Blickwinkel man es betrachtet.

Ein Traum erscheint mir auf einmal doch die einzig plausible Lösung und ich zwicke mir in den Arm. Der Schmerz beißt in meinen Muskel, aber ich wache nicht auf. Verdammter Mist.

Bleiben also die versteckte Kamera und der Wahnsinn. Ersteres kann ich ausschließen, davon müsste ich etwas bemerkt haben, Wahnsinn würde ich wahrscheinlich selbst abstreiten, wenn ich ihn hätte.

Wunderbar. Getrieben von meinen Gedanken laufe ich den Weg weiter, murmle vor mich hin und kämpfe gegen die Tränen.

»Juli, du musst dich beruhigen«, spricht Chris auf mich ein. Sein tiefes Timbre surrt durch die Luft und bewegt mich dazu, stehen zu bleiben. Den Kopf in den Nacken gelegt sehe ich zu den Sternen, bitte sie, mir zu helfen und mich zu beschützen. Sogar ein Stoßgebet an Gott schicke ich los, obwohl mir meine Mutter jahrelang eingetrichtert hat, dass der Glaube an ihn unsinnig ist. Im Moment bin ich nicht wählerisch, nehme jede Hilfe, die ich kriegen kann. Ob in Form eines Engels oder einer Sternenkönigin ist mir egal, solange nur jemand kommt und diesen Albtraum beendet.

Ich spüre Chris neben mir. Er ist dicht zu mir getreten. »Geht es wieder?«

»Nein«, gestehe ich und sehe ihn an. Seine Augen sind offen und ehrlich und mir ist sofort klar, dass er mich weder anlügt, noch etwas mit der Sache – was auch immer sie ist – zu tun hat.

»Vielleicht kann ich helfen?«

»Bezweifle ich.«

»Lassen wir es drauf ankommen.«

»Also gut. Das Letzte, an das ich mich erinnere, ist, dass ich in der Staatsgalerie in Stuttgart saß und ein Bild abgezeichnet habe. Dann bin ich aufgewacht und befinde mich plötzlich ...« Ja, in was? Einem Paralleluniversum? Einer anderen Zeitzone?

Chris mustert mich prüfend. »Das ist irrsinnig.«

Ich lache freudlos. »Gut kombiniert. Bloß löst das mein Problem kein bisschen, denn eins steht fest: Ich bin wahrhaftig hier und du ebenfalls.« Ha! Ein Geistesblitz schießt durch meinen Kopf, erhellt meine Gedanken. Vielleicht bin nicht ich die Fremde in einer anderen Welt, sondern Chris? Einige Sekunden später verwerfe ich die Idee. Wäre dem so, würde ich in der Staatsgalerie sitzen. Und die Reiter hätten normale Klamotten angehabt. »Zeitreise?«, flüstere ich mehr zu mir selbst als zu Chris.

»Unmöglich.«

»Ach ja?«, sage ich. »Und wie komme ich dann hierher? Hast du eine bessere Idee?«

»Wahnsinn?«

»Charmant, wirklich.«
»Entschuldige, das ist nur so …«
»… scheiße?«, vollende ich seinen Satz.
»Absonderlich, wäre meine Wortwahl gewesen. Juli, bist du dir sicher, dass …« Chris lässt den Satz in der Luft hängen und ich schaue ihn abwartend an. »Na ja, dass du dich nicht irrst?«
»Irren? Wie sollte ich? So etwas könnte ich mir niemals ausdenken.«
Chris fährt sich durch das Haar, anscheinend ist er unschlüssig, was er von der Sache halten soll. »Du bist vorhin mit dem Kopf gegen den Stamm gefallen.«
»Nein, bin ich nicht. Außerdem vergisst man bei so einem Schlag höchstens alles, man bildet sich eigentlich keine Dinge ein, ist vielleicht eher verwirrt.« Langsam rede ich mich in Rage und atme tief durch, um meinen Herzschlag zu normalisieren. Eventuell war ich zu voreilig und träume doch? Es wäre die einfachste Erklärung. Nur leider die falsche, das spüre ich. Und ich habe mich bereits gezwickt, das war eine Sackgasse.
»Was willst du tun?«, fragt Chris und ich ziehe unschlüssig die Schultern hoch. Nun lasse ich den Tränen freien Lauf, habe keine Kraft mehr, weiter gegen sie anzukämpfen. Jede einzelne drückt meine pure Verzweiflung aus.
»Komm, du kannst mit zu uns.«
Heftig blinzelnd versuche ich, etwas durch den Schleier der Nässe zu erkennen. Die verschwommenen Konturen nehmen wieder Gestalt an und ich bin unsicher, was ich zu Chris' Vorschlag sagen soll. Aber im nächsten Moment wird mir klar, dass ich keine andere Wahl habe. Er ist meine einzige Hoffnung. Selbst wenn er mir nicht glaubt, er nimmt mich immerhin ernst und versteht, dass meine Verzweiflung echt ist.
»Danke«, flüstere ich und bringe ein Lächeln zustande. Obwohl mir weiterhin Millionen Fragen durch den Sinn gehen, bin ich einfach nur dankbar. Chris dreht sich um und geht voraus. Schnell folge ich ihm und nebeneinander marschieren wir den Weg entlang. Geräuschvoll ziehe ich die Nase hoch und wische die Tränen aus den inneren Augenwinkeln. »Ich weiß deine Hilfe zu schätzen. Danke, dass du mir glaubst.«

»Na, das sehen wir noch.« Ich betrachte ihn von der Seite, während er fortfährt. »Wahrscheinlich bist du lediglich verwirrt. Sobald du in Stuttgart bist, klären sich deine Gedanken.«

Seine Mimik zeugt von der Ernsthaftigkeit, die in seinen Worten liegt. Leider bin ich mir nicht sicher, inwieweit seine Vermutung zutrifft. Verwirrt bin ich eher weniger. Klar, ich hab nicht den blassesten Schimmer, was hier vor sich geht, trotzdem weiß ich, wie ich heiße, wann ich geboren wurde und welcher Tag ist … also welcher Tag in meiner Zeit war.

Chris hat Carl Eugen erwähnt. Das bedeutet, ich müsste mich in der Mitte oder Ende des 18. Jahrhunderts befinden. Im Zuge der Kunstgeschichte haben wir auch die des Landes Baden-Württemberg behandelt, da sich Herr Degen vor allem für regionale Kunst interessiert. Einen Moment bin ich ihm dankbar, dann wird mir klar, dass ich sonst kaum etwas über dieses Zeitalter weiß. Herrscht Krieg? Werden Hexen noch verbrannt? Wer rechnet denn damit, plötzlich in der Vergangenheit zu landen?

Schnell schiebe ich den Gedanken in die hinterste Ecke meines Hirns, das bisher keine Zeit hatte, zu verarbeiten, wo es gelandet ist. Meine Glieder fühlen sich schwer an, möchten ihre Ruhe, und es kostet mich viel Kraft, mit Chris Schritt zu halten.

»Was machst du eigentlich im Wald?«, frage ich, um wach zu bleiben und die Situation ertragen zu können.

Chris wird langsamer und ich atme erleichtert auf. »Ich war spazieren und hab an einem kleinen Bergsee eine Pause eingelegt. Dabei muss ich eingeschlafen sein. Als ich aufwachte, war es bereits dunkel.«

»Und wer waren die Männer?«

»Das kann ich nicht sagen.«

Verdutzt wende ich ihm wieder den Kopf zu. »Woher wusstest du dann, dass Gefahr von ihnen ausgeht?«

»Mit halsbrecherischem Tempo und mitten in der Nacht sind nur zwielichtige Gestalten unterwegs.«

»Na, dann hatte ich ja Glück, dir zu begegnen«, murmle ich, senke den Blick zu Boden und hadere weiterhin mit meinem Schicksal.

Zeitreisen? Das ist lächerlich. Gleichzeitig bin ich hier, kann offensichtlich Schmerzen empfinden und alles ist real. Wie ist das möglich? Darauf werde ich wahrscheinlich keine Antwort finden, zumindest in diesem Moment. Was Chris sagt, stimmt, ich muss zurück nach Stuttgart, vielleicht stoße ich in der Staatsgalerie auf einen Hinweis.

SHIT. Shit. Shit. S. H. I. T.

Sie wurde erst später errichtet. Selbst wenn ich im Jahr 1890 bin, dauert es noch knapp fünfzig Jahre, bis sie fertiggestellt wird. Meine Atmung wird schneller und mir bricht der Schweiß aus, obwohl die Luft kühl auf meiner Haut ist. Die kleinen Härchen auf meinen Armen richten sich auf und ich fühle mich getrieben, ohne verfolgt zu werden. Von allein beschleunigen sich meine Schritte und Chris muss sich beeilen, um an meiner Seite zu bleiben.

»Was ist los?«, fragt er.

»Ich denke, ich bin wirklich wahnsinnig«, gestehe ich. Es ist die einzig sinnvolle Erklärung.

Vor uns lichtet sich der Wald und eine grüne Ebene erstreckt sich einige Hundert Meter einen Berg hinauf. Ich erkenne eine Handvoll Häuser sowie einen schmalen Wasserlauf, der hinabrinnt.

»Juli, siehst du das?« Chris macht eine ausschweifende Bewegung und deutet auf die Landschaft, die uns umgibt. Erst jetzt erkenne ich ihre Schönheit. Wir befinden uns ungefähr auf halber Höhe eines Berges. Hinter uns liegt der dichte Wald, vor uns Täler und Hügel, die von Wiesen und Bäumen überzogen sind, soweit der Mond die Fläche erhellt.

»Ja«, flüstere ich und kann meinen Blick kaum abwenden. Die Blätter glänzen in dem spärlichen Licht und mittlerweile ist es laut geworden. Die Tierwelt macht sich geräuschvoll bemerkbar. Ich gehe einen kleinen Weg entlang, um mehr Abstand zwischen mich und den Wald zu bringen. Von meinem neuen Standpunkt aus sehe ich alles noch besser.

Chris tritt neben mich. »Es ist echt, verstehst du? Und es spielt keine Rolle, ob du weißt, wo du herkommst oder wo du hingehörst. Das hier existiert.«

Einige Herzschläge lang schweige ich, denke über seine Worte nach. Er hat recht. Egal, wie ich an diesen Ort gelangt bin, es zählt nur, dass ich einen Weg zurückfinde. Ob ich dabei aus meinem eigenen Kopf oder einer anderen Zeit heimfinden muss, ist zweitrangig. Daran muss ich mich klammern. »Wieso glaubst du mir?«

»Wieso sollte ich es nicht?«

Chris hat offensichtlich in keiner Weise das Ausmaß der Situation verstanden. »Weil ich womöglich wahnsinnig bin?«

»Dann ist es umso wichtiger.«

Ich kapiere nicht, was er meint, habe aber keine Chance, nachzufragen, da er sich abwendet und auf eins der Häuser zugeht. Einen Augenblick gönne ich mir, inhaliere die frische Luft und atme hörbar aus. Dann folge ich ihm.

Er öffnet die Tür und bedeutete mir, hineinzugehen. Ich nehme meinen Mut zusammen und trete ein. »Wohnst du hier?«

Chris schüttelt den Kopf. »Mein Bruder und ich sind auf einer Reise. Wir erkunden Böhmen, die Wälder und die hochgelobten Bäder. Es ist herrlich hier draußen, ich möchte nie wieder in die Stadt zurückkehren.«

Nickend tue ich so, als würde ich ihm zustimmen. In Wahrheit liebe ich die Annehmlichkeiten der Stadt. Einen Supermarkt an jeder Ecke, die Kinos und Kneipen, in Windeseile überall hinzukommen und selbst stets erreichbar zu sein. Mein Handy fällt mir ein. Kein Twitter. Und kein Strom. Gibt es überhaupt fließendes Wasser? Falls ja, sicher nicht derart weit draußen in den Bergen. Die Verzweiflung kämpft sich zurück an die Oberfläche. Schnell konzentriere ich mich auf etwas anderes, um die Gefühle unter Kontrolle zu halten. In Gedanken singe ich einen meiner Lieblingssongs, widme jedem einzelnen Wort meine ganze Aufmerksamkeit und lenke mich damit ab.

Chris schiebt sich hinter mir ins Innere und zündet eine Kerze an. Wunderbar, elektrisches Licht ist also ebenfalls ein Fremdwort für diese Zeit. »Wir sind bei Freunden der Familie untergekommen«, flüstert er. Natürlich, jeder normale Mensch schläft um diese Zeit. »Mein Bruder und ich bewohnen ein Zimmer zusammen. Ich werde ihn bitten, mit mir in der Scheune zu schlafen, damit du das Bett nutzen kannst.«

»Nein«, entfährt es mir viel zu schnell. »Das ist unnötig. Wirklich.«

»Juli, bitte. Ich bestehe darauf.« Chris lässt mich einfach stehen und nimmt den Schein der Kerze mit sich. In der Dunkelheit drehe ich mich von links nach rechts, mache Konturen aus und erkenne trotzdem nur wenig, die Lichtverhältnisse sind zu schlecht, um mehr als große Gegenstände identifizieren zu können. Im hinteren Teil geht eine Tür nach rechts ab, durch die Chris verschwunden ist, ansonsten scheint die untere Etage lediglich aus der Stube zu bestehen. In der Mitte befindet sich ein großer Holztisch, um den sich mehrere Stühle drängen. An den Wänden stehen einige Kommoden mit großen Schubladen. Die Einrichtung scheint in erster Linie funktionell zu sein. Wahrscheinlich, weil sich hier niemand um Bequemlichkeit schert. Bergbewohner gelten doch sowieso als rückständig, oder? Heute wie damals? Also damals wie heute. Dieser Ausspruch ergibt keinen Sinn, wenn man in der Vergangenheit ist und von einer Zukunft spricht, die noch nicht existiert.

Der Schein der Kerze kehrt zurück und mit ihm Chris' blonder Schopf. »Mein Bruder schläft wohl auswärts.« Aha. Dann dreht er sich erneut um und steuert auf die Tür zu. »Kommst du?«

Verdattert folge ich ihm. »Ist es denn für ihn in Ordnung, wenn du mir einfach euer Bett überlässt?«

»Wer mit Abwesenheit glänzt, hat eben keine Wahl«, antwortet Chris und ich frage mich, ob er sauer auf seinen Bruder ist.

Als wir die Tür erreichen, erkenne ich, dass sich dahinter eine Treppe verbirgt, die in den ersten Stock führt. Hinter Chris steige ich die schmalen Holzstufen hinauf, die leise im Takt unserer Schritte quietschen. Oben führt uns ein enger Flur ans andere Ende des Hauses. Dort öffnet Chris eine weitere Tür und ich betrete einen schlauchförmigen Raum, der lediglich ein Bett und einen kleinen Tisch beherbergt, auf dessen Platte eine große Schüssel steht. Die Waschstelle? Hoffentlich nicht, doch ich befürchte das Schlimmste.

Mein Begleiter deutet auf das Bett, das aus einem einfachen Holzrahmen besteht und auf dessen Matratze – o Gott, bitte lass es bereits Matratzen geben – zwei Kissen und zwei Decken liegen.

Chris schiebt sich an mir vorbei und stellt die Kerze auf den Tisch. Ihre Flamme spiegelt sich in der Wasseroberfläche der Waschschale. »Das Zimmer ist wirklich einfach. Aber ich verspreche, das Bett ist bequemer, als es aussieht.«

»Danke«, murmle ich. Mir fehlen die Worte, um auszudrücken, wie dankbar ich ihm bin. Jeder andere hätte mich wahrscheinlich hilflos im Wald verrotten lassen und ich wäre von den Reitern niedergetrampelt worden und nie wieder nach Hause gekommen. Meine Gefühle übermannen mich und ich presse die Lippen aufeinander, um zu verhindern, erneut in Tränen auszubrechen.

»Gern geschehen«, sagt Chris und ein Lächeln liegt auf seinen Lippen. Es beruhigt mich auf eine seltsame Art und Weise. »Ich begebe mich jetzt nach unten. Schlaf dich aus, vielleicht klärt sich dadurch der Nebel in deinem Kopf.«

Nebel ist eine nette Umschreibung für meine Unwissenheit. Nickend verabschiede ich mich von Chris und er lässt die Kerze zurück. Eine Weile schreite ich im Raum auf und ab, versuche die Tatsachen festzuhalten, an die ich mich erinnere. Meine Lider machen mir einen Strich durch die Rechnung, fallen immer wieder für Sekunden zu. Schlussendlich schlüpfe ich aus meinen Klamotten, puste die Flamme aus und setze mich aufs Bett. Ich spüre, wie sich etwas unter mir senkt, und atme erleichtert auf. Die Matratze ist nicht derart bequem, wie ich es gewohnt bin, trotzdem macht sie mich unendlich glücklich.

5

GUTEN MORGEN, LIEBE SORGEN, WIE NETT, DASS IHR AUF MICH GEWARTET HABT

Die Stille am Morgen, die mal laut, mal leise ist, begrüßt mich, als ich die Augen öffne. Ich starre an die Decke, spüre, dass sich etwas verändert hat, kann es nicht greifen und kuschle mich in mein Kissen, ziehe die Decke bis ans Kinn und genieße ihre Wärme. Meine Lider fallen zu. Im nächsten Moment reiße ich sie auf und sitze kerzengerade auf der Matratze. Scheiße. Ich bin immer noch hier. Alles sieht genauso aus wie am Abend, ähnelt meinem Zimmer leider kein bisschen. Ich befinde mich weiterhin in dem kargen Raum mit Bett und Waschtisch. Blinzelnd lasse ich meinen Blick schweifen, erkenne eine Kommode neben der Tür an der Wand und ein Fenster hinter mir, durch dessen Glas Helligkeit ins Zimmer fällt.

Die leise Hoffnung, dass ich zu Hause aufwachen würde, verflüchtigt sich und hinterlässt einen bitteren Geschmack. Bin ich verrückt? Lebe ich im 18. Jahrhundert und bilde mir ein, aus der Zukunft zu kommen? Ich betrachte das Bündel meiner Kleidung auf dem Boden. Jeans und T-Shirt mit Aufdruck. Außerdem … ja, mein Handy müsste in der Gesäßtasche stecken.

Schnell schwinge ich meine Beine über die Bettkante und greife nach der Hose. Nervös taste ich sie ab, finde das viereckige Gehäuse und atme auf. Nur um eine Sekunde später den Tränen nahe zu sein. Dieses Wissen macht meine Situation nicht besser. Schließlich bin ich weiterhin gefangen in einer Zeit, die mir so fremd ist, als würde ich auf einem anderen Planeten festsitzen.

Egal, ob du weißt, wo du herkommst oder wo du hingehörst. Das hier existiert, erinnere ich mich an Chris' Worte und schöpfe neuen Mut. Wenn es einen Weg hierher gibt, dann gibt es auch einen zurück.

Das muss es.

Jetzt liegt es an mir, ihn zu finden. Deswegen ziehe ich meine Klamotten an, öffne vorsichtig die Tür und schlüpfe in den Flur. Hoffentlich wissen die Eigentümer des Häuschens über meine Anwesenheit Bescheid. Ein bisschen hatte ich Angst, dass Chris' Bruder in der Nacht nach Hause kommen und sich zu mir ins Bett legen könnte. Sein Schock wäre sicherlich groß gewesen. Zum Glück blieb uns beiden das erspart.

Die Stufen quietschen und ich halte einen Moment vor der Tür inne, die in die Stube führt. Dann stoße ich sie auf und betrete den leeren Raum. Mein Herz klopft mir bis in die Ohren und ich höre nichts außer dem Rauschen meines Blutes.

Sanftes orangerotes Licht dringt durch die Fenster und beleuchtet die Möbel. Gegenüber der Tür befindet sich ein großer Kamin, dessen Wände mit schwarzem Ruß bedeckt sind. Töpfe und Pfannen hängen außenherum an kleinen Haken. Vermutlich ist das der Herd. Zumindest kann ich keine andere Kochstelle oder gar eine Küche ausmachen.

Der Tisch ist kleiner, als ich ihn gestern empfunden habe, trotzdem sind sechs Holzstühle darum platziert. Auf den Holzbrettern an den Wänden stehen Schüsseln, Teller und Vorräte. Bis auf das und einige hölzerne Kommoden ist der Raum leer. Die dunkelbraunen Wände lassen ihn klein und trostlos erscheinen.

Einige Minuten gehe ich auf und ab, betrachte die Habseligkeiten. Wie in Chris' Zimmer gibt es davon nur wenige. Lediglich eine Leinenhose hatte dort am Fußende herumgelegen. In der Stube finde ich immerhin ein Buch und Stricknadeln, die in einem hellen Knäuel Wolle stecken. Schubladen zu öffnen, wage ich nicht. Immerhin bin ich Gast in diesem Haus, daher will ich keinesfalls mit Unhöflichkeit glänzen. Zumindest am ersten Tag sollte ich einen guten Eindruck machen, irgendwann wird die Neugier sicher siegen, ich kenne mich. Vielleicht bin ich dann aber schon auf dem Weg nach Hause.

Mein Magen knurrt. Durst habe ich ebenfalls. Wasserflaschen werde ich wohl kaum im Kühlschrank finden, deswegen sehe ich aus dem Fenster und halte nach einem Brunnen Ausschau. Wenige Meter vom Haus entfernt verläuft ein kleiner Bach, der mir gestern schon aufgefallen ist. Das Wasser glitzert in der Dämmerung, ich muss den ganzen Tag verschlafen haben. Auch egal, was soll ich schon verpasst haben? Und meine Sorgen haben ja – so nett wie sie sind – auf mich gewartet.

Ob sich meine Familie Sorgen macht? Bestimmt. Heimweh überfällt mich und ich drücke meine Augen fest zu, konzentriere mich auf etwas anderes. Der Schmerz und die Angst helfen mir nicht, sie sind viel eher Klötze an meinen Beinen, die mich aufhalten, den Weg zurück in meine Welt zu finden. Deswegen wiederhole ich im Geiste die Mitglieder von *5Minutes* einige Male.

Rick, Marc, Louis, Matt und Tyler.

Dadurch geht es mir besser und ich habe das Gefühl, die Faust, die sich vor wenigen Minuten um mein Herz gelegt hat, lockert sich.

Durch die Eingangstür verlasse ich das Haus und gehe neben dem Bach in die Knie. Eine Hand forme ich zur Schale, mit der anderen stütze ich mich am Rand ab. Das geschöpfte Wasser ist klar und ich hebe es zu meinem Mund, trinke in gierigen Schlucken. Danach wasche ich mir das Gesicht. Was würde ich für eine Zahnbürste geben? Mindestens mein letztes Hemd. Lieber nackt als Karies. Mit der Zunge fahre ich über meine Zähne und versuche, den pelzigen Belag abzureiben, mache es damit jedoch kein bisschen besser. Was soll's, gerade habe ich größere Probleme.

Schwungvoll stehe ich auf und verliere beinahe das Gleichgewicht. Ich drehe mich einmal um meine eigene Achse, sauge die frische Luft ein. Die Umgebung ist bei Tageslicht noch schöner. Die Bäume suggerieren Ruhe, der leichte Wind verbreitet den Geruch von frischem, feuchtem Waldboden und ich entspanne mich. Erst, als ich mir mehr Zeit lasse, alles zu betrachten, bemerke ich eine Gestalt. Etwas weiter den Berg hinab, ungefähr an der Stelle, an der ich gestern selbst gestanden und die Schönheit der Landschaft bewundert habe, sitzt jemand auf dem Boden. Die Person hat mir den Rücken zugewandt, trotzdem glaube ich, Chris zu erkennen.

Mein Herzschlag beschleunigt sich mit jedem Schritt, mit dem ich mich ihm nähere. Was soll ich sagen, wenn es jemand Fremdes ist? Wenn niemand darüber Bescheid weiß, wer ich bin und was ich hier tue? Die Wahrheit? Die verstehe ich nicht einmal selbst, wie könnte es da jemand anders?

Wenige Meter von der Gestalt entfernt ordne ich den blonden Schopf eindeutig Chris zu und die Anspannung fällt von mir ab wie ein viel zu schwerer Mantel.

»Guten Morgen«, sage ich, um mich bemerkbar zu machen und seine Aufmerksamkeit auf mich zu ziehen. Er dreht den Kopf zu mir und ein Lächeln zupft an seinen Mundwinkeln. »Oder besser guten Abend.«

Chris hat die Beine angezogen und seine Arme darum geschlungen. Den Kopf legt er auf die Knie. »Ich liebe diese Tageszeit. Sobald die Sonne hinter den Hügeln verschwunden ist, legt sich eine Decke der Dunkelheit über die Geschehnisse, und wenn die ersten Lichtstrahlen sie am nächsten Morgen wieder anhebt, ist alles möglich. Ende und Anfang dicht beieinander, beinahe eins.«

Gebannt lausche ich den Worten. Ich hatte vergessen, wie beruhigend Chris' Stimme klingt. In der Stille, die sich danach zwischen uns legt, setze ich mich neben ihn und beobachte den immer schmaler werdenden orangenen Strich in der Ferne. Zwei Berge, ein etwas kleinerer und ein größerer erheben sich dagegen. Sie perfektionieren und behindern das Bild gleichermaßen. Ohne sie könnten wir bis ans Ende der Welt sehen – zumindest erscheint es mir so –, zugleich wäre die Aussicht dann weniger idyllisch.

Nach einer Weile wendet sich Chris mir erneut zu. »Geht es dir besser?«

Lange denke ich über die Frage nach, finde jedoch keine zufriedenstellende Antwort. Deswegen zucke ich mit den Schultern und betrachte das letzte Sonnenlicht, das sich über die Berge kämpft. Die Vögel zwitschern ihre Lieder und ich lasse mich ins Gras fallen. Meine Arme strecke ich rechts und links von mir und greife mit den Händen fest in die Halme. Sie fühlen sich frisch und lebendig an. Einen Moment schließe ich die Augen, lausche lediglich dem Wind, der durch die Blätter rauscht, sowie dem Bach, der sich seinen Weg bergabwärts sucht. Zusammen mit dem Vogelgesang entsteht eine hypnotische Melodie, die meine Muskeln entspannt und meine Atemzüge gleichmäßig werden lässt. Ich genieße die Musik, die frische Luft und das Schauspiel der Natur. Trotzdem wünsche ich mich in die Stadt zurück. Zurück zu Strom, fließendem Wasser und Toiletten. Schnell schiebe ich den Gedanken fort und konzentriere mich wieder auf die Klänge.

Mein Musikplayer fehlt mir und meine Mama und Twitter und meine Freunde, egal, was zwischen mir und Mia vorgefallen ist. Hoffentlich werde ich irgendwann die Gelegenheit haben, mich mit ihr auszusprechen.

Bevor ich weiter in den Sog der dunklen Überlegungen abdrifte, sehe ich in den beinahe wolkenlosen Himmel. Immer noch schimmert das letzte orangefarbene Licht durch die Dunkelheit, die sich langsam ausbreitet.

»Wo ist dein Bruder eigentlich?«, frage ich Chris. Irgendwie muss ich mein Hirn ablenken, ansonsten fährt es alle Register der Horrorvorstellungen auf. Langsam setze ich mich auf und ziehe ebenfalls meine Knie an. Die Hände bleiben im Gras, als müssten sie sich immerzu davon überzeugen, dass die Welt um mich herum existiert.

»Irgendwo in den Wäldern. Eigentlich sehe ich ihn kaum, wenn wir rasten. Er ist stets auf Erkundungstour, sucht die schönsten Plätze.« Chris' Knie dämpfen seine Stimme und ich kann kaum ausmachen, ob er damit unglücklich ist oder mich lediglich über die Lage informiert.

»Wieso begleitest du ihn nicht?«

»Zu viel Krach.«

»Zu viel Krach?«

»Ja.«

»Erläuterst du das noch?«

»Ich bin zu laut.«

Ich schnaube. Ach, echt? Darauf wäre ich nie gekommen. »Schon klar, aber wobei?«

Chris dreht den Kopf, lehnt seine linke Wange an sein Bein und betrachtet mich einen Moment. »Allem. Beim Atmen, Erforschen und Singen. Egal, was ich tue, es ist falsch.«

»Das ist gemein.« Tröstend lege ich eine Hand auf seinen Oberarm, spüre den rauen Stoff des Hemdes unter meinen Fingern. Heute trägt er eine elegantere dunkelbraune Hose und dazu wieder weiße Kniestrümpfe. Immerhin sind die Farben gedeckt. Keine Ahnung, was zurzeit modern ist, aber meine Jeans ist es eher weniger.

Chris starrt auf meine Hand und ich ziehe sie zurück. Berührt man sich in diesem Zeitalter nicht? »Tut mir leid.«

»Kein Problem.« Er lächelt und ich höre die Ehrlichkeit in seinen Worten, sehe das freundliche Strahlen in seinem Gesicht. »Manche Dinge unternimmt er lieber alleine, dennoch liebt er mich und wenn er kein Werk fertigt oder Inspiration sucht, verbringt er auch gerne Zeit mit mir. Früher saßen wir oft draußen am Hafen und haben der Sonne beim Untergehen zugeschaut. Wir haben kein Wort gesprochen, nur die Erhabenheit der Natur genossen und uns ohne Worte verstanden.«

Als Einzelkind verstehe ich die Verbundenheit zwischen Geschwistern lediglich theoretisch. Von Liebe habe ich trotzdem eine Ahnung und das klingt danach.

»Was hast du jetzt vor?«, fragt Chris leise und ich zucke erneut mit den Schultern. Der Himmel verdunkelt sich, eine leichte Brise zieht auf und ich fahre mir über die Oberarme.

»Ich denke, hier werde ich nichts an meiner Situation ändern können. Du hast recht, ich muss nach Stuttgart.« Keine Ahnung, ob mich das nach Hause führen wird. Aber was soll ich sonst tun? Entweder untätig im 18. Jahrhundert rumhängen und für immer auf Musik, Strom und Twitter verzichten sowie meine Familie und Freunde vermissen oder herausfinden, was es mit der Zeitreise auf sich hat.

Allein der Gedanke klingt absurd. Ich muss an die Edelstein-Trilogie von Kerstin Gier denken. Oft habe ich mir gewünscht, in ihre Welt einzutauchen, durch die Zeit zu springen und Gideon an der Seite zu wissen. Doch nun ist mein größter Traum, in meiner eigenen Zeit aufzuwachen. Zurückzukehren zu meinen Freunden und dem ganzen Chaos, das ich, nüchtern betrachtet, selbst verursacht habe.

Chris streckt die Füße aus und stützt sich mit den Armen im Gras ab. Zum ersten Mal fallen mir seine Muskeln auf. Jeder Fitness-Studio-Besucher wäre neidisch darauf. Generell ist er gut in Form und offensichtlich hat er auch noch etwas im Köpfchen. Seine Worte erinnern mich ein wenig an Lou von *5Minutes*: nachdenklich und schüchtern, gleichzeitig wahr und wachrüttelnd.

Einen Moment betrachten wir einander, dann richtet Chris sich abrupt auf.

»Ich begleite dich«, sagt er entschlossen.

»Was?«

»Ich kann kaum verantworten, dass eine junge Dame eine solche Reise ohne Begleitung auf sich nimmt. Was wäre ich für ein Mann, wenn ich dich alleine gehen ließe?«

Eine meiner Augenbrauen wandert nach oben. »Ein normaler?«

»In deiner Welt vielleicht. Ich habe eine Ehre zu verteidigen.«

»Sprichst du von deiner oder meiner Ehre?«

»Die aller Männer, die etwas von sich halten.«

Beinahe hätte ich gelacht, doch seine Augen strahlen eine Ernsthaftigkeit aus, die ich mich innehalten lässt. Er meint jedes Wort genauso, wie er es sagt. »Chris, du musst das nicht tun. Du hast mir mein Leben bereits einmal gerettet, du hast deine Aufgabe als Gentleman erfüllt.«

Natürlich weiß ich sein Angebot zu schätzen und ich würde es gerne annehmen, nur wäre das egoistisch. Eine Reise dieser Länge ist in meiner Zeit schon anstrengend. Ich mag mir gar nicht vorstellen, wie beschwerlich sie im 18. Jahrhundert sein wird. Leider fürchte ich, Chris hat recht und ich brauche ihn an meiner Seite. Ohne ihn bin ich aufgeschmissen. Dennoch will ich ihm keine Unannehmlichkeiten bereiten. Es geht vor allem auch darum, dass er den ganzen Weg wieder zurückmüsste. Allein. Er gehört an diesen Ort, im Gegensatz zu mir.

»Juli, kannst du dir vorstellen, wie weit es bis nach Stuttgart ist?«, fragt er. Nachdenklich schüttle ich den Kopf. »Ich kenne den Weg, weiß, wie weit alles weg ist. Du würdest ohne mich wohl kaum nach Deutschland finden.«

»Wir sind außerhalb von Deutschland?« Entsetzt ziehe ich die Augenbrauen nach oben.

»Ja, das sagte ich doch.«

Kann schon sein, leider habe ich gestern die Hälfte des Gesagten kaum verstanden – oder vielmehr wollte ich es nicht.

Was Chris sagt, stimmt. Ohne ihn bin ich aufgeschmissen.

»Was ist mit deinem Bruder? Kannst du einfach für einige Tage oder Wochen verschwinden?«

Chris nickt. »Er setzt seine Reise fort. Am Ende treffen wir uns zu Hause.«

Ohne ihm die Zustimmung zu geben, merke ich, wie sich ein Band um uns legt, als hätten wir einen Schwur geleistet. Chris wird mich begleiten und innerlich freue ich mich darüber. Die Vorstellung, den langen Weg auf mich allein gestellt zu sein, lässt mich schaudern.

»Bevor wir aufbrechen, müssen wir allerdings deine Garderobe anpassen.« Chris wirft einen Blick auf meine Jeans und mein Shirt. »Absonderliche Mode.«

»Weißt du, in meiner Zeit hat sich einiges verändert«, erkläre ich und lächle. Wahrscheinlich würde ihn das ganze moderne Zeug umhauen – im wahrsten Sinne des Wortes.

»Scheint so. Herrscht immer noch Krieg?«

Die Sonne ist mittlerweile komplett untergegangen und meine Augen gewöhnen sich langsam an die neuen Lichtverhältnisse. Der Wald erwacht jetzt erst und überall raschelt es. Traurig umfasse ich meine Knie, weil ich mich an seine Frage erinnere. »Ja, irgendwie herrscht Krieg. Zwar nicht in Deutschland, aber in anderen Ländern der Welt schon.«

Chris mustert mich aufmerksam und ich frage mich, ob es eine gute Idee ist, ihm etwas aus der Zukunft zu erzählen. Wenn ich eins gelernt habe aus all den Zeitreisefilmen, -serien und -büchern, dann, dass man die Vergangenheit in keinem Fall beeinflussen darf. Die Folgen sind jedes Mal verheerend.

»Was hat sich verändert?«

Nachdenklich löse ich meine Arme von den Knien und fahre mit einer Hand durchs Gras. Was soll passieren, wenn ich Chris ein bisschen von meiner Zeit erzähle? Ich bezweifle, dass wir dadurch die Zeitstränge oder das Universum gegen uns aufbringen. Trotzdem ist es besser, wenn ich mich vage halte, schätze ich. Was hat sich also verändert?

»Im Grunde alles und doch kaum etwas«, antworte ich.

»Wie das?«

»Es ist schwer zu erklären. Die politischen Konzepte, das Zusammenleben zwischen Mann und Frau, das Bild der Familie, es ist alles neu. Gleichzeitig lernen wir nicht aus unserer Geschichte, haben mit Problemen zu kämpfen, die lächerlich einfach aus der Welt zu schaffen wären. Alte Gefahren scheinen gebannt, neue treten auf den Plan und keiner weiß, wie er damit umgehen soll.«

Bisher habe ich nie tiefgehend über unsere Gesellschaft nachgedacht. Natürlich bekommen wir in der Schule einen Überblick über die Geschichte und das aktuelle politische Geschehen, aber das war bisher nur Schulstoff. Fakten, die ich auswendig lernen musste. Interessiert hat mich der Kram wenig.

Wenn man es nüchtern betrachtet, stecken wir in einer Endlosschleife, in der sich die Menschen gegenseitig vernichten. Vorurteile stehen an der Tagesordnung und manche kämpfen für Dinge, die mittlerweile selbstverständlich sein sollten.

Chris schnaubt. »Klingt in der Tat kompliziert. In Anbetracht dessen, dass keiner glaubt, die Welt wird in hundertfünfzig Jahren noch existieren und im Moment mehr Krieg als Frieden herrscht ...«

Er beendet seinen Satz nicht und mir wird klar, wie das klingen muss. Ich lebe in einer Zeit, die mehr Annehmlichkeiten besitzt als jede vorherige, und beschwere mich. Trotzdem drängt sich mir eine Frage erneut auf. Chris' gestrige Antwort reicht mir nicht mehr.

»Wieso glaubst du mir? Selbst ich habe die Theorie mit dem Wahnsinn keinesfalls ausgeschlossen. Vermutlich sitze ich in irgendeiner Psychiatrie auf einem harten Bett und schaukle vor und zurück, gefangen in meinem eigenen Kopf.« Das ist der bisher schrecklichste Gedanke. Hilflos spiele ich mit den Schnürsenkeln meiner Stiefel und versuche, den Gedanken, eine Gefangene zu sein, abzuschütteln.

»Das ist unmöglich. Ich kann wohl kaum ausschließlich in deinem Kopf existieren, oder?« Chris betrachtet mich ernst.

»Genau das würde ich sagen, wenn ich ein Produkt deiner Fantasie wäre und diese Unterhaltung in deinem statt meinem Schädel stattfände.« O Gott, ergibt irgendetwas davon Sinn?

»Hm, vermutlich hast du recht. Aber Juli, ehrlich. Ich bin ein denkendes und fühlendes Wesen. Wir können diese Theorie ausschließen.«

Die Angst krallt sich trotz seiner Worte in meinem Geist fest, beschleunigt meinen Herzschlag und schickt mir schwarze Punkte, die sich kurzzeitig vor meinen Augen ausbreiten. Heftig blinzelnd kämpfe ich gegen sie und gewinne. Immerhin ein kleiner Sieg. Chris streckt seine Hand nach mir aus. Einige Zentimeter vor meinem Arm hält er inne.

»Darf ich?«, flüstert er und ich nicke. Seine Finger legen sich beruhigend auf meine, wärmen mich und vertreiben die dunklen Schatten, spenden mir Hoffnung. »Alles wird gut. Okay?«

»Woher willst du das wissen?«

»Tu ich nicht, trotzdem glaube ich fest daran und du solltest es auch. Es spielt keine Rolle, ob du aus der Zukunft kommst. Du bist überzeugt davon und wenn wir das ignorieren, kannst du dein Glück weder hier noch in einer anderen Zeit finden. Verstehst du?«

Ein bisschen. Die Chance, eine weitere Frage zu stellen, bekomme ich nicht. Geräusche werden laut und wir stehen auf. Chris hilft mir – Gentleman, der er ist – hoch und ich drehe mich um. Hinter dem Haus, in dem wir geschlafen haben, kommen mehrere Gestalten zum Vorschein und mir fällt auf, dass es die ganze Zeit über ziemlich ruhig gewesen ist, wenn man bedenkt, dass mehrere Häuser auf der Wiese stehen. Die Menschen unterhalten sich lautstark, lachen und feixen.

Hinter einem Schemen schießt etwas Kleines hervor und steuert direkt auf uns zu. Der Hund rennt in einem halsbrecherischen Tempo über die Wiese und es sieht kein bisschen danach aus, als hätte er vor abzubremsen.

Und ich behalte recht.

Er knallt gegen Chris' Beine. Dieser beginnt zu taumeln und rudert mit den Armen in der Luft. Lachend lässt er sich auf die Wiese plumpsen und streichelt dem Hund über den Kopf. Das kleine Fellknäul freut sich sichtlich, kann sich kaum beruhigen und schwänzelt um uns herum.

»Werther, lass das«, sagt Chris, als der kleine dunkle Vierbeiner an ihm hochspringt. Seine Ohren hängen zu beiden Seiten herab und die Zunge blitzt immer wieder zwischen den spitzen Zähnen hindurch.

»Werther?« Ein seltsamer Name für einen Hund.

»Kennst du den Roman von Johann Wolfgang von Goethe? Ich habe ihn nach ihm benannt, eigentlich wird er Hund gerufen«, erklärt Chris und ich muss lachen. Selbst im 18. Jahrhundert gibt es Superstars, die für Tiernamen missbraucht werden. Wenn ich es mir recht überlege, hat sich vielleicht doch kaum etwas verändert.

Werther hat sich mir derweil zugewandt und schnüffelt eifrig an meiner Hose. Sicher riecht er Bastet und Osiris. Ich lasse mich zu ihm runter, gebe ihm etwas Zeit, um mit mir vertraut zu werden, und fahre ihm schließlich durchs Fell. Freudig springt er an mir hoch und wedelt in einem Wahnsinnstempo mit dem Schwanz. »Ja, Goethe ist mir ein Begriff«, antworte ich mit einiger Verzögerung. Der Kleine ist zu bezaubernd und bedurfte meiner ganzen Aufmerksamkeit. »Leider. Wir mussten einige seiner Werke in der Schule lesen. Ätzend.«

»Wie bitte?« Empört weiten sich Chris Augen. »Er ist ein Genie, wie kannst du so etwas sagen?«

Oje, da habe ich einen Nerv getroffen. Natürlich, Chris hat den Hund nach einer Figur benannt, die er mit Sicherheit bewundert, und ich hab deren Schöpfer beleidigt. »Tut mir leid. So war's nicht gemeint. Also schon, nur ... wollte ich auf keinen Fall dein Idol beleidigen.«

»Ist in Ordnung, ich verzeihe dir.«

»Wie großzügig«, murmle ich und widme mich wieder Werther. Er sitzt vor mir und sieht gespannt zu mir hoch. In der Dunkelheit kann ich ihn lediglich als haariges Knäuel ausmachen. Seine Augen mögen auf mich gerichtet sein. Oder auch nicht. Langsam fahre ich mit meinen Händen durch sein Fell, spüre die feinen weichen Haare, den warmen Körper und die Energie, die in ihm steckt. Wie könnte das meiner Einbildungskraft entstammen?

»Sollen wir hineingehen? Ich hab Hunger.« Chris geht einige Schritte auf das Haus zu, in dem mittlerweile Licht brennt, und mein Magen knurrt herzzerreißend.

Gleichzeitig beschleunigt sich mein Herzschlag und die Nervosität kehrt zurück. »Warte, was sagen wir den anderen Bewohnern?«

»Gute Frage«, meint Chris und dreht sich zu mir. Ich richte mich auf und zusammen überlegen wir, wobei jede meiner Erklärungen wahrscheinlich zu einer Heirat geführt hätte, schließlich ist es keine Option, zu sagen, dass ich seine Freundin bin. Das wäre zu dieser Zeit sicher unschicklich.

Unschicklich. Innerlich schüttle ich den Kopf über mich selbst. Das 18. Jahrhundert tut mir nicht gut.

Chris räuspert sich. »Am besten sind wir verwandt. Eine Cousine?«

»Und wo komme ich her?«

»Unerwartet aus der Stadt. Ich habe ihnen verschwiegen, dass du die vergangene Nacht in ihrem Haus geschlafen hast. Das könnte also klappen.« Chris scheint laut zu überlegen und keine Antwort zu erwarten. Er schreitet langsam auf die Tür zu. Werther hechtet ihm hinterher. Gut, dann die Cousine. Hoffentlich nehmen sie es uns ab.

Chris öffnet die Tür und das Licht des Kaminfeuers blendet mich einige Sekunden. Innen herrscht geschäftiges Treiben. Mit einer Hand bedeutet Chris mir, an ihm vorbeizugehen. Ich nehme all meinen Mut zusammen und tue den ersten Schritt.

Eine ältere Frau steht vor dem Feuer, schwenkt eine Pfanne, während ein Mann am Küchentisch sitzt und an einem Ast schnitzt. Ihm gegenüber hat ein Mädchen Platz genommen. In den Händen hält sie die Wolle und die Stricknadeln. Die Frauen tragen schlichte Röcke, darüber ein Hemd und eine Schürze. Verdammt, wir haben vergessen, die Klamottenfrage zu klären, und die wird definitiv aufkommen, immerhin trage ich eine Hose.

»Magda, Margit und Peter, darf ich euch meine Cousine vorstellen? Ju… Johanna«, sagt Chris, der hinter mir steht. Offensichtlich hat er sich dazu entschieden, meinen Namen zu verändern. Vielleicht, weil Juli oder Juliane Aufsehen erregen würde, es ist schließlich kein alltäglicher Name.

Ich sehe in die Gesichter, die sich uns zuwenden, und schnappe nach Luft. Schnell überspiele ich meinen Aussetzer, als die Frau auf mich zukommt und meine Hände in die ihren nimmt. »Johanna, wie nett. Fühle dich bei uns wie zu Hause.«

Ihre Stimme strotzt vor Herzlichkeit, trotzdem ist etwas in ihrem Gesicht seltsam. Genau benennen kann ich es nicht, jedoch bin ich mir sicher, irgendwas ist anders, sonst hätte ich mich im ersten Moment wohl kaum derart erschrocken. Vorsichtig taste ich mit meinem Blick ihre Züge ab. Zwei Augen, eine Nase, ein Mund, normale Wangenknochen und Kinnpartie. Was ist es nur? Chris räuspert sich und mir wird bewusst, wie unhöflich ich mich verhalte.

Mist.

»Vielen Dank, das ist total nett. Ich … ähm …« *Juli, reiß dich zusammen.* Es fällt mir schwer, die richtigen Worte zu finden. Trotzdem konzentriere ich mich und denke über das, was ich sagen möchte, nach. »Die Gastfreundschaft weiß ich zu schätzen und wir werden sie nicht lange in Anspruch nehmen, da ich meinen Cousin lediglich abholen wollte.«

»Abholen?« Das Mädchen steht auf und kommt ebenfalls auf mich zu. Ihr Vater – zumindest schätze ich das – tut es ihr gleich. »Ich bin Margit. Willkommen.« Betreten sieht sie zu Boden und ich entspanne mich ein wenig. Offensichtlich nimmt man es auf dem Land weniger genau mit den Umgangsformen. Zum Glück, denn ich habe keine Ahnung, wie ich mich benehmen soll. Wäre ich am Königshof oder in einer feinen Gesellschaft gelandet, wäre ich untergegangen. Mit Pauken und Trompeten.

Wahrscheinlich sogar wortwörtlich. Vielleicht hätte man mich geköpft. Okay, ich dramatisiere. Schließlich befinde ich mich nicht am Hof von Heinrich VIII und bin keine seiner Ehefrauen. Kein Grund also, mir den Kopf abzuschlagen.

Chris stellt sich neben mich und beinahe berühren sich unsere Arme. »Wir müssen in einer dringenden Angelegenheit nach Stuttgart.«

»Stuttgart?«, sagt Margit viel zu schrill und handelt sich damit einen vielsagenden Blick ihrer Mutter ein.

»Was treibt euch dorthin?«, fragt diese lächelnd.

Ich mustere Margits und Peters Gesichter. Sie verursachen dasselbe ungute Gefühl in meinem Magen und sehen trotzdem wie jedes andere aus. Die Familienähnlichkeit ist unbestreitbar. Margit sieht wie eine jüngere Version ihrer Mutter aus, wobei sie die dunkle Haarfarbe ihres Vaters geerbt hat. Abwartend schauen sie uns an. Chris bleibt stumm und ich durchsuche meine Hirnwindungen nach einer passablen Antwort.

»Familiäre Angelegenheiten«, antworte ich. Das sagen doch die Leute, wenn sie wollen, dass niemand nachfragt, was genau sie meinen. Hoffentlich klappt es.

Peter tritt vor die Frauen. Er trägt eine lange Leinenhose, die bis zum Boden geht, und keine Kniestrümpfe. Sympathisch, wobei ich zugeben muss: Chris sieht elegant in seinem Outfit aus. Und die Waden können sich sehen lassen.

Der Geruch von angebranntem Essen verbreitet sich in der Stube und Magda fährt herum. »Himmel.« Ihre Tochter eilt ihr zur Hilfe und sie nehmen die Pfanne von der Flamme. Dampf steigt empor und erfüllt den Raum.

»Wann brecht ihr auf?«, fragt Peter und lässt sich von dem Chaos am Kamin kein bisschen beeinträchtigen.

»Morgen früh«, sage ich bestimmt. Hoffentlich ist es für Chris okay. Länger will ich nicht warten, jeder weitere Tag wäre ein vergeudeter.

Peter mustert mich argwöhnisch und Chris bestätigt meine Aussage: »Es ist dringend. Ich werde meinen Bruder zurücklassen und in Greifswald erneut auf ihn treffen. Könnt ihr ihm das ausrichten, wenn er zurückkehrt?«

Der Herr des Hauses nickt und deutet auf meine Hose. Einen Moment kann ich nur seine Nase anstarren, die ihren ganz eigenen Charakter besitzt. »Ist das die neueste Mode in der Stadt?«

Oh, oh, ich habe es geahnt. Einfach zu bejahen erscheint selbst mir wie eine fadenscheinige Ausrede. Und vielleicht löse ich damit einen Skandal aus. Was das Letzte ist, was ich gebrauchen kann. Nur was soll ich antworten?

Hilfe suchend sehe ich zu Chris. Seine Augen wandern von rechts nach links und er blinzelt heftig. Wunderbar, er hat ebenfalls keinen Schimmer.

»Mein Kleid«, sage ich und sehe an mir herunter. »Es ist auf der Reise kaputt gegangen.« Okay, so weit, so gut. »Christoffer hat mir diesen Fetzen geliehen, da ich keinen Ersatz bei mir trage. Meine Abreise war ein wenig überstürzt.« Letzteres entspricht sogar der Wahrheit. Schnell entziehe ich mich Peters musternden Augen und neugierigen Fragen, indem ich lächelnd an ihm vorbeigehe und mich zu den Frauen am Kamin geselle. »Wäre es möglich, in der Nähe ein neues zu kaufen?«

Margit schlägt ein Ei in die Pfanne und es brutzelt vor sich hin. Daneben erkenne ich Speck, der auf einer Seite verkohlt ist. »Zwei Tage Fußmarsch von uns entfernt befindet sich eine kleine Stadt.«

Okay, bis dahin muss es in Jeans gehen.

Magda betrachtet mich kritisch. »Meine ältere Tochter ist bereits verheiratet und aus dem Haus, eins ihrer alten Kleider könnte passen. Es ist einfach, befreit dich aber von dieser unschicklichen Mode. Begleitest du mich?«

Ihre Herzlichkeit wärmt mich von innen und ich nicke dankbar. Sie nimmt eine Kerze und geht voraus.

Zusammen steigen wir die Stufen nach oben und betreten das erste Zimmer entlang des Flurs. Es ist doppelt so groß wie der lange Schlauch, in dem ich letzte Nacht geschlafen habe, dennoch sind die Möbel ähnlich nüchtern. Das Bett steht in der Mitte des Raumes, ist umgeben von Kommoden und Regalen an den Wänden. Ein Fell – vielleicht Schaf? – liegt auf dem Boden und ich bezweifle, dass es synthetisch ist.

Magda hebt den Deckel einer Holztruhe an, die am Fußende des Bettes steht. Einige Decken und Klamotten kommen zum Vorschein und nachdem sie ein paar Augenblicke gekramt hat, reicht sie mir einen Rock und ein Hemd.

»Benötigst du Unterkleidung?«

Was? Unterwäsche? »Nein, danke.«

»Gut.«

»Vielen Dank für das Kleid. Ich ...« ... *werde es bezahlen*, wollte ich sagen. Das kann ich nur nicht. Ich habe kein Geld bei mir, aber es würde ihnen sowieso kaum nützen, es wäre wertlos in ihrer Zeit.

Magda schließt die Truhe und dreht sich zu mir um. »Ist schon gut. Katharina hat genug andere Kleider. Bis in die nächste Stadt kommst du damit, dort kannst du dir etwas Eleganteres und der Mode Entsprechendes kaufen.«

Ich nicke, verschweige mein Geldproblem und betrachte die Sachen. Hoffentlich kann die Familie sie wirklich entbehren. Am liebsten hätte ich sie abgelehnt, bloß habe ich keine andere Wahl. Ich bin auf ihre Gastfreundschaft und Hilfsbereitschaft angewiesen.

»Kann ich mich gleich hier umziehen?«

Befremdlich schaut Magda mich an und ich frage mich, ob etwas an meiner Wortwahl falsch gewesen ist oder sie lediglich die Tatsache, dass ich mich in ihrem Haus umziehen will, irritiert. Dann verlässt sie den Raum und ich atme auf. Für mich ist es anstrengend, über jede Silbe, die ich sage, nachzudenken. Zumal ich nicht weiß, was sich gehört.

Ich schlüpfe aus meinen Klamotten und steige in den Rock. Er sitzt locker, passt aber. Danach ist das Hemd dran, das vorne zugeknöpft wird. Die Ärmel krempele ich hoch, es ist Sommer und ich schwitze alleine bei dem Gedanken, etwas Langärmliges zu tragen. Dann fällt mir die kleine weiße Haube auf, die Magda mir mit dem Rest gegeben hat. Was soll ich damit? Sie aufsetzen, klar, aber wie? Außerdem müsste ich dazu meine Haare zusammenbinden und ohne Zopfband gleicht das einer unmöglichen Aufgabe. Im Normalfall habe ich immer ein Notfallhaargummi in der Hosentasche. Manchmal mehrere, sicher ist sicher. Ich greife nach meiner Jeans, durchsuche die Taschen und werde fündig. Ein leiser Ausruf der Freude kommt mir über die Lippen. Der Haargummi ist ein kleiner Sieg, auch wenn das seltsam ist. Etwas, das aus meiner Welt kommt und mir das Leben erleichtert. Ich forme einen Dutt und befestige ihn mit dem Zopfband. Die Haube ziehe ich darüber und binde sie fest. So gut es eben geht. Mal sehen, wie lange sie hält. Am besten frage ich Chris später um Hilfe.

Die Kerze steht auf einem silbernen Teller, der die Tropfen auffängt. Es ist mühsam, mit derart wenig Licht auszukommen. Gerade mal einen Tag bin ich hier und vermisse mein Zuhause bereits schmerzlich. Nicht nur den Strom, das fließende Wasser und Twitter, sondern vor allem meine Mutter und Mia, Nils, Bella und Mauro. Normalerweise bin ich schlagfertig und selbstbewusst, hier fühle ich mich unsicher und nervös. Es fällt mir schwer, mich zu benehmen und anzupassen. Glücklicherweise habe ich Chris gefunden – oder er mich. Er nimmt mir mein Verhalten zu keiner Zeit übel, gibt mir nie das Gefühl, am falschen Platz zu sein, im Gegenteil.

Ich packe meine Klamotten zusammen, bringe sie in Chris' Zimmer und gehe bei Kerzenschein die Treppe hinunter. In der Stube begrüßt Werther mich wild, obwohl ich nur einige Minuten weggewesen bin. Auf dem Tisch stehen Teller und Pfannen, außerdem ein Trinkbecher neben jedem Gedeck. Chris deutet auf den Platz neben sich und ich setze mich zu ihm. Er reicht mir einen Teller mit Eiern und Speck sowie ein Stück Brot. Alle scheinen auf mich zu warten. Ich will mir eine Ecke von dem weichen Brot abbrechen, als Chris sich räuspert. Er schüttelt leicht den Kopf und streckt mir die Hand hin. Ein Blick in die Runde offenbart, dass die anderen sich an den Händen gefasst haben. Tischgebet? So muss es sein.

Zögernd ergreife ich Chris' Hand und danach Margits. Magda spricht ein paar Worte und schließt mit *Amen*.

Anschließend schlagen alle zu. Ich warte noch einen Moment, um sicher zu sein, nichts falsch zu machen, und schiebe mir erst dann das Brot in den Mund. Es schmeckt köstlich und auch der Rest ist innerhalb weniger Minuten verspeist. Aus dem Brotkorb nehme ich mir eine weitere Scheibe und lausche dem Gespräch über eine trächtige Kuh, die überwacht werden muss. Ihre letzte Geburt hätte sie beinahe das Leben gekostet.

»Ist deine Familie wohlhabend?«, fragt Margit und ich sehe auf. Sie hat sich zu mir vorgebeugt und ihre Augen glitzern im Kerzenlicht. Erschrocken halte ich die Luft an.

Ihre Augen! Sie haben keine Iriden, bestehen lediglich aus schwarzen Pupillen. Meine Nase stößt fast an ihre, so weit lehne ich mich zu ihr.

6

SCHWARZ-WEISS

Kein Zweifel! Keine Farbe ist in ihnen auszumachen. So etwas habe ich noch nie gesehen! Ist das überhaupt möglich? Hektisch drehe ich mich zu Chris, der sich gerade mit Peter unterhält. Keine Panik. Das ist sicher ein Irrtum.

Kräftiger als gewollt knuffe ich ihn in den Oberarm und er fährt mit hochgezogenen Augenbrauen zu mir herum. Blaue Augen mustern mich mürrisch. Verwirrt nähere ich mich seinem Gesicht. Eindeutig blaue Iriden. Peter hat offensichtlich keine Ahnung, wie er mein Verhalten deuten soll, und beugt sich ebenfalls vor, um mich im Kerzenlicht besser zu betrachten. Ich nutze die Gelegenheit und schaue ihm in die Augen.

Schwarz.

Scheiße, was soll das? Bin ich bei *Supernatural* gelandet oder was? Dämonen haben komplett schwarze Augen, jegliches Weiß ist daraus verschwunden, erinnere ich mich. Das ist bei ihnen nicht der Fall, doch dieses Wissen kann mich nur minimal beruhigen, zumal es aus einer Serie kommt und der Wahrheitsgehalt damit fragwürdig ist. Mein Herzschlag beschleunigt sich und ich springe vom Stuhl, der dadurch umkippt. Und mit einem Mal liegt die gesamte Aufmerksamkeit auf mir.

»Entschuldigt mich«, sage ich und renne hinaus, gefolgt von Werther. Der Hund springt mir um die Beine, rennt einige Meter voraus und wartet dann auf mich, nur um das Spiel zu wiederholen.

Das ist unmöglich. Wie kann es sein, dass die Iris schwarz ist? Ganz ruhig, es gibt sicher eine Erklärung. Bloß welche? Keine Ahnung. Ich laufe im Kreis, trete einen Trampelpfad in den Boden und bekomme kaum noch Luft.

Chris stürmt aus der Hütte und kommt auf mich zu.

Verunsichert mustert er mich. »Was ist geschehen?«

Wenn ich ihm die Wahrheit sage, hält er mich für vollkommen verrückt. Trotzdem habe ich das Gefühl, es ihm mitteilen zu müssen. Er hat bisher immer zu mir gehalten und verdient die Wahrheit. »Ihre Augen.« Die Worte kommen zu schnell über meine Lippen. »Sie haben keine Iris. Ist dir das nie aufgefallen? Die Farbe fehlt!«

»Was?«

»Meine Iris ist blau, deine auch. Ihre hingegen ist einfach schwarz. Die Augen bestehen nur aus Pupillen und weißer Haut.« Er muss blind sein, wenn er das nicht wahrgenommen hat. Zumindest im Tageslicht sollte es eindeutig sichtbar sein.

»Du irrst dich.«

»Was?«, frage ich und meine Stimme ist eine Oktave höher als vor einigen Sekunden. »Ich habe es doch gesehen!«

Chris schüttelt den Kopf. »Nein, sie haben ganz normale Augen. Es gibt keinen Unterschied zu deinen.«

Panisch fahre ich mir übers Gesicht, laufe erneut auf und ab. Meint er das ernst? Die Theorie, in meinem eigenen Kopf gefangen zu sein, rückt wieder gefährlich in den Vordergrund und ich dränge sie mit aller Macht zurück, versuche, mich ihren langen schwarzen Fingern zu entziehen. »Das ist nicht wahr.«

»Juli, beruhige dich. Die Kerzen erhellen den Raum kaum, es war wirklich dunkel. Du …«

»Nein«, fahre ich ihm ins Wort. »Es ist mir sofort aufgefallen, ich konnte es bis eben nur nicht zuordnen, wusste nicht, was mich stört.«

»Wieso sehen sie dann für mich normal aus?«

Ich ziehe meine Schultern hoch. »Keine Ahnung. Jedenfalls bleibe ich hier draußen und setze keinesfalls ein weiteres Mal einen Fuß ins Haus.« Mein Bauch rät mir, nie wieder hineinzugehen. Dabei spielt es keine Rolle, wie herzlich und nett vor allem Magda zu mir gewesen ist.

Die veränderten Augen jagen mir eine Heidenangst ein und können nichts Gutes bedeuten.

»Du kannst die Nacht schlecht im Freien verbringen«, sagt Chris und verschränkt die Arme vor der Brust.

»Ich gehe unter keinen Umständen zurück.« Mein Ton ist unmissverständlich. Und ich werde diesen Satz so lange wiederholen, bis er mir glaubt. Natürlich verstehe ich, wieso er meine Entscheidung anzweifelt. Wenn er nicht sieht, was ich sehe, gibt es für ihn keinen Grund zur Panik. Leider habe ich es trotzdem entdeckt. Einen Moment bin ich unsicher. Habe ich wirklich iridenlose Wesen gesehen? Dann sehe ich sie abermals vor meinem geistigen Auge. Über meine Arme zieht sich eine Gänsehaut und ein Schauer läuft mir den Rücken hinab. Nie im Leben kann ich mir das eingebildet haben.

Beschwichtigend hebt Chris seine Hände. »Ist gut.«

Er geht zurück ins Innere und ich fühle mich ein bisschen verloren. Bin ich Dämonen begegnet?

Dämonen, wie lächerlich, Juli. Was könnte es bedeuten? Hexen? Etwas anderes Übernatürliches? Wieso zur Hölle erscheinen sie Chris normal? Fragen über Fragen. Und erneut finde ich keine Antwort.

Langsam lasse ich mich auf den Boden sinken, spüre, wie Werther sich an mich drückt, und vergrabe meine Hände in seinem Fell. Jedes Mal, wenn ich die Lider schließe, schiebt sich die Schwärze auf weißem Grund in meinen Geist. Irgendwann laufen mir Tränen über die Wangen. Die Verzweiflung ist derart groß, dass ich das Gefühl habe, unter ihr zu ersticken. Bisher ist Chris mein Fels gewesen, auch wenn ich ihn kaum kenne. Er hat mir geglaubt, mich in keiner Weise verspottet. Jetzt scheint es, als hielte er mich doch für verrückt.

Da ist er nicht der Einzige.

Schritte hinter mir bringen mich dazu, aufzusehen. Chris kommt mit einer Kerze und mehreren Decken zu mir. »Schlafen wir eben in der Scheune.«

Perplex stehe ich auf. »Du ... was?«

»Du willst im Freien bleiben, also schlafen wir draußen. Jetzt aufzubrechen, ist zu gefährlich. Morgen früh können wir direkt los. Wir müssen zu Fuß bis in die nächste Stadt, dort können wir die Postkutsche nehmen.«

Überrumpelt falle ich ihm um den Hals. Ich kann nicht glauben, dass er weiterhin an meiner Seite ist. »Warum?«

Er drückt mich fest an sich. »Warum was?«

»Wieso hilfst du mir? Es wäre viel einfacher, mich mir selbst zu überlassen.«

»Einfacher vielleicht, aber besser? Wohl kaum. Du brauchst Hilfe, das ist offensichtlich«, sagt er und löst sich von mir. Mitleid, es trieft von seinen Worten und meine Schultern sacken nach unten, die Erleichterung verpufft. Keinesfalls meine erste Wahl, wenn ich mir eine Empfindung aussuchen dürfte, die Chris mir entgegenbringt, aber gut. Wählerisch zu sein, kann ich mir im Moment wohl kaum erlauben, schon klar. Trotzdem möchte ich, dass er an mich glaubt. Seine Meinung ist mir wichtig, so dumm es klingen mag.

»Komm«, sagt er und geht voraus auf einen kleinen Holzschuppen zu. Er öffnet die Tür, die aus Brettern besteht, und leuchtet mit der Kerze hinein. Im Inneren ist Heu gelagert und Chris legt eine Decke darauf. Eigentlich bin ich viel zu aufgeregt, immerhin habe ich den halben Tag verschlafen und dann ... *auf keinen Fall daran denken, Juli.*

Chris reicht mir ein Kissen und eine weitere Decke. Er macht Anstalten, ans andere Ende der Scheune zu gehen, als ich ihn festhalte. »Was hast du vor?«

»Ich schlafe da drüben, damit du deinen Freiraum hast.«

Ach ja, Konventionen, Schicklichkeiten – das 18. Jahrhundert. Für einen Herzschlag habe ich es vergessen. Meine Hand rutscht von seinem Arm und ich lasse ihn ziehen. Entmutigt und ohne jegliche Hoffnung, aus dieser Situation jemals einen Weg nach Hause zu finden, lege ich mich auf mein Lager und verschränke die Arme hinter dem Kopf.

Chris löscht die Kerze und Stille breitet sich aus, drückt gegen die Wände und das Dach. Solange, bis sich meine Gedanken daruntermischen. Sie wiegen schwerer und sorgen für ein unangenehmes Gefühl in meinem Bauch. Mein Hirn gleicht einem Minenfeld. Jede Überlegung führt zu den nicht vorhandenen Iriden und dann unweigerlich zu der Frage: Bin ich wirklich in der Zeit gereist? Befinde ich mich in einem Paralleluniversum oder doch in meinem Kopf? Bei Letzterem sind es hoffentlich starke Pillen, die mich ins Wunderland schießen.

Keine Panik. Irgendwann wird das ein Ende finden. Schließlich muss ich irgendwann wieder nach Hause finden – wo auch immer ich im Moment sein mag. Außer ... scheiße.

Außer ich bin tot.

Nein, das ist unmöglich. Oder? Wenn es so wäre, würde ich jetzt auf einer Wolke sitzen und Sasa auf den Kopf spucken. Nicht *hier* feststecken, mit einem Kerl, den ich kaum kenne, und Wesen, die keine Iriden besitzen. Das ist höchstens ein schlechter Scherz.

Das Stroh raschelt und ich sehe zu Chris. Es ist dunkel, ich kann nur seine Umrisse ausmachen, wahrscheinlich hat er sich umgedreht. Als seine Stimme erklingt, zucke ich zusammen. Eigentlich habe ich gedacht, er würde längst schlafen. »Solltest du aus der Zukunft kommen, was glaubst du, ist der Schlüssel, um in der Zeit zu reisen?«

Ahnungslos zucke ich mit den Schultern. »Ich hab keinen blassen Schimmer. Wüsste ich es, wäre ich längst zurückgesprungen.«

»So schrecklich?«

Oh, mit der Aussage habe ich ihn beleidigt, Mist. »Stell dir vor, du erwachst an einem Ort, der dir völlig fremd ist, triffst auf einen Typen, der dir sagt, du befindest dich in der Mitte des 18. Jahrhunderts, und weil das anscheinend noch nicht genug ist, hast du es mit Menschen zu tun, die vielleicht keine sind – zumindest ihre Augen sehen alles andere als menschlich aus.« Ich fahre mir durchs Haar, danach übers Gesicht. Selbst in meinen eigenen Ohren klingt jedes Wort absurd. »Seit meiner Ankunft zweifle ich an meinem Verstand und im Moment fühle ich mich unverstanden und habe Angst, fast Panik. Vielleicht war es gar keine Zeitreise? Was, wenn ich mich stattdessen in einem Paralleluniversum oder auf einem anderen Planeten befinde?«

Wilde Spekulationen bringen nichts, trotzdem sind sie in meinem Kopf und fordern, gehört zu werden. Bisher hat Chris es jedes Mal geschafft, mich zu beruhigen. Vielleicht hilft mir das Gespräch mit ihm. Er wird mir keine Antworten geben können, dennoch ist sein Blickwinkel ein anderer, sieht neue Gesichtspunkte, vermag es möglicherweise, einen Schimmer Hoffnung in die Dunkelheit zu bringen.

»Ich bezweifle, dass du dich auf einem anderen Planeten befindest, immerhin weißt du über einige geschichtliche Ereignisse, die passiert sind, Bescheid. Stuttgart gibt es in meiner und deiner Welt. Nur die

Augen, das macht mir ebenfalls Sorgen.« Wieder höre ich das Stroh rascheln und es scheint, als hätte sich Chris' Position verändert. Er hat sich aufgesetzt und ich tue es ihm gleich. Von Schlafen ist sowieso keine Rede.

»Es ist merkwürdig, dass wir unterschiedliche Dinge sehen. Mir ist klar, dass wir nie in derselben Realität leben, trotzdem ist das ein Detail, das sich gleichen müsste.«

Gespannt stütze ich die Ellbogen auf die Oberschenkel und lege den Kopf auf die Hände. »Was meinst du damit, dass wir nicht in derselben Realität leben?«

Chris steht auf, geht einige Schritte und lässt sich mir gegenüber ins Stroh fallen. Jetzt kann ich selbst in der Dunkelheit seine Züge ausmachen. Er wirkt ehrlich beunruhigt oder zumindest nachdenklich.

»Wahrheit ist subjektiv. Und obwohl wir in der gleichen Welt leben, nehmen wir sie unterschiedlich wahr. Etwas, das dir normal erscheint, kann für mich völlig abwegig sein. Eine Tatsache, die du für die Wahrheit hältst, die deine Realität ausmacht, kann in meinem Universum eine Lüge sein. Verstehst du?«

Angestrengt kneife ich die Augen zusammen und wiederhole seine Worte im Geiste. In unserer Zeit sagt man oft, dass die Menschen in der Vergangenheit weniger intelligent waren als wir, sogar rückständiger gewesen sein sollen. Aber Chris' Worte sind die weisesten, die ich seit einer Ewigkeit gehört habe.

»Irgendwie schon. Nehmen wir mal an, ich sage: Pizza ist das Beste, was es auf der ganzen Welt gibt. Dann ist es für mich eine Wahrheit. Würdest du Pizza jedoch nicht mögen, wäre die Aussage für dich eine Lüge. Also mal abgesehen davon, dass jeder Pizza mag.«

Chris sieht mich fragend an. »Pizza?« Er zieht das Wort, als hätte er es gerade zum ersten Mal gehört. Was wahrscheinlich sogar stimmt.

»Oje, wie kann dein Leben überhaupt Sinn machen?« Das 18. Jahrhundert ist grausam. »Es ist ein Nahrungsmittel, ersetze es durch Brot.«

Mit schiefgelegtem Kopf schaut er mich an. »Ja, vereinfacht ausgedrückt ist es das, was ich meine. Nichtsdestotrotz sollte jeder Mensch eine Iris besitzen, das ist eine allgemeine Gegebenheit, die für jeden gleich sein müsste.«

»Wohl wahr«, flüstere ich und schaudere bei dem Gedanken an die schwarzen Pupillen. »Dämonen habe ich ausgeschlossen. Wenn man *Supernatural* glaubt, besitzen sie gar kein Weiß in ihren Augen.«

Keine wirklich verlässliche Quelle, aber immerhin etwas, an dem wir uns orientieren können. Außerdem habe ich vor einiger Zeit einen Artikel darüber gelesen – in der Schule hat man viel Zeit –, dass in Serien immer eine Quintessenz der Wirklichkeit steckt. Vielleicht gibt es also eine Überlieferung, die von komplett schwarzen Augen spricht, wenn es um Dämonen geht.

»Ist dieses *Supernatural* vertrauenswürdig? Das Werk ist an mir vorbeigegangen.«

Beinahe hätte ich gelacht, beherrsche mich allerdings gerade noch. »Es ist das Beste, das wir haben.« Ich entscheide mich dazu, ihm gegenüber lieber ein kleines bisschen zu schwindeln, zumindest was diesen Punkt betrifft. Eine ausschweifende Erklärung, um was es sich bei der Serie handelt, würde uns Tage, gar Wochen kosten.

»Na gut. Außerdem halte ich sie ebenfalls eher weniger für Dämonen. Ich wohne eine halbe Ewigkeit bei ihnen. Sie sind stets nett. Womöglich hat es etwas damit zu tun, dass du aus einer anderen Zeit kommst?«

»Klingt plausibel. Bloß kann ich deine Iris sehen. Wenn dem so wäre, müsste deine ebenfalls schwarz sein, oder?« Es wäre eine Erklärung, nur will dieses eine Detail nicht passen. Außer ... »Du bist sicher in diesem Zeitalter geboren und aufgewachsen?«

»Ja.« Nervös spielt Chris mit seinen Fingern.

»Es besteht ... also ... kann es sein, dass du ebenfalls durch die Zeit gereist bist?«

»Was?«, flüstert Chris. »Natürlich nicht. Das ist meine Welt, ich lebe hier. Seit siebzehn Jahren.« Jedes Wort wird fahriger und er verschluckt sich beinahe, so schnell kommen sie ihm über die Lippen.

Ich beuge mich vor, lege beruhigend meine Hand auf seinen Arm. »Schon gut. Es wäre eine Erklärung gewesen.«

Chris nimmt sich einige Minuten, atmet aus und ein und ich denke, dass in seinem Kopf das reinste Chaos herrscht. Zumindest macht es den Anschein. »Juli, es tut mir leid, aber das können wir ausschließen.«

»Schon okay, selbst wenn, hättest du offensichtlich alles vergessen.« Trotzdem behalte ich die Möglichkeit im Hinterkopf. Sie macht Sinn. Gleichzeitig bringt mir diese Erkenntnis – falls sie sich als wahr herausstellt – nichts. Chris glaubt, von hier zu kommen, er ist felsenfest davon überzeugt und kann daher keine meiner Fragen zu einer möglichen Rückreise beantworten.

»Anscheinend sind die ... wie nennen wir sie? Wesen?«, fragt Chris, nachdem er sich gefangen hat.

»Wesen klingt gut.«

»Also anscheinend sind die Wesen gutmütig, oder? Sonst hätten sie dir oder mir längst etwas getan.«

»Oder sie wissen einfach nicht, dass jemand ihr Geheimnis kennt.«

»Dann belassen wir es am besten dabei. Demnach sollten sie keinen Grund haben, dir etwas zu tun.«

Ich nicke. »Scheint so. Können wir uns dennoch von ihnen fernhalten? Sie machen mir Angst und ehrlich gesagt gibt es im Moment genug andere Dinge, wegen denen ich mir den Kopf zerbreche. Noch mehr bringt meinen Schädel höchstens zum implodieren.«

Bittend betrachte ich Chris, der mittlerweile mit ausgestreckten Beinen und auf seine Arme zurückgelehnt dasitzt. Er gähnt. »In Ordnung. Wobei wir dir in der Stadt ein annehmbareres Kleid erwerben müssen. Die Mode vom Land unterscheidet sich zu der in der Stadt. Und Bauern gelten als dumm. Man wird ständig versuchen, dich über den Tisch zu ziehen.«

Das hätte ich mir denken können. »Weißt du, das hat sich selbst in hundertfünfzig Jahren nicht geändert. Vorurteile beherrschen die Welt.«

»Es sind keine Vorurteile, sondern ist eine Frage des Standes.«

»Papperlapapp.«

»Wie bitte?« Chris zieht seine Augenbrauen hoch und schaut mich mit großen Augen an.

»Das ist Bullshit, völlig Banane, du redest Mist.«

»*Du* sprichst wirr. Manchmal klingt es, als wäre es eine andere Sprache. Aber ich denke, ich verstehe, was du meinst.«

Die Müdigkeit legt sich langsam über mich. Das 18. Jahrhundert ist anstrengend, vor allem, weil es Wesen beherbergt, die keinesfalls menschlich sind. Nachdenklich wickle ich mir eine Strähne um den Finger.

»Wie kannst du nur ohne Pizza überleben?« Innerlich verdrehe ich die Augen über mich selbst. Als ob das im Moment wichtig wäre. Trotzdem beruhigt es mich, meine Gedanken primär auf etwas anderes als die Wesen und die Zeitreise zu fokussieren.

»Wenn ich wüsste, was diese ominöse Pizza ist, könnte ich dir die Frage beantworten. Da sie mir vollkommen fremd ist, lebt es sich allerdings recht gut ohne sie.«

Kopfschüttelnd lächle ich. »Unglaublich. Es ist eine Offenbarung, warmer Käse, der im Mund zerläuft, dünnes Brot und Tomatensoße aus sonnengereiften Tomaten – wenn man der Werbung glaubt.« Das Wasser läuft mir im Mund zusammen und ich würde mein rechtes Bein für eine Pizza geben, na gut, wohl kaum, dennoch … yummi, Pizza!

»Werbung?«, fragt Chris, wobei er das Wort künstlich in die Länge zieht und seine eigene Kreation daraus macht.

Ich zucke die Schultern. Draußen weht der Wind um die Scheune. Irgendwo springt Werther herum, ich höre ihn in der Ferne bellen. »Das glaubst du mir sowieso nicht.«

»Verstehe. Vermutlich ist es besser, zu schlafen. Wir haben eine lange Reise vor uns und sollten unsere Kräfte sammeln.« Chris erhebt sich. Im Stehen deutet er eine kleine Verbeugung an und meine Mundwinkel ziehen sich nach oben. Ein kleines bisschen erinnert er mich mit seinen Kniestrümpfen und dem Benehmen an Mr. Darcy.

»Gute Nacht, Juli.«

»Schlaf gut, Chris. Und danke.«

»Wofür?«

»Einfach alles.«

Das Stroh raschelt und Chris schlüpft unter seine Decke. »Gern.«

7

MÖGLICHE NEBENWIRKUNGEN VON ZU VIEL HÖFLICHKEIT: AKUTER WÜRGEREIZ

Auch an diesem Morgen erwache ich weder in meinem Bett noch einer Jugendherberge oder sonst wo im 21. Jahrhundert. Das Stroh pikst und mein Rücken tut weh, als hätte ich seit Tagen auf keiner Matratze mehr geschlafen.

Was der Wahrheit entspricht. Leider.

Ich schließe die Augen für einen Moment und genieße die Wärme unter der Decke, bilde mir ein, endlich aus diesem Albtraum erwacht zu sein. Die Geräusche des Waldes vereiteln mein Vorhaben. Ein Käuzchen schreit, während Werther außerhalb der Scheune bellt. Müde streiche ich mir übers Gesicht, öffne die Lider und linse zu Chris.

Er ist weg.

Habe ich ihn mir etwa eingebildet? Nein, das kann nicht sein. Bitte, lass ihn wiederkommen. Wobei, hätte ich ihn mir ausgedacht, wäre es möglich, dass es auch die Wesen mit den komischen Augen nicht gibt. Keine Ahnung, was mir lieber wäre. Chris glaubt mir und versucht zu helfen, des Rätsels Lösung zu finden. Ohne ihn bin ich auf mich allein gestellt.

Sonnenstrahlen dringen durch die Schlitze zwischen den Holzbrettern und heben meine Laune minimal. Ohne Regenschirm oder einen ähnlichen Schutz durch den Wald zu wandern, stelle ich mir grausam vor. Wir würden uns im wahrsten Sinne des Wortes den Tod holen.

Langsam setze ich mich auf, schäle mich aus der Decke und betrachte die Klamotten, die ich am Leib trage. Ein Hoch darauf, dass ich einige hundert Jahre später geboren wurde. Um Röcke und Kleider mache ich im Normalfall einen großen Bogen. Anscheinend ist das in diesem Jahrhundert unmöglich. Ein Seufzen quält sich aus meiner Kehle und meine Schultern sacken herab. Die Ereignisse der letzten Tage zeichnen sich mit Sicherheit auf meinem Gesicht ab, ich kann die Augenringe nahezu spüren. Meine eigene Hose und mein T-Shirt müssen noch im Haus liegen. Was würde ich dafür geben, sie tragen zu können! Jedoch bringen mich keine hundert Pferde dazu, das Haus erneut zu betreten. Außerdem würde ich mit den Klamotten auffallen wie ein bunter Hund.

Als sich die Tür öffnet, bin ich einen Moment von dem einfallenden Licht geblendet. Die Sonne strahlt hell vom Himmel und die Silhouette des Eintretenden wirft einen langen Schatten ins Innere.

»Guten Morgen, hast du gut geschlafen, Juli?« Chris' Stimme nimmt mir ein wenig der Last von den Schultern und Erleichterung durchströmt mich. Ich hebe die Finger vor die Augen und versuche, ihn zu erkennen. Erst nachdem er die Tür hinter sich geschlossen hat, gelingt es mir. Von dem großen Holzbrett, das er mitbringt, weht ein köstlicher Duft zu mir und bereits bei dem Gedanken an etwas zu essen knurrt mein Magen.

»Danke, ja, habe ich. Die Nacht war nur viel zu kurz. Ich fühle mich, als hätte mich ein LKW überrollt«, antworte ich und strecke mich ein Stück, um auf das Holzbrett lugen zu können. Doch dafür bin ich zu klein und um extra aufzustehen, definitiv zu faul.

Chris kommt näher und setzt sich neben mich ins Stroh. Mit einem gewissen Sicherheitsabstand versteht sich. »Ich begreife nur die Hälfte deiner Worte. Aber es erstaunt mich kein bisschen, dass du müde bist. Wer die ganze Nacht auf Wanderschaft ist, muss sich kaum wundern, morgens müde zu sein.«

»Jetzt kapiere ich nicht, was du sagst.« Verwirrt schaue ich ihn an und der Geruch von gebratenen Eiern steigt mir in die Nase. Automatisch wandern meine Augen zu dem Essen. Auf dem Brettchen liegen zwei Scheiben Brot, auf dem jeweils ein großzügiges Stück Schinken und ein Ei platziert sind. Mein Blick muss derart gierig sein, dass Chris mir das Brett lachend entgegenhält. Ohne zu zögern nehme ich eine Brotscheibe und schiebe sie direkt in den Mund. Kauend nicke ich Chris dankbar zu und kuschle mich ins Stroh. Die fünf Minuten Glück will ich genießen. Ich halte mich einfach an den kleinen Dingen fest. Das macht meine Situation ein bisschen erträglicher.

»Du kannst das zweite Brot ebenfalls haben ... also falls du möchtest.« Chris hat mir bisher selig beim Essen zugesehen und ist kaum in der Lage, sich ein Lächeln zu verkneifen.

»Was?«, bringe ich zwischen zwei Bissen hervor. Dabei hebe ich mir die Hand vor den Mund, damit Chris dessen Inhalt nicht sieht. Das macht man doch so, oder? Oje, ich sollte mehr auf meine Manieren achten. Auch in meiner eigenen Zeit.

»Ich denke, ich habe noch nie jemanden gesehen, der so glücklich beim Essen aussieht wie du«, sagt Chris und klärt die Situation auf. Er sieht also kein Schwein in mir. Zum Glück.

»Danke, das Kompliment nehme ich gerne an.« Meine Lippen verziehen sich zu einem breiten Grinsen. »Was meintest du mit der Wanderschaft? Müssen wir nachts los? Durch den Wald? Hältst du das für eine gute Idee?« Die Gedanken sprudeln ungefiltert aus meinem Mund. Schnell schnappe ich mir das zweite Stück Brot und bringe mich damit selbst zum Schweigen. Es schmeckt köstlich. Da der erste Hunger gestillt ist, genieße ich die zweite Portion in vollen Zügen.

»Nein, eher weniger. Wir sollten versuchen, jeden Abend in einem Gasthof einzukehren. Aber ich meinte etwas anderes. Du bist heute Nacht durch die Scheune gewandert, mit geschlossenen Augen. Ich konnte dich kein bisschen beruhigen. Irgendwann hast du an die Bretter geschlagen, wolltest raus. Natürlich habe ich das verhindert. Nach einer ganzen Weile hast du dich hingelegt und weitergeschlafen.«

Ich weiß nicht, welche seiner Aussagen mich mehr schockiert. »Ich schlafwandle?« Mein Hirn hat sich offensichtlich unterbewusst entschieden, bevor ich es bewusst konnte. Anscheinend macht mir das Schlafwandeln mehr Angst, als mir klar ist.

Chris nickt. »Ja, du schlafwandelst.«

»Tut mir leid, das wusste ich nicht. Also schon, bloß dachte ich, es wäre vorbei.« Die Fragezeichen auf Chris' Zügen sind deutlich sichtbar. »In meiner Kindheit bin ich durchs ganze Haus gestreift. Das hat sich allerdings verwachsen. Zumindest dachte ich das. Anscheinend lag ich falsch. Oder der Stress begünstigt es, wer rechnet schon damit, in der Vergangenheit zu landen?«

»Wohl wahr. Hoffentlich wird es besser, sonst müssen wir dich in deinem Zimmer einschließen.«

Die Idee scheint mir mehr als verlockend, denn meine Gedanken wandern zurück zu den Wesen ohne Iriden. Ob hier alle Menschen so sind? Ein inneres Gefühl schreit ganz laut *ja* und bisher konnte ich meinem Bauch immer vertrauen. Trotzdem, es macht keinen Sinn: Chris hat Iriden, ich auch. Was ist der Unterschied zwischen ihnen und uns? Panik ergreift mich. Am liebsten würde ich nie wieder einem solchen Wesen begegnen.

»Können wir nicht einfach im Wald oder auf dem Feld schlafen? Es ist schon einigermaßen warm und heute waren wir doch auch draußen.« Meine Stimme hat einen flehenden Unterton angenommen und eine Gänsehaut überzieht meine Arme, sobald ich mich an den gestrigen Abend erinnere. Mit Sicherheit weiß ich natürlich nicht, ob es noch weitere solcher Wesen gibt, aber ich habe die Befürchtung, dass sie zumindest in der Überzahl sind. Hier steht es schon mal drei zu eins, wenn man mich auslässt. Schaudernd ziehe ich die Decke um meinen Körper, obwohl die Temperatur in der Scheune angenehm ist. Ich tue es mehr für mein Herz als meine körperlichen Bedürfnisse.

Chris schüttelt den Kopf und ich presse die Lippen aufeinander, verdränge die Panik und versuche, stark zu bleiben – oder zumindest, so zu tun. »Ich verstehe deine Angst, mir ginge es genauso. Nur ist es sicherer, in Gasthöfen unterzukommen, trotz allem.«

»Das kannst du leicht sagen. Immerhin siehst du keine seelenlosen Biester«, entgegne ich pampig. Es macht mir zu schaffen und ich bin unfähig, die Wesen einfach zu ignorieren. Wahrscheinlich würde es helfen, wenn Chris sie ebenfalls sähe. Erneut zweifle ich an meiner geistigen Gesundheit. »Kannst du mir bitte noch mal sagen, dass ich nicht verrückt bin?«

Chris lächelt. »Du bist weder verrückt noch wahnsinnig. Oder wir sind es beide.«

»Das wäre dann ein kleiner Trost«, gebe ich sarkastisch zurück und merke, wie sich meine Mundwinkel nach oben ziehen. Es beruhigt mich, Chris an meiner Seite zu wissen.

Er erhebt sich. »Möchtest du dich waschen? Wir sollten so bald wie möglich aufbrechen.«

»Ja, der kleine Bach wird mir reichen«, sage ich, um seinen möglichen Vorschlag zu umgehen, das Haus zu betreten. Ich werde alles tun, um die nächste Begegnung mit den Iridenlosen zu vermeiden.

Steif komme ich auf die Beine und strecke mich. Einige Knochen knacken, schieben sich dahin zurück, wo sie hingehören. Etwas ungeschickt richte ich den Rock, streife das Hemd glatt und komme mir albern in den Klamotten vor.

»In der Stadt kaufen wir dir etwas Besseres.« Chris deutet auf meinen Aufzug.

»Ich wünschte, ich könnte meine Jeans anziehen«, murmle ich und mache mich auf den Weg ins Freie. Die Sonne wärmt meine Haut, sobald ich durch die Tür getreten bin. Sofort inhaliere ich die frische Luft, genieße sie einen Moment und gehe dann weiter zu dem kühlen Wasser.

Ich laufe so lange am Bach entlang, bis ich eine abgelegene Stelle finde, die in annehmbarer Entfernung zu den Häusern liegt. Dann lasse ich mich auf die Knie nieder, spritze mir etwas des kühlen Nass ins Gesicht. Schnell schlüpfe ich aus meinem Höschen, wasche es und platziere es im Gras. Mit Sicherheit wird die Zeit zu kurz sein, um es vollkommen zu trocknen, bis wir aufbrechen. Trotzdem fühle ich mich sauberer.

Ich wasche mich wie eine wasserscheue Katze, lasse meine Klamotten dabei an und verrenke mich bei dem Versuch, sie so wenig wie möglich zu befeuchten. Als Letztes schaufle ich mir einen großen Schluck in den Mund und spüle ihn ordentlich aus. Der pelzige Geschmack, der sich auf meine Zähne gelegt hat, verschwindet dadurch leider kaum. Wäre zu schön gewesen.

Auf dem Rückweg gehe ich in den Wald, verrichte hinter ein paar Büschen mein Geschäft und bin mal wieder dankbar für all die Annehmlichkeiten im 21. Jahrhundert. Fast hätte ich meine Unterwäsche vergessen, denke aber im letzten Moment daran und laufe zurück. Wahrscheinlich gibt es dazu keine Alternative außer lange Unterhosen. Ob ich das wirklich tragen will? Lieber habe ich es luftig, auch wenn es sich komisch anfühlt. Beinahe, als hätte ich etwas vergessen. Etwas Wichtiges.

Chris sitzt auf der Wiese vor dem Haus. Neben ihm liegen zwei prall gefüllte Leinenbeutel. Sie sind groß und ich frage mich, was sie alles beinhalten. Außerdem hat er eine Tonflasche in der Hand, die er mir entgegenstreckt. Ich schüttle den Kopf und er steckt sie in seinen Beutel.

Mein Schatten wird auf Chris geworfen. »Wir können.«

»Gut, ich hab derweil einige Dinge zusammengepackt.« Er kommt auf die Beine und reicht mir eine der Taschen. Sie ist leicht und gleichzeitig unhandlich, weil sie dermaßen voll ist.

»Machen wir eine Weltreise?«, frage ich verdutzt und verschweige dabei, dass auch ich sonst bei der kleinsten Strecke mein halbes Zimmer einpacke. Frau braucht eben eine ganze Menge.

Chris hängt sich den zweiten Beutel um und ich folge seinem Beispiel. »Wahrscheinlich wird es dir so vorkommen. Reisen ist schön, aber beschwerlich.«

»Im 21. Jahrhundert auch. Zumindest, wenn man mit der Bahn unterwegs ist.« Mein Witz verfehlt leider seine Wirkung, was logisch ist, nur habe ich nicht darüber nachgedacht. Es ist schwer, schlagfertig zu sein, wenn man das Gefühl hat, unterschiedliche Sprachen zu sprechen. Vermutlich hält Chris mich für ungebildet und einfältig.

»Vergiss deine Haube nicht«, sagt er und zieht sie hervor. Sie muss mir heute Nacht vom Kopf gerutscht sein.

»Danke«, murmle ich und versuche, sie auf die gleiche Weise wie gestern Abend aufzusetzen. Irgendwann nimmt Chris mir das weiße Stück Stoff ab und befestigt es korrekt. Dieses Mal sitzt die Haube fester und ich habe beinahe keine Angst mehr, sie bei jedem Schritt zu verlieren. Lächelnd nicke ich ihm zu, als mir sein Bruder in den Sinn kommt.

»Ist dein Bruder mittlerweile zurückgekehrt?«, frage ich. »Und hast du dich schon verabschiedet?« Fast hätte ich ihn vergessen.

Chris schüttelt den Kopf. »Nein, er ist immer noch unterwegs.«

»Ist das normal? Bleibt er öfter einfach weg?«

»Ja, er sucht die perfekten Motive. Manchmal vergisst er, sich den Weg einzuprägen, und irrt einige Tage durch die Gegend. Irgendwann findet er aber zurück«, erklärt Chris und ich nicke verstehend.

»Ich hab Kunst im Hauptfach, da kann ich mitreden. Ist dein Bruder bekannt? Vielleicht wird er es in meiner Zeit? Die meisten Künstler erlangen erst Beachtung nach ihrem Tod. Zumindest früher.«

Wir gehen einigen Schritte und Werther springt uns um die Beine. Gespannt warte ich auf den Namen von Chris' Bruder und hoffe, ihn zu kennen, dann würde ich mich intelligenter fühlen.

»Christoffer«, schreit Magda hinter uns und der Klang ihrer Stimme lässt mich zusammenzucken. In Horrorfilmen würde jetzt die bedeutungsschwangere Musik gespielt werden und jeder denkt ›auf keinen Fall umdrehen‹.

Doch genau das tun wir.

Im Türrahmen steht die Hausherrin, die uns zulächelt. Von Weitem wirkt sie herzlich und solange ich ihre Augen nicht sehe, rede ich mir ein, alles wäre normal.

Sie kommt einige Schritte auf uns zu. Ihre Lippen zucken und zeugen von ihrer Unsicherheit. Hat sie mein Verhalten gestern Abend erschreckt? Vielleicht bin ich der Sonderling und Fremdkörper in dieser Welt? Ganz sicher sogar. Trotzdem kann ich schlecht aus meiner Haut, die Leute ängstigen mich. Deswegen sehe ich auf das Gras und versuche, an etwas anderes als ihre Augen zu denken.

»Ich habe euch etwas zu essen eingepackt. Brot und Käse, außerdem ein paar Beeren. Die solltet ihr heute noch aufbrauchen, sonst werden sie schlecht.« Magda streckt uns einen kleinen Beutel entgegen und ich bin ihr dankbar. Gleichzeitig schaffe ich es nicht, meinen Blick vom Boden zu lösen, obwohl mir klar ist, wie unhöflich ich bin.

»Danke, wie unglaublich nett«, antwortet Chris und anhand der Schatten erkenne ich, dass er den Beutel entgegennimmt.

»Wir haben dich wirklich gerne hier. Komm bald wieder. Und ich wünsche euch eine gute Reise. Es war schön, dich kennenzulernen, Johanna.«

Jetzt bleibt mir keine Möglichkeit, ich muss sie ansehen, alles andere wäre eine bodenlose Frechheit. Ein Schauer läuft mir den Rücken hinab und eine Gänsehaut überzieht meine Arme.

»Fand ich auch.« Die Worte kommen gepresst aus meinem Mund und die Angst überfällt mich. Möglicherweise sind Chris und ich die einzigen Menschen hier. Abrupt drehe ich mich zu meinem Begleiter. »Wir sollten los.«

Er nickt und verabschiedet sich ein letztes Mal von Magda. Sobald wir ihr den Rücken zugedreht haben, kämpfen sich die Tränen an die Oberfläche und ich kann mich keine Sekunde länger zusammenreißen. Lautlos weine ich, während wir über die Wiese auf den Wald zugehen.

»Geht es dir gut?«, fragt Chris, der bisher schweigend neben mir her gegangen ist.

Ich schlucke. »Ob es mir gut geht? Das kann wohl kaum dein Ernst sein.« Mit jedem Wort wird meine Stimme lauter und ich verliere komplett die Nerven. »Mir geht es nicht gut. Ich weiß weder, wo ich bin, noch, was ich hier soll oder wie ich zurückkomme.«

Vermutlich bin ich tot, schießt es mir durch den Kopf. Dann wäre das die nächste Stufe und ich muss sicher eine Aufgabe erledigen. Nur was?

Das ist doch Quatsch. In dem Fall könnte ich mich an meinen Tod erinnern. Und die Wesen würden wie normale Menschen aussehen oder auch Chris wäre ein Iridenloser. Verwirrt und um keine Antwort reicher wische ich mir die Spuren der Tränen, die mittlerweile versiegt sind, von den Wangen.

Auf einmal wird mir bewusst, dass ich Chris gerade angeschrien habe und das völlig zu Unrecht. Er kann am wenigsten etwas für diese Situation, ist im Moment sogar mein einziger Freund. Das schlechte Gewissen überrollt mich und einige Sekunden lang bleibt mir die Luft weg. Dann atme ich tief durch, sammle mich und sehe ihn verlegen an. »Es tut mir leid. Es war unfair, dich anzuschreien, und ich kann verstehen, wenn du mir das übel nimmst. Mir sind die Nerven durchgegangen, aber das ist kein Grund, meine Laune an dir auszulassen. Bitte entschuldige!« Reue pulsiert durch meinen Körper.

Chris lächelt. Ernsthaft, er lächelt. Weder schreit er mich an noch scheint er böse auf mich zu sein. Er ist zu gut für diese Welt – oder meine. Einfach überhaupt. »Ich verstehe dich und auch deinen Ausbruch finde ich angebracht. Ehrlich gesagt habe ich mich gefragt, wann dir die Nerven durchgehen. Die Situation ist übel und deine Sorge nachvollziehbar. Trotzdem werden wir einen Weg finden, du wirst nach

Hause kommen, davon bin ich überzeugt.« Er lässt keinen Zweifel zu, die Worte strotzen vor Stärke und Entschlossenheit. Beides spüre ich deutlich und seine Ausstrahlung beruhigt mich, deswegen nicke ich.

»Gut, zuerst brauchen wir neue Kleider. Wir werden im Wald schlafen müssen, wenn du dich weigerst, einen Gasthof aufzusuchen. Ich begrüße das nicht und sollten wir sterben, werde ich dir das bis ans Ende meines Lebens vorhalten.« Chris grinst und ich bin froh, dass er Witze reißt und mich von der Situation ablenkt. Es wäre schrecklich, wenn er mir meine Worte vorhalten würde. Ich habe mich wirklich wie die letzte Zicke benommen.

»Damit kann ich leben. Oder eben nicht.«

»Du gehst ganz schön leichtfertig mit dem Leben anderer um«, sagt er und versucht, einen entrüsteten Blick aufzusetzen, der ihm misslingt, weil er sich sein Lachen kaum verkneifen kann.

»Bin eben ein Rebell«, antworte ich.

Die nächsten Stunden betrachte ich meine Umgebung unglaublich genau, um meine Gedanken zu beschäftigen. Fast habe ich den Eindruck, jedes Detail in mir aufzunehmen, um es später wiedergeben zu können. Wem? Keine Ahnung, denn sollte ich jemals zurückkehren, wird mir meine Geschichte sowieso niemand glauben. Trotzdem hat es keinen Sinn, wieder und wieder dieselben Fragen durchzuspielen und nie Antworten zu finden. Die Bäume, das Rascheln und die Gerüche lenken mich eine Zeit lang ab, danach fange ich ein Gespräch mit Chris an, der heute besonders schweigsam ist. Gut, da ich ihn erst seit einigen Tagen kenne, ist das eine Vermutung. Möglicherweise ist er immer so.

»Gehst du zur Schule?« Bestimmt gab es schon im 18. Jahrhundert die Schulpflicht. Zumindest für Jungs. Frauen müssen wahrscheinlich hinter dem Herd stehen, das Bild hat sich ja bis heute gehalten.

Chris kickt einen Stein vor sich her und wirkt nachdenklich. »Nein, ich gehe bei meinem Vater in die Lehre. Er ist Seifensieder und Kerzengießer. Im Moment begleite ich meinen Bruder auf seiner Reise, um über einige Dinge nachzudenken.« Den letzten Satz flüstert er und ich bin mir sicher, dass er etwas verschweigt.

»Seifensieder ... das bedeutet, du stellst Seife her?«

»Genau.« Der Stein fliegt in einem hohen Bogen einige Meter nach vorne.

»Macht dir das Spaß?«
»Spielt keine Rolle.«
»Aha ...« Da drückt also der Schuh. Er hasst es, ich lese es an seiner Mimik ab. »Was hast du für Hobbys?«
Verständnislos wandern Chris' Augenbrauen in die Höhe. Ach ja ... Wortwahl! »Was machst du in deiner Freizeit? Zeichnest du oder ... kein Plan ... liest du?«
»Mein Bruder und ich lieben die Natur. Malen liegt mir allerdings weniger. Ich wandere gerne und denke mir Geschichten aus. Im Wald sind meine Gedanken frei und es fühlt sich an, als könnten sie fliegen. Leider hab ich viel zu wenig Zeit während der Lehre. Deswegen bin ich abgehauen. Meinem Bruder hinterher. Als er merkte, dass ich ihm folge, war es zu spät, um umzukehren, er musste mich mitnehmen.«
Abgehauen? Kritisch betrachte ich Chris. Das hätte ich nie vermutet. Seine Freizeitbeschäftigung hingegen klingt poetisch und langweilig zugleich. Zumindest, wenn man es mit all den Dingen vergleicht, die Kids in meinem Jahrtausend als ihr Hobby bezeichnen würden. »Ich war als Kind in den Osterferien mit meinen Eltern wandern.« Zugegeben, ich vermisse die gemeinsamen Urlaube, die Zeit, die wir miteinander verbracht haben. Trotzdem frage ich mich mittlerweile, ob alles gelogen war. Hat mein Vater sein Lachen nur vorgetäuscht?
Er hat nicht bloß Mama verletzt, sondern auch mich. Da kann er weitere zehntausendmal betonen, dass die Scheidung keinesfalls etwas mit mir zu tun hat. Vielleicht stimmt es sogar, dennoch wirkt sie sich auf mein Leben aus, beeinträchtig meine Verbindung zu ihm und das Bild, das ich von ihm habe. Der perfekte Vater, der er war, ist verschwunden. Wahrscheinlich ist diese Erkenntnis unumgänglich, jedoch hätte ich die Illusion gerne einige weitere Jahre aufrechterhalten.
»Juli? Hörst du mich?« Chris wedelt mit seiner Hand vor meinem Gesicht und ich stelle die Sicht scharf.
»Hä?«
»Was tust du in deiner freien Zeit?«
Ich atme tief ein und ordne meine Gedanken, finde zurück in die Gegenwart. »Lesen, netflixen, zeichnen, ins Kino gehen, Zeit mit meinen Freunden verbringen. Jedenfalls habe ich das getan, im Moment sind sie sauer auf mich.« Die Worte sprudeln aus mir heraus, als hätten sie darauf

gewartet, ausgesprochen zu werden. Erst, nachdem ich die Frage beantwortet habe, wird mir bewusst, dass Chris die Hälfte der Dinge gänzlich unbekannt sind. Kann ich es wagen und ihm erklären, was es damit auf sich hat? Aber wie soll ich beschreiben, was Netflix ist, wenn er nicht einmal über das einfachste Wissen meiner Zeit verfügt? Ich müsste bei null anfangen und würde riskieren, den Zeitlauf zu ändern, oder?

Chris räuspert sich und ich blicke zu ihm. Oje, ich habe seine nächste Frage ebenfalls verpasst. Zum Glück wiederholt er sie. »Warum sind deine Freunde wütend?«

Überrascht ziehe ich die Augenbrauen hoch. Die Frage trifft mich unerwartet. »Das ist kompliziert«, sage ich und spüre die Lüge auf meiner Zunge. Eigentlich ist es recht einfach, bloß ist die Antwort schneller über meine Lippen gekommen, als mein Hirn eingreifen konnte. Der Satz ist zu meiner Standardantwort geworden, wenn ich es vermeiden will, über ein bestimmtes Thema zu sprechen.

»Ich bin mir sicher, dass ich die Zusammenhänge begreife, wenn du aufhörst, in Rätseln zu sprechen.« Chris lächelt und fährt sich durch sein blondes Haar. Offensichtlich ist er interessiert und hat nicht bloß aus Höflichkeit gefragt.

»Na gut, aber ich warne dich, es ist dramatisch und macht Shakespeare Konkurrenz.« Ich atme tief ein und denke einen Moment über meine Wortwahl nach. »Mein bester Freund ist in mich verliebt, ich habe aber keine Gefühle für ihn. Außerdem hasst mich die Partnerin meiner besten Freundin und Lisa, die ich seit meiner Kindheit kenne, wird mich umbringen, wenn ich noch länger hierbleibe, weil wir, beziehungsweise ich, dann das Konzert unserer Lieblingsband verpassen und sie alleine hingehen muss. Du siehst, ich habe ein Talent dafür, Freunde zu vergraulen. Am besten hältst du dich fern von mir. Dir passiert sicher etwas Schlimmes, je mehr Zeit du mit mir verbringst.« Theatralisch werfe ich die Arme in die Luft und stoße meinen Atem aus. Ausgesprochen klingt die Situation weitaus wirrer.

»Saudumm.«

»Da sagst du was.«

»Mit Sicherheit hassen sie dich nicht. Sie liegen dir am Herzen, du schätzt es schlimmer ein, als es ist. Wenn du zurück bist, wird sich alles fügen. Du musst nur darauf vertrauen.«

Das Schicksal richtet es, das sagt meine Mutter ständig. Und Chris' Aussage hört sich verdächtig danach an. Vielleicht hat er recht und sobald ich wieder in meine Zeit springe, regeln sich die Dinge von alleine. Ich muss nur darauf vertrauen, auch wenn es mir im Moment schwerfällt, an überhaupt etwas wie das Schicksal geschweige denn einen Gott zu glauben.

»Darf ich dir eine Frage stellen?« Chris' Stimme unterbricht meine Gedanken. Ich nicke und mustere sein Gesicht. »Deine Freundin hat eine feste Freundin, was hat das zu bedeuten?«

Oje. Gut gemacht, Juli. Du kannst dir auf die Schulter klopfen. War ja klar, dass ihm das auffällt. Wieso befolge ich meinen eigenen Ratschlag eigentlich so selten? Das nächste Mal sollte ich wahrhaftig besser darüber nachdenken, was ich sage. »Das ist jetzt *wirklich* kompliziert.« Wie macht man jemandem etwas begreiflich, das in meiner Zeit völlig normal ist, in seiner Kultur aber einen Skandal gäbe?

»Geziemt es sich?« Anscheinend hat Chris keinesfalls vor, aufzugeben. Nicht dieses Mal. Dann heißt es nun, diplomatisch zu sein und jede Silbe abzuwägen.

»Ja, gleichgeschlechtliche Partner dürfen mittlerweile sogar heiraten. Es ist normal, dass jeder lieben kann, wen er will. Das mag für dich seltsam klingen, aber Liebe ist eben Liebe. Niemand sucht sich aus, in wen er sich verliebt.«

Shit. *Niemand sucht sich aus, in wen er sich verliebt.* Auch Mauro nicht. Ich hätte sensibler mit dem Thema umgehen müssen. Shit. Shit. SHIT.

Chris spielt weiterhin mit dem Stein, der abermals einige Meter vor uns zum Liegen kommt. Ein Baumstamm versperrt uns den Weg und wir steigen darüber. Mein Begleiter reicht mir eine Hand und hilft mir beim Klettern. Wer den Stamm wohl beseitigen wird? Etwas wie das örtliche Forstamt gibt es vermutlich kaum.

Nach einigen Minuten kommt Chris auf das Thema LGBT zurück, während ich gedanklich mein Gespräch mit Mauro durchgehe. Das ist eine schlechte Angewohnheit von mir. Ich stelle mir Gespräche vor, die vielleicht niemals stattfinden werden, oder spiele Konversationen immer und immer wieder durch, die längst vorbei sind. »Das stimmt, niemand kann sich aussuchen, wen er liebt, bloß besteht eine Familie in erster Linie auch aus Kindern, oder? Damit sieht es in dem Fall schwierig aus.«

»Findest du? Meiner Meinung nach besteht eine Familie aus Menschen, die sich nahe sind, sich unterstützen und zusammenhalten, egal, was kommt. Wie viele verheiratete Paare – also Mann und Frau – wollen keine Kinder? Viele.«

»Wie ist das möglich?«, sinniert Chris und ich bin mir sicher, dass die Frage an ihn selbst gerichtet ist und er keine Antwort von mir erwartet. Ich kann mir vorstellen, wie diese Entwicklung auf ihn wirken muss. Für ihn stürzt mit Sicherheit eine Welt ein.

Lange gehen wir schweigend nebeneinander her und ich kann Chris' Gedanken förmlich hören. Meine Stiefel quietschen über den Boden, weil die Sohle nass geworden ist und die Schuhe schön älter sind. Manchmal hebe ich meine Füße nicht hoch genug, schleife die Blätter mit, die den Weg begraben haben, und hinterlasse eine Spur. Das Rascheln übertönt die lauten Gedanken, denn ich bin mir unsicher, was ich sagen soll. Wie erkläre ich ihm etwas, was in meiner Zeit normal ist, für ihn aber anscheinend einem Weltuntergang gleicht? Deswegen schweige ich, bleibe stumm und versuche, all die Umstände, meine Situation und Ratlosigkeit zu ignorieren. Im Moment muss ich mich an die kleinen Dinge klammern. Zum Beispiel, dass ich bisher meine Stiefel anbehalten durfte. In diesen Schnallenschuhen, die jeder trägt, knicke ich hundertprozentig um – immer und immer wieder. Da breche ich mir die Haxen, bevor ich Haxen denken kann.

Gerade als ich mit ein wenig Small Talk beginnen will, hören wir das Kreischen von Kindern. Ohne Vorwarnung lichtet sich der Wald und der Weg führt uns auf eine Ebene. Häuser erheben sich vor uns. Ich weiß nicht, ob man die kleine Ansammlung schon als Dorf bezeichnen kann. Drei Kinder, die alle höchstens vier Jahre alt sind, scheuchen einige Gänse über die Wiese und rennen ihnen freudestrahlend hinterher. Ihr Lachen wirkt hohl in meinen Ohren und ich habe sofort die großen schwarzen Pupillen vor Augen, die keine Iriden besitzen. Ein Schauer läuft mir über den Rücken und meine Beine versagen den Dienst.

Reiß dich zusammen, Juli. Du packst das. Einfach ignorieren. Leider ist das unmöglich. Mein Bauch sagt mir, dass etwas vollkommen falsch ist.

Chris geht zuerst unbehelligt weiter, dann fällt ihm auf, dass ich stehen geblieben bin. Ein paar Meter vor mir hält er inne und dreht sich mit hochgezogenen Augenbrauen um. Stumm schüttle ich den Kopf, möchte meine Hände in die Hosentaschen stecken und merke, dass ich gar keine habe. Verdammter Rock. Ich hasse Röcke. Und Zeitreisen. Und überhaupt. Wut und Panik lauern irgendwo und warten nur auf ihre Chance, sich auf mich zu stürzen. Schnell schließe ich die Augen, will ihnen keine Angriffsfläche bieten.

Sekunden später spüre ich, wie sich mir jemand nähert. Chris, vermute ich. »Juli, sie tun dir nichts, es sind nur Menschen«, sagt er. Seine Stimme hat eine tiefe Nuance, die mich beruhigt. Vorsichtig öffne ich die Augen und eine Träne entwischt, rollt über meine Wange und tropft zu Boden. »Keine Ahnung, wieso sie für dich anders aussehen, jedoch lebe ich bereits mein ganzes Leben mit ihnen zusammen. Sie werden dir nichts tun«, beschwört er mich. Die Wahrheit spricht aus seinen Worten und legt sich wie eine Decke über meine blanken Nerven. Ich bin vieles – verwirrt, in einer anderen Zeit, ratlos – aber keinesfalls alleine. Nein, Chris glaubt mir, ihm kann ich vertrauen, das spüre ich.

»Versprochen?«

»Versprochen.« Er wartet, bis ich einen Schritt auf ihn zumache, und zusammen setzen wir unseren Weg fort. »Ich werde versuchen, Pferde zu kaufen, so kommen wir schneller in die Stadt, von wo aus wir die Reise mit der Postkutsche fortsetzen können.«

»Äh, ich habe nie gelernt zu reiten, ein Pferd reicht also. Ansonsten kippe ich sicher aus dem Sattel«, gestehe ich kleinlaut. »Es ist mir lieber, wenn ich mich an jemanden klammern kann, der wenigstens weiß, was er tut.«

»Unmöglich.« Chris sieht mich entsetzt an.

»Hä?«

Chris' Wangen sind leicht gerötet. »Verdammt, wir können nicht zusammen auf einem Pferd sitzen.«

»Nein?« Warum ist er sauer?

»Nein! Das ist unschicklich. Jeder bekommt ein eigenes.« Ah, daher wehte der Wind. Kann ja niemand wissen, dass man sich im 18. Jahrhundert kein Pferd teilt. Obwohl es sicherlich sinnvoller wäre. Die Menschen hatten doch kaum Geld, oder? Und ein Tier trägt locker zwei

Personen. Gut, anscheinend verstehe ich die Gepflogenheiten dieser Epoche kein bisschen – nicht, dass ich das schon zur Genüge bewiesen hätte, nein, ich muss immer wieder in neue Fettnäpfchen springen.

»Gut, dann eben zwei Pferde. Zum Glück gibt es keine Smartphones und Kameras, ein Video von der Peinlichkeit, wie ich reite, ist das Letzte, das ich brauche«, flüstere ich zu mir selbst, während wir das erste Haus passieren. Von rechts hinter dem Gebäude kommt ein großer gut gebauter Kerl, der einen Jungen etwa in unserem Alter am Schlafittchen gepackt hat. Er zerrt ihn neben sich her und gestikuliert dabei mit dem freien Arm.

»Dummer Sack, du bist so nutzlos wie ein blinder Hund. Ich schäme mich, dein Vater zu sein. Scher dich zum Teufel«, schreit der Mann und stößt den Jungen so heftig von sich, dass er im Staub vor dem Haus landet. Danach dreht sich der Hausherr – wie ich annehme – um und geht in die Richtung zurück, aus der er gekommen ist. Mit großen Augen betrachte ich den Jungen auf dem Boden. Er rappelt sich auf, schlägt den Staub von seiner dunklen Hose und steht einen Moment unschlüssig herum.

»Brauchst du Hilfe?«, frage ich und gehe auf ihn zu. Chris hält mich zurück und ich werfe ihm einen bösen Blick zu.

»Nein«, murrt der Kerl und ignoriert uns ansonsten komplett. Wir scheinen beinahe Luft für ihn zu sein.

Chris legt die Hand, mit der er mich am Oberarm gepackt hat, sanft auf meinen Rücken. »Lass uns weitergehen.«

Offensichtlich ist er weniger geschockt von dem rauen Umgangston, als ich es bin. Ist das normal? Hoffentlich nicht.

Nach einigen Metern drehe ich mich um und sehe, dass der Junge seinem Vater folgt. Wieso tut er das? Das genaue Gegenteil von dem, was sein Erzeuger ihm an den Kopf geworfen hat. Anscheinend verstehe ich die Situation falsch, irgendetwas entgeht mir und ich begreife, dass ich eben nichts begreife. Deswegen sollte ich mich raushalten und wirklich auf das hören, was Chris sagt. Immerhin kennt er sich aus.

Notiz an mich selbst: Mische dich niemals in einen Streit ein. Wer weiß, ob die Männer in dieser Zeit auf einen Kampf mit einer Frau verzichten. Am Ende kränke ich ihre Ehre und habe schneller eine Faust im Gesicht, als ich gucken kann. Darauf kann ich ehrlich verzichten.

»Ich denke, es wäre sinnvoll, hier zu schlafen.« Chris' Stimme setzt meinen Gedanken ein Ende und ich wende mich ihm zu.

»Hier? Jetzt? Auf dem Boden?« Verwirrt blicke ich von meinem Begleiter in den Staub und wieder zurück.

»Im Dorf, am besten in einem Stall oder einer Scheune. Du möchtest so wenig wie möglich mit Menschen in Kontakt kommen und das respektiere ich. Schlafen müssen wir trotzdem und mitten im Wald unser Lager aufzuschlagen würde ich keinesfalls empfehlen. Zumindest, wenn wir unsere wenigen Habseligkeiten behalten wollen.« Chris verschränkt die Arme vor der Brust und mir fällt auf, dass ich während der kleinen Szene komplett vergessen habe, dass diese Wesen keine Menschen sind. Der Schock hat die Angst für einen Moment überwältigt und in den Hintergrund gedrängt. Chris hat recht. Sie verhalten sich wie normale Menschen. Bisher hat weder ihm noch mir jemand etwas getan, wieso sollte sich das ändern? Dennoch wäre es mir lieber, ihnen aus dem Weg zu gehen, deswegen begrüßte ich Chris' Vorschlag.

»Finde ich gut«, sage ich lächelnd und bringe damit Chris' Mundwinkel dazu, sich zu heben. »Danke, dass du meine Angst ernst nimmst. Das weiß ich zu schätzen.« Ich berühre dankbar seinen Oberarm und erkenne, wie er einige Sekunden verlegen zu Boden blickt, danach mustert er mich schüchtern. Irgendwie ist das süß. Chris' blaue Augen schimmern und ich bin froh, die Farbe zu sehen. Sie strahlt Sicherheit aus und ich hätte mich gerne in seine Arme geworfen. Einfach, um die Wärme eines anderen zu spüren. Zu fühlen, dass ich lebe, real bin und kein Hirngespinst des eigenen Geistes. Es erfordert meine komplette Selbstbeherrschung, es nicht zu tun. Keine Ahnung, was ich damit anrichten würde. Vielleicht ist Chris dann dazu verpflichtet, mich zu heiraten? Oder er müsste mich gegen Kamele tauschen? Oje, jetzt wird's absurd.

»Komm, wir suchen jemanden, der freundlicher ist als dieser Trottel«, sagt Chris und geht voraus. Es ist schön, dass er die Führung übernimmt und ich mich treiben lassen kann. Ohne ihn wäre ich völlig aufgeschmissen.

Danke, Schicksal, dass du ihn mir geschickt hast, denke ich, bevor ich Chris folge.

Einige Häuser weiter sitzt eine ältere Frau vor dem Eingang und schält Äpfel. Als wir näher kommen, hält sie inne und lächelt uns an.

»Guten Tag«, beginnt Chris und deutet eine Verbeugung an. Shit, muss ich knicksen? Meine Augen werden groß und mein Hirn versucht fieberhaft, ein Bild aus den *Jane-Austen*-Filmen zu finden, die ich sicher schon hundert Mal gesehen habe. Leider sind die Szenen, in denen jemand einen anderen begrüßt, meist unwichtig, dafür könnte ich Mr. Darcys Text unter dem Pavillon auswendig vortragen.

Ob das Bonuspunkte im 18. Jahrhundert gibt?

Wohl kaum, deswegen verwerfe ich die Idee. Stattdessen neige ich meinen Kopf höflich und hoffe, damit dem nächsten Fettnäpfchen auszuweichen, anstatt mit Vollgas hineinzubrettern. Ein bisschen ist es, als würde ich eine andere unbekannte Sprache sprechen und jedes Wort, oder vielmehr jede Geste, kann Ärger bedeuten, sogar den Tod.

Das graue Haar der Frau ist zu einem Knoten nach oben gesteckt, trotzdem fällt ihr eine Strähne an der Schläfe entlang herab. »Guten Tag, kann ich euch helfen?«

Sie trägt ähnliche Kleidung wie ich, jedoch hat sie kein Hemd an, sondern eine Jacke. Insgesamt sieht der Stoff bequemer aus. Die lästige Haube trägt sie ebenfalls. Keine Ahnung, was für eine Tradition das ist. Ich finde mein Haar nicht besonders anrüchig ... Eine weitere Diskussion darüber erspare ich mir lieber und lausche stumm dem Gespräch.

Chris geht einen Schritt auf das Haus und die Frau zu. Sie erinnert mich an meine Oma, weniger vom Aussehen, sondern vielmehr von der Ausstrahlung – mütterlich und sorgend. Nur ihre Augen sprechen dagegen. *Ignorieren, Juli, du kannst das!*

»Vielleicht können Sie uns helfen? Meine Schwester und ich suchen einen Schlafplatz für heute Nacht.« Chris' Ton trieft vor Schmeichelei.

Oh, jetzt bin ich von der Cousine zur Schwester aufgestiegen, so schnell geht's. Die Frau mustert uns und hält beim Apfelschälen inne. Mühsam erhebt sie sich und ich schwöre, ich kann ihre Knochen ächzen hören. Stumm läuft sie an uns vorbei. Einige Schritte neben dem Haus bleibt sie stehen und deutet auf etwas, das mir verborgen bleibt.

Chris folgt ihr, während ich mich nach vorn lehne und um die Hausecke spähe. Dahinter offenbart sich ein ... nennen wir es *Verschlag*.

Er ist winzig, wird uns aber zumindest vor Regen schützen. Und sollte uns jemand überfallen, sind wir in der Nähe einer Siedlung.

»Ihr könnt euch den alten Schuppen mit Berta teilen«, sagt die ältere Lady und mein Blick wandert forschend zu ihr. Berta? Eine Magd? Eins der Wesen? Na super.

Chris nickt, anscheinend macht er sich keine Sorgen wegen der Iridenlosen, was mich kein bisschen wundert, immerhin sind es für ihn normale Menschen. »Danke, das ist sehr freundlich. Wir nehmen das Angebot gerne an. Können wir Ihnen dafür bei einigen Arbeiten im Haus helfen?«

Der ist ja schlimmer als Mr. Darcy. Beinahe hätte ich die Augen verdreht, wüsste ich nicht, dass er diese süßliche Schmeichelei vollkommen ernst meint. Seine Höflichkeit ist so echt, dass es beinahe schon wehtut.

»Nein, danke, mein Sohn.« Damit lässt sie uns stehen und schlurft zurück zu ihren Äpfeln. Wofür sie das ganze Obst wohl braucht?

Zusammen gehen wir auf unser Nachtlager zu und ich begutachte das Holz. Zwar ist es noch zu früh, um schlafen zu gehen, trotzdem schmerzen meine Füße und ich freue mich darauf, sie endlich hochzulegen. »Das war einfach. Hab ich mir schwieriger vorgestellt.«

»Normalerweise sind die Leute freundlich, man muss nur ehrlich sein und sie nett bitten. Meistens bekomme ich dann, was ich suche«, erklärt Chris und ich bremse abrupt. Aus dieser Entfernung kann ich sehen, wer Berta ist. Keine Magd, noch nicht mal ein Mensch. Vor mir prangt der riesige Arsch einer hellbraunen Kuh. Das hat gefehlt, um meinen Tag perfekt zu machen.

Chris tritt neben mich. »Oh, offensichtlich hast du Berta kennengelernt.«

»Du wusstest das?«, rufe ich entsetzt und bin mir unsicher, ob es mir lieber gewesen wäre, wenn Berta tatsächlich eine Magd gewesen wäre. Nein, wohl kaum. Aber von einer Kuh im Schlaf zertrampelt zu werden, steht auch nicht auf meiner To-do-Liste.

»Hab's mir gedacht.«

Leider verbietet es mir meine gute Kinderstube, mich zu beschweren, und uns den Verschlag zu überlassen, war freundlich und eine nette Geste, vor allem, weil wir vollkommene Fremde sind. Wer würde im

21. Jahrhundert jemanden bei sich im Garten schlafen lassen? Niemand, man riefe sofort die Polizei. Chris tritt näher an Berta heran und das Tier dreht seinen großen, fast monströsen Schädel kauend zu ihm. Gelangweilt und mit halb offenen Lidern mustert sie Chris einen Moment, wendet sich dann ab und widmet sich wieder dem Heu, das sie genüsslich verspeist. Immerhin mag sie Menschen und das streicht uns hoffentlich von ihrem Speiseplan. Schon klar, Kühe sind Pflanzenfresser, aber man weiß ja nie, was passiert. Ich könnte zum Beispiel plötzlich im 18. Jahrhundert landen und von einer Kuh gefressen ... Ach halt, Ersteres ist ja wirklich geschehen ...

Ganz ruhig, Juli. Es ist bloß eine Kuh.

»Sie ist festgebunden«, informiert mich Chris und ich hebe eine Augenbraue. Als ob ein maroder Strick ein derart großes Tier aufhalten könnte. Panik flammt in mir auf. Das ist einfach zu viel. Zuerst die Zeitreise, dann die Iridenlosen und jetzt auch noch eine Kuh, die uns im Schlaf zu Tode trampeln wird. Es spielt keine Rolle, wie lächerlich der Gedanke wirken mag, im Moment ist er meine Realität und lastet schwer auf meinen Schultern, auch, wenn ich später deswegen vielleicht sogar über mich selbst lachen werde.

Ich seufze schwer. »Das ... also ... ich werde ... will nicht ... sterben.« Unkontrolliert kommen die Worte über meine Lippen. Sinnlos stehen sie in der Luft und trotzdem entsprechen sie der Wahrheit.

»Das wird schon.« Chris kommt auf mich zu. »Ich lege mich zwischen dich und Berta, ja?«

»Nein, das macht es kein Stück besser. Ich will weder dass du noch ich totgetrampelt werden.«

»Natürlich. Aber sie ist festgebunden, es wird gut gehen, versprochen! Es schlafen täglich Menschen neben Kühen.«

Das macht es natürlich besser ... Sicher verschweigt er mir, wie oft dabei jemand ums Leben kommt.

Unsicher nicke ich, was soll ich sonst tun? Es bleibt kein Ausweg, außer unter freiem Himmel zu schlafen ... genau!

»Weißt du, ich lege mich einfach neben den Verschlag.« Mit vor der Brust verschränkten Armen versuche ich, Chris mitzuteilen, dass ich keine Widerrede akzeptiere. Anscheinend versteht er es. Seine Reaktion besteht aus einem knappen Nicken. Er kramt eine Decke aus dem

Beutel, während ich unschlüssig neben Bertas Hintern stehen bleibe. Chris lässt die Tasche ins Stroh fallen und setzt sich dann auf die Decke, die er im Stroh ausgebreitet hat. Danach zieht er den Beutel zu sich und wühlt darin herum, bis er schließlich ein Stück Seife herauszieht.

»Weiter hinten habe ich einen kleinen Bach gesehen, willst du dich ebenfalls waschen?«

Mein Kopf kann gar nicht so schnell nicken, wie ich seine Frage bejahen möchte. Irgendwie fühle ich mich die ganze Zeit ... verschwommen ... als hätte ich mich selbst verloren ... eine heiße Dusche – oder das hier übliche Äquivalent: ein kalter Bach – würde sicher helfen. Zumindest hoffe ich das. Zu Hause hat das Wasser oft Sorgen weggespült und sprichwörtlich einen neuen Menschen aus mir gemacht. Unter der Dusche kamen mir immer die besten Ideen.

Chris wirft mir die Seife zu und ich strauchle bei dem Versuch, sie zu fangen. Kurz bevor sie auf dem Boden landet, schließe ich meine Finger um sie. Puh. »Wo?«, frage ich und sehe mich um. Mir war kein Bach aufgefallen.

»Direkt am Waldrand«, erklärt Chris. Er reicht mir ein Leinentuch und ich nehme an, dass es als Handtuch dient.

Ich finde den Bach recht schnell und frage mich, wie ich ihn habe übersehen können. Er kreuzte direkt unseren Weg. Wahrscheinlich bin ich durch das plötzlich auftauchende Dorf abgelenkt gewesen. Nach einer kurzen Wäsche, die einer heißen Dusche natürlich keine Konkurrenz machen konnte, kehre ich mit nassen Haaren zurück zu Chris. Er liegt auf dem Stroh, die Augen geschlossen. Auf den Zehenspitzen gehe ich an ihm vorbei, lege meine Decke auf die Wiese neben dem kleinen Stall und lasse mich darauf sinken. Morgen sollten wir die nächste Stadt erreichen und von dort geht es hoffentlich schneller, immerhin können wir die Postkutsche nehmen. Egal, wie es kommt, ich werde alles daransetzen, so schnell wie möglich voranzukommen. Mir fehlt mein Leben, meine Mutter, Mauro und die anderen – einfach mein Jahrhundert. Obwohl ich mit Sicherheit Chris vermissen werde, sobald ich zu Hause bin. Er ist mittlerweile ein guter Freund, vielleicht sogar mehr als das. Er glaubt mir, lässt alles stehen und liegen, um mich in eine Ungewissheit zu begleiten, die wir beide kaum erfassen. Zwischen uns herrscht eine Vertrautheit, die ich nie mehr missen möchte.

Obwohl ich mich unvollständig fühle, gibt er mir Sicherheit, bringt Schärfe in die ganze Verschwommenheit meines Seins. Traurigkeit breitet sich in meinem Inneren aus, wandert durch die Zellen und droht, jeden Zentimeter meines Körpers einzunehmen. Schnell schiebe ich sie in die dunkle Ecke zurück, aus der sie gekommen ist. Ja, im Verdrängen bin ich die Königin.

Mit geschlossenen Augen strecke ich mich und merke, wie meine Gedanken langsam träge werden. Dann ein Tropfen auf der Wange. Panisch reiße ich die Augen auf. Vor wenigen Sekunden hat der Himmel noch hellblau gestrahlt, doch jetzt wird er von dunklen, bitterböse aussehenden Wolken verdeckt. Der nächste Tropfen folgt und darauf immer weitere. Schnell krame ich meine Sachen zusammen und renne zu Chris unter das Holzdach. Eine Sekunde später öffnen sich die Tore am Himmel komplett und es schüttet wie aus Kübeln. Hart prallt das Wasser auf den staubigen Boden, wirbelt Dreck auf und sofort erfüllt der typische Geruch nach Regen die Luft. Schwer atmend drücke ich die Decke und den Rest meiner Sachen an die Brust.

»Oje, scheint, als müsstest du mit Berta und mir vorliebnehmen.« Chris hat sich aufgesetzt und reibt sich über die Augen. Ich strecke ihm die Zunge raus und presse mich an die Rückwand des Verschlags. Ein tiefer Seufzer entkommt mir und ich lasse mich zu Boden sinken.

Das hat mir gerade noch gefehlt!

Berta kaut genüsslich ihr Stroh und ich bin mir sicher, dass ich die ganze Nacht kein Auge zumachen werde. Nehme es mir sogar vor. Das ist besser, als erdrückt oder niedergetrampelt zu werden.

8

UND AUF EINMAL IST MAN SELBST DIE SARDINE IN DER BÜCHSE. GEHT'S NOCH WEITER BERGAB?

Die ersten Sonnenstrahlen kämpfen sich über die Baumspitzen, kitzeln mein Gesicht und ich kann selbst kaum glauben, dass ich wach bin. Meinen Vorsatz, kein Auge zuzumachen, habe ich gestern Abend nach fünf Minuten direkt über Bord geworfen. Gut, ich habe mich eher passiv dafür entschieden und bin einfach eingepennt. So früh war ich seit Jahren nicht mehr im Bett und dementsprechend bin ich jetzt mit der Sonne munter. Ich lehne an der Holzwand und dehne meinen Nacken erst nach rechts, dann nach links und werde dabei von Berta genau beobachtet.

Chris muss mich zugedeckt haben, jedenfalls liegt die Decke ausgebreitet über mir. Vorsichtig drücke ich den Rücken durch und höre die Wirbel klagend knacksen. Mein Blick wandert über die längst erwachte Wiese und hin zu … Chris ist weg.

Seine Decke ruht verwaist auf dem Stroh und zeugt als Einzige von seiner Existenz. Auch die Tasche fehlt. Viel zu schnell springe ich auf und bekomme direkt die Quittung dafür: Schwindel überkommt mich und einen Moment dreht sich die Welt nicht länger um die Sonne, sondern um mich. Ich stütze mich an Berta ab und die Kuh nimmt das gnädigerweise kommentarlos hin, ohne zu protestieren. Vielleicht kaut sie einen Tick lauter, doch um das wirklich einschätzen zu können, müsste das Rauschen in meinen Ohren aufhören, das nahezu alles übertönt. Offensichtlich hat meine Fantasie gestern überreagiert, denn Berta steht gelassen neben mir und scheint keine Vorliebe dafür zu haben, Menschen niederzutrampeln. Trotzdem bleibt sie ein Fluchttier.

Tief einatmend versuche ich, die Kontrolle zurückzuerlangen, was mir ein paar Herzschläge später schließlich gelingt. Die Furcht, Chris verloren oder ihn mir eingebildet zu haben, überkommt mich erneut, steuert meine Glieder. Sie führen mich auf die Wiese, bringen mich dazu, mich wild hin und her zu drehen und mit den Augen jeden Winkel abzusuchen. Zuerst renne ich in die eine Richtung, doch als mir das aussichtslos erscheint, in die andere. Keine Menschenseele ist zu finden, niemand kommt mir entgegen oder fragt mich, was los ist. Abrupt halte ich inne, atme durch und bringe mich nach wenigen Minuten dazu, mich zu beruhigen.

Der Bach, schießt es mir durch den Kopf. Dort werde ich als Nächstes nachsehen. Mit großen Schritten gehe ich über das Gras, lasse die Häuser hinter mir und steuere direkt auf den Wald zu. Kurz bevor ich das Wasser erreiche, entdecke ich Chris, der mir entgegenkommt. Ich beschleunige meine Schritte und renne beinahe zu ihm. Überschwänglich falle ich ihm in die Arme und überrumple ihn damit komplett. Zusammen taumeln wir einige Meter nach hinten und mein wild klopfendes Herz beruhigt sich ganz langsam. Die Panik zieht sich zurück.

»Mach das nie wieder.« Meine Stimme ist rau und ich räuspere mich, als ich mich von Chris löse und ihn freigebe. Erst jetzt fällt mir auf, dass er die Umarmung nicht erwidert, sondern die letzten Sekunden stumm dagestanden und sie über sich ergehen lassen hat. Er mustert mich und ich wünsche, er würde etwas sagen. Shit, ich hab hundertpro einen Ehrenkodex gebrochen. Warum kann ich meine Gefühle derart schlecht im Zaum halten? Habe ich die letzten Tage gar kein bisschen dazugelernt?

Anscheinend nicht.

»Es ...« ... *tut mir leid* wäre glatt gelogen, deswegen lasse ich den Satz in der Luft hängen. Für ihn hingegen scheint meine Umarmung einem Verbrechen zu gleichen. Hab ich seine Ehre verletzt? Hätte ich ihm männlich auf den Rücken klopfen sollen?

Super, Juli, jetzt hast du es verkackt und er lässt dich alleine zurück.

Meine Schultern sinken herab und ich suche nach Worten, um die Situation zu entschärfen.

»Ich hatte Angst, dass du weg bist oder … na ja, ich dich ausgedacht habe. Deswegen bin ich wie eine Wahnsinnige herumgerannt, hab nach dir gesucht und …«, kommen sie ungefiltert aus meinem Hirn über den Mund direkt in die Freiheit. Doch Chris' Augen bringen mich zum Schweigen. Er mustert mich weiterhin fragend und wechselt alle paar Sekunden seine Mimik. Zuerst meine ich, Unglauben zu sehen, dann Angst und Verwirrtheit, zuletzt röten sich die Wangen ein wenig und das Blau seiner Iris scheint eine Nuance heller zu strahlen.

»Ich würde dich niemals zurücklassen. Waschen muss ich mich trotzdem, außer, du magst mit einem stinkenden Kerl durch die Gegend spazieren. Das bezweifle ich jedoch«, witzelt Chris. Die Anspannung fällt mir von den Schultern und meine Mundwinkel ziehen sich nach oben.

»Na gut, ich erlaube es dir, dich zu waschen«, antworte ich im Scherz. Ernst füge ich hinzu: »Sag nächstes Mal bitte Bescheid, okay? Ich hab mir Sorgen gemacht.«

Chris nickt und wir schlendern zurück zu Berta. Sie kaut genüsslich – was total unerwartet kommt – und ignoriert uns ansonsten geflissentlich. Wir packen unsere Sachen zusammen und verabschieden uns von der netten alten Frau.

Ein Pferd kann Chris nicht auftreiben, deswegen bestreiten wir den Weg zu Fuß. Meine Stiefel muss ich nach dem Trip in den Müll schmeißen. Der matschige Boden, in den ich bis zu den Knöcheln einsinke, gibt der Sohle mit Sicherheit den Rest.

Besteht dieser Teil des Landes eigentlich ausschließlich aus Bäumen? Scheint so, denn nach einigen Minuten erreichen wir erneut den Eingang zu einem Wald. Die Tannen, Fichten und Buchen stehen enger beisammen als gestern und die Atmosphäre erscheint dunkler. Generell wirkt die Sonne heute blasser, strahlt weniger hell als die letzten Tage. Sicher hängt mir der Schock über Chris' plötzliches Verschwinden nach oder ich bin noch zu verschlafen, um die Situation richtig einzuschätzen. Trotzdem läuft mir ein Schauer über den Rücken und eine böse Vorahnung überkommt mich. Ich lenke meine Gedanken ab, indem ich an das denke, was vor mir liegt: neue Klamotten. Yay, Shopping, was kann dabei schon schiefgehen?

Viel! Wirklich eine Million Dinge. Zumindest hat sich meine Vorahnung nicht bestätigt und wir passierten den Wald ohne nennenswerte Vorkommnisse. Die Stadt, in der wir die Kleider kaufen, erscheint mir unendlich. In Wahrheit ist sie relativ winzig, wie Chris mir erklärt. Die Häuser stehen dicht beieinander, sind jedoch kleiner, als ich sie aus meiner Zeit kenne. Verschiedene Gesellschaftsschichten vermischen sich hier. Trotzdem machen einige Leute einen Bogen um andere. Zwischen edel gekleideten Frauen in ausladenden Kleidern und Männern in Pinguinmäntelchen – meine eigenen Wortkreation –, drängen sich Leute, die schlichte Leinenkleider tragen. Pferde und Kutschen transportieren Adelige oder das wohlhabende Bürgertum von A nach B und nehmen dabei kaum Rücksicht auf Fußgänger. Chris rettet mich mehr als nur einmal vor einer vorbeirollenden Kutsche, die ich nicht gesehen habe. Meine Augen huschen wild hin und her. Ich versuche die ganze Zeit, jedes Detail in meinem Gedächtnis zu speichern. Die rauschenden Kleider, die Menschen, das Feeling. Es ist aufregend und gleichzeitig beängstigend. Und es hat mich bisher niemand aufgegessen oder angegriffen, daher glaube ich Chris und gehe davon aus, dass mir die Wesen ohne Iriden wohlgesonnen gegenüberstehen. Zumindest haben sich die, denen ich bisher begegnet bin, menschlich verhalten. Das stimmt mich positiv. Vielleicht gibt es noch mehr, die so sind wie Chris und ich. Die farbige Iriden haben. Möglicherweise ist es ganz simpel und die Wesen sind einer Krankheit zum Opfer gefallen, haben dabei die Farbe der Iris verloren, aber sonst keine Schäden davongetragen. Hoffentlich ist das nicht ansteckend. Ich unterdrücke die Gänsehaut und reiße mich zusammen.

Leider weiß ich immer noch kaum etwas über die Gepflogenheiten dieser Zeit. Eine falsche Äußerung und ich werde als Hexe verbrannt – oder sind wir zeittechnisch darüber hinaus? O Mann, ich fühle mich so dumm wie selten in meinem Leben.

Chris stupst mich leicht am Oberarm an und ich wende mich ihm zu. »Komm, dort drüben ist es.«

Er deutet auf ein Geschäft, das ich von außen kaum als solches erkannt hätte. Kein Schaufenster, nur eine offen stehende Tür.

Als wir sie durchschreiten, spüre ich ein Prickeln im Nacken und sehe über meine Schulter. Ich erkenne nichts Außergewöhnliches – also abgesehen von den Kutschen und Klamotten. Niemand beobachtet uns, generell habe ich das Gefühl, dass die Wesen überhaupt keine Notiz von uns nehmen. Erleichtert atme ich auf. Wenigstens muss ich deswegen kaum einem in die Augen sehen und kann mir einbilden, alles sei normal – na ja, so normal eine Zeitreise eben ist.

Innen ist das Geschäft recht dunkel. Durch die Fenster fällt nur wenig Licht und die Decke ist niedriger, als ich es gewohnt bin. Rechts von uns befindet sich ein Holztresen, auf dem verschiedene Stoffe ausgebreitet sind. An den Wänden hängen auf Bügeln Kleider und Bänder. Auf einigen Tischen, die kreuz und quer im Raum verteilt sind, liegen weitere Stoffe. Ich erkenne Leinen, Seide und Spitze, dazu unzählige Gewebe, deren Namen mir unbekannt sind.

Die Kleider ähneln eher denen, die ich auf der Straße gesehen habe. Sie sind bunt und ausladend und haben rein gar nichts mit den Klamotten gemein, die ich am Leib trage. Ehrfürchtig fahre ich mit den Fingerspitzen über einen hellrosafarbenen Rock, der mit aufwendigen Stickereien verziert ist. Die Korsagen sehen unbequem aus und ich hoffe inständig, wir befinden uns nicht in der Zeit, in der reihenweise Frauen umkippten, weil sie zu eng zusammengeschnürt waren.

»Guten Tag, meine Cousine zieht vom Land in die Stadt und muss neu eingekleidet werden, um eine Stellung in einem feineren Hause antreten zu können«, ertönt Chris' Stimme hinter mir und ich drehe mich zu ihm.

Aus einem Nebenraum tritt eine Frau, die im Alter meiner Mutter ist. Sie trägt ein elegantes cremefarbenes Kleid und hat die Haare unter einer Haube versteckt. Um ihren Hals hängt ein Maßband. Freundlich mustert sie mich und kommt schließlich zu mir herüber. Auf dem Weg betrachtet sie einige verschiedene Stoffe.

Chris stellt sich neben mich. »Leider sind wir nur auf der Durchreise und benötigen alles so schnell wie möglich.«

Die Schneiderin nickt. »Ich habe einige einfache Leinengewänder parat.« Sie geht zu einer großen hölzernen Kommode, die sich unter einigen bunten Kleidern und Stoffen verbirgt. Nach einigen Minuten scheint sie alles zu haben und reicht mir ein Bündel. Kurz halte ich die Luft an und versuche, den kleinsten Hinweis auf eine Iris in ihren Augen zu finden. Aber da ist nichts. Eine Gänsehaut überzieht meine Arme, gleichzeitig ist die Angst weniger erdrückend als sonst, ich kann sie beinahe im Zaum halten.

Neue Kunden betreten den Laden und die Schneiderin wendet sich lächelnd ab. Die Neuankömmlinge sind eindeutig besser betucht als wir. Ihre Kleider wirken pompöser und noch unbequemer als das der Schneiderin.

Verwirrt suche ich nach einer Umkleide, dann bleiben meine Augen fragend an Chris hängen.

»Wo kann ich mich umziehen?« Leiser füge ich hinzu: »Können wir das bezahlen?«

Chris nickt und schiebt mich in die Richtung des Nebenraums, aus dem die Schneiderin gekommen ist. »Ich bezahle, während du dich umziehst. Brauchst du Schuhe?«

Schnell schüttle ich den Kopf. Um nichts in der Welt gebe ich meine Stiefel auf, egal, wie ramponiert sie sein mögen.

Ich schließe die Tür hinter mir und schäle mich aus meinen Klamotten. Erst danach betrachte ich die neuen. Fataler Fehler. Neben einem Unterhemd finde ich ein korsagenähnliches Teil, Strümpfe, zwei Röcke, ein viereckiges Tuch, drei Bänder, ein leichtes Jäckchen und eine Schürze. Was muss wo hin? Im Prinzip ist mir klar, was ich mit dem Rock und der Korsage anfangen soll, aber in der Praxis habe ich keine Ahnung. Wie schnüre ich vor allem Letzteres? Ich hatte so ein Teil noch nie an. Welchen Rock ziehe ich zuerst an und wie binde ich ihn, denn er hat vier Schnüre, die von seinem oberen Saum baumeln.

Einige Minuten betrachte ich die Klamotten, dann schlüpfe ich in das Unterhemd und stecke meine Arme durch die Korsage. Sie ist eindeutig zu eng, egal, wie fest ich sie schnüre, ich passe nie im Leben rein oder werde beide Teile zusammenbekommen. Das muss ich doch, oder? Entmutigt gehe ich zur Tür. Ich brauche definitiv Hilfe.

Chris steht einige Meter von mir entfernt und sieht sich verschiedene Stoffe an.

»Pssst.«

Er wendet mir seinen Kopf zu und zieht eine Augenbraue skeptisch in die Höhe. Hektisch winke ich ihn näher. Zum Glück sind die anderen Kunden und die Schneiderin außer Hörweite und bekommen nichts von dem Theater mit. Langsam kommt Chris auf mich zu und sobald er in Reichweite ist, schnappe ich ihn am Oberarm und befördere ihn schnell durch die Tür, bevor jemand Notiz von uns nimmt. Erleichtert atme ich auf. Peinliche Situation abgewandt, keiner hat mich im Nachthemd gesehen.

Chris betrachtet mich einige Sekunden, dann reißt er entsetzt die Augen auf. »O Gott, du bist ja nackt.«

»Ähm, nein? Ich hab ein Nachthemd an, das ungefähr neunzig Prozent meines Körpers bedeckt.« Durcheinander fahre ich über den Stoff, der blickdicht ist. Stille breitet sich aus, während Chris sich panisch umdreht. Mit dem Rücken zu mir stehend, hält er seine Hände vor die Augen und ich bin mir unsicher, ob ich weinen oder lachen möchte. Vielleicht ein bisschen von beidem.

»Ich brauche deine Hilfe.« Meine Offenbarung bringt Chris dazu, den Kopf zu heben und seine Augen wieder freizugeben. »Ehrlich, sonst hätte ich dich wohl kaum gerufen.« Langsam gehe ich auf ihn zu und lege meine Hände auf seinen Rücken. »Bitte. Ich weiß nicht, wie ich den ganzen Kram anziehen muss. Da sind zwei Röcke und die Korsage ist zu eng.«

Chris bewegt sich keinen Millimeter. Unter meinen Fingern spüre ich lediglich ein Echo davon, wie seine Lunge sich entfaltet und wieder zusammenzieht.

»Bitte«, flüstere ich. Mir ist klar, dass die Situation für ihn sehr schwer ist. Aber ohne ihn bin ich aufgeschmissen.

Er atmet tief ein und wieder aus, danach wendet er sich mir langsam zu und meine Hände gleiten von seinem Rücken. Mit geschlossenen Lidern steht Chris einen Herzschlag lang vor mir, dann öffnet er sie und ich lächle ihn an und versuche, die Situation so angenehm wie möglich für ihn zu machen.

»Wieso sollte ich dir eine Hilfe sein? Denkst du, ich habe jemals gesehen, wie Frauen sich ankleiden?«, fragt Chris trocken und mein Lächeln fällt mir geradezu aus dem Gesicht. Mein Herzschlag beschleunigt sich und mein Körper beginnt zu kribbeln. Schwarze Punkte vernebeln mir die Sicht und ich hole tief Luft. Panik breitet sich in mir aus. Natürlich, andere Zeit, andere Sitten. Er hat genauso wenig Ahnung wie ich. Scheiße. Das gibt sicher Ärger. Möglicherweise kann die Schneiderin helfen? Meine Gedanken werden wirr, schweifen mehr und mehr ab, bis sie in einer Absurdität münden, die ich aussprechen muss.

»Werden Hexen im Moment verbrannt? Hängen sie mich dafür, dass ich falsch angezogen bin?«

Jedoch scheint meine Panikattacke an Chris vorbeizugehen. »Du hast Glück«, stellt er fest, ohne auf meinen viel zu schnell vorgebrachten Einwand einzugehen. »Eine meiner Schwestern ist Schneiderin, sie plappert unablässig und hat die Klamotten für uns genäht. Du kannst dir nicht vorstellen, wie viele Nadeln ich schon im Körper hatte.« Chris grinst mich verschmitzt an. Dieser Idiot. Er hat mich mit Absicht zittern lassen. »Zuerst also: Das ist keine Korsage, sondern eine Schnürbrust.« Zögerlich tritt er zu mir und ergreift das Kleidungsstück. »Die Schneiderin hat dir sicher ein Zwischenstück mitgegeben. Im Normalfall hat diese Berufsgruppe ein gutes Augenmaß, was Größen anbelangt.« Chris geht zu dem Klamottenhaufen und kramt einige Sekunden, dann zieht er ein stabiles Stück Stoff hervor, das dieselbe Farbe hat wie die Schnürbrust – dunkelgrün. »Außerdem trägt man es andersrum, die Schnüre gehören nach vorne, damit du es selbst zumachen kannst.«

Aha. Das klingt sinnvoll. Flink schlüpfte ich aus den Trägern und drehe das Teil um. Chris hält mir das Zwischenstück vorsichtig vor die Brust, bevor er mich verschnürt. Ständig darauf bedacht, mich so wenig wie möglich zu berühren.

»Es sollte locker sitzen, damit du gut Luft bekommst, gleichzeitig muss es deine Taille formen. Allerdings hast du das keinesfalls nötig«, schmeichelt Chris mir. »Entschuldige, ich wollte dich nicht in Verlegenheit bringen.«

Lächelnd winke ich ab, seine Komplimente sind derart reizend vorgebracht, dass sie mir schmeicheln und ich besser damit umgehen kann als in meiner eigenen Zeit. »Danke. Das Nächste ist wohl der Rock. Nur welcher?«

»Nein, die Socken. Wir hätten damit anfangen sollen, nun ist es umständlich, sie anzuziehen. Wahrscheinlich muss ich dir helfen.«

Ich nehme die Strümpfe und setze mich auf einen Stuhl. Chris dreht sich zur Seite, als ich mein Unterhemd raffe, um den linken Fuß auf den rechten Oberschenkel zu legen. Es stimmt, durch die Korsage ist es unkomfortabel, die Socken über meine Füße zu streifen, aber es geht. Sie rutschen in dem Moment, in dem ich mich aufrichte, von meinen Knien. Ich werde sie den ganzen Tag hochziehen. Um sie um meine Knöchel schlackern zu lassen, sind sie zu lang, wahrscheinlich werde ich stolpern und mir den Hals brechen. Immerhin entgehe ich so dem Schicksal, als Hexe verbrannt zu werden.

Apropos.

»Was ist jetzt mit den Hexenverfolgungen? Gibt es sie noch? Oder ist die Kirche mittlerweile aufgewacht?« Skeptisch betrachte ich den rutschenden Stoff an meinem Bein. Gehört das wirklich so? Chris beobachtet mich einen Moment, dann nimmt er zwei weitere Textilien vom Klamottenhaufen und kommt auf mich zu.

»Du musst sie unterhalb der Knie festbinden.«

»Festbinden?«

»Ja.« Er reicht mir die Bänder und ich fühle mich wie eine Kuh am Bahnhof – ziemlich hilflos und ein bisschen – also total – fehl am Platz. Nach einigen Sekunden, in denen wir uns anstarren, nimmt er mir die Dinger wieder ab und schiebt schüchtern einen Strumpf nach oben, bis dieser über mein Knie reicht. Zwei Finger unter der Beuge bindet er das Band um mein Bein und ich betrachte die Konstruktion skeptisch. Das hält? Wir werden sehen.

Schnell folge ich seinem Beispiel. Als beide Strümpfe sitzen, stehe ich auf. Die Röcke wandern über meinen Kopf und Oberkörper zu den Hüften und Chris erklärt mir, wie ich sie festmache. Danach kommt das Jäckchen, dessen Ärmel ich hochkrempele, da mir zu warm damit ist. Zuletzt stecken wir das Tuch, das zu einem Dreieck gefaltet wird, in meinem Dekolleté fest. Danach fehlen nur noch die Schuhe und die lästige Haube.

Die Klamotten der Bergbäuerin stopfe ich in meinen Leinenbeutel und bin selbst überrascht, wie viel hineinpasst, obwohl er so winzig erscheint. Vielleicht habe ich Hermine Grangers Tasche gefunden? Oder Mary Poppins'? Egal welche, ich nehme beide und dazu den Regenschirm, der mich durch die Luft trägt, oder den fliegenden Besen.

»Die Röcke sind zu lang, deine Schuhe sind gar nicht zu sehen«, meint Chris, als wir in den Verkaufsraum gehen.

»Was in meinem Fall eine glückliche Fügung ist, ich glaube, meine Stiefel würden für Aufsehen sorgen.« Immerhin sind sie mit schwarz glitzernden Pailletten besetzt.

»Wohl wahr. Übrigens werden seit über zehn Jahren keine Hexen mehr verbrannt.«

»Wahnsinn, da fühle ich mich glatt sicher.«

Chris hält mir die Tür ins Freie auf und nach einem Abschiedsgruß verlassen wir das Geschäft.

Die Nachmittagssonne steht hoch am Himmel und das bunte Treiben hat zugenommen. Menschen, Kutschen und Pferde wuseln durch die Gassen. Ich hätte es mir viel leiser vorgestellt ohne Autos, Züge und dergleichen. In Wahrheit rufen die Menschen durcheinander, die Kutschen rollen krachend über die Straßen. Der Geräuschpegel ist von anderer Natur, aber dennoch hoch.

Mein Magen knurrt theatralisch und ich drücke die Hand auf meinen Bauch, fühle das Geräusch mehr, als dass ich es höre.

»Hast du Hunger?«

Ich nicke.

»Sollen wir in einem Gasthof einkehren oder sind dir dort zu viele Menschen?«

Erschrocken stelle ich fest, dass mir die iridenlosen Wesen in den letzten Minuten kaum mehr aufgefallen sind. Verwirrt runzle ich die Stirn und denke an die Schneiderin. Auch sie hatte keine Iriden, dennoch mochte ich sie. Chris hat recht, sie erscheinen ganz normal und unerwarteterweise habe ich mich wohl an sie gewöhnt. Dass das jemals passieren würde, damit hätte ich keinesfalls gerechnet.

»Nein, ein Gasthof ist in Ordnung«, antworte ich und werde mit einem Lächeln belohnt.

»Dann komm.«

Hinter Chris hergehend betrachte ich die Häuser und bin erstaunt, wie ähnlich sie denen aus dem 21. Jahrhundert sehen. Natürlich wirken sie weniger modern, aber wenn ich mir die Pferde und Kleider wegdenke, kann ich mir beinahe vorstellen, durch die Altstadt in Berlin oder Konstanz zu gehen. Meine Heimatstadt ist dafür bekannt, eine der schönsten Altstadtbauten des Landes zu besitzen, da viele Häuser aus dem Mittelalter stammen. Die, die ich momentan vor mir sehe, sind allerdings größer und breiter. Riesige Fenster dominieren die Wände und sind durch dreieckige Giebel darüber verziert.

Klassizismus, schießt mir der Begriff durch den Kopf. Ich sehe ein Bild vor meinem inneren Auge, das Herr Degen an die Wand projizierte. Es zeigt ein Gebäude, das aussieht, als würde es der Antike höchstpersönlich entstammen, es wurde aber um 1782 erbaut. Die Zeit war geprägt von Nachahmung. Man besann sich auf die alte Baukunst zurück und versuchte, sie in neuem Glanz erstrahlen zu lassen.

Hey, ich hab mir was im Kunstunterricht gemerkt! Innerlich klopfe ich mir auf die Schulter und durchforste mein Hirn nach weiteren Informationen, leider haben wir kaum etwas zur Kultur oder Mentalität der Menschen gelernt. Trotzdem bin ich stolz auf mich und ein Lächeln schleicht sich auf meine Lippen. Das muss ich Mia erzählen, sobald ... Mir fällt unser Streit ein und schlagartig verpufft das Glücksgefühl, das ich vor wenigen Sekunden empfunden habe. Hoffentlich kehre ich irgendwann zurück nach Hause und habe die Möglichkeit, mich bei ihr zu entschuldigen. Wir alle reagierten über und Mia ist ein wichtiger Teil meines Lebens, den ich niemals verlieren möchte.

»Juli, kommst du?« Chris schiebt sich in mein Sichtfeld. »Was hast du?«

»Ich musste an Zuhause denken ... vielmehr daran ... also, dass ich vielleicht nie mehr zurückkann.« Eine Träne kämpft sich an die Oberfläche und rollt über meine Wange, während meine Lippen unkontrolliert zittern. Schnell presse ich sie aufeinander. Die Angst, für den Rest meines Lebens in dieser Zeit gefangen zu sein, übermannt mich. Unterbewusst schwebte sie die letzten Tage dauerhaft über mir, mal spürte ich sie mehr, mal weniger. Im Moment scheint sie riesengroß zu sein und mich zu erdrücken.

Chris kommt einen Schritt näher und legt sanft seine Hand auf meinen Oberarm. Nach einigen Sekunden verschwindet die Trost spendende Wärme.

»Mach dir keine Sorgen«, sagt er und ich sehe von meinem Oberarm, der Chris' Finger vermisst, zu seinen Augen. Blau schimmert mir die Aufrichtigkeit seiner Worte entgegen. »Es ist einfach, so etwas von sich zu geben, wenn man nicht in der Situation ist, ich weiß«, fährt er fort, bevor ich ihm dasselbe zur Antwort geben kann. »Dennoch meine ich die Worte ernst. Es macht keinen Sinn, sich zu sorgen. Wir haben einen Weg, dem wir folgen können. Wenn wir eine falsche Abzweigung nehmen oder an eine Sackgasse kommen, können wir uns immer noch Gedanken darüber machen, wie es weitergehen soll. Denk an deinen Wunsch, beschwöre das Positive herauf.«

Ich atme tief durch und schließe für einen Moment die Augen. Unbewusst greife ich nach Chris, erwische seinen Arm und drücke ihn kurz. Seine Anwesenheit tut mir gut, gibt mir Kraft. »Gut, es geht wieder.« Lächelnd öffne ich die Lider und erkenne, dass Chris die Stelle anstarrt, die ich vor wenigen Augenblicken umklammert habe. Ich verkneife mir ein Lächeln, um zu verbergen, dass ich Chris verdammt gerne habe und seine Reaktion mir schmeichelt. Das verkompliziert die Dinge jedoch nur. Immerhin stammen wir aus verschiedenen Zeiten. Verlegen streiche ich eine Strähne, die sich aus meiner Haube befreit hat, zurück an ihren Platz. Unter dem Teil schwitze ich unglaublich. Am liebsten würde ich duschen. Stundenlang. Bis all der Dreck und die Erlebnisse der letzten Tage von meiner Haut gewaschen sind. Leider geht das schlecht.

Positiv denken, beschwöre ich mich.

Eine Kutsche prescht an uns vorbei und ich stolpere einige Schritte rückwärts, bis ich an eine Hauswand pralle. Daran gewöhne ich mich sicher nie. Auf wackligen Beinen stelle ich mich neben Chris. Er hat sich wieder gefangen und mustert mich, wahrscheinlich, um meine Verfassung zu checken. Daraufhin nickt er und geht voraus. Ich folge ihm und gebe dieses Mal Acht auf die Umgebung, versuche, nicht länger in meinen Gedanken zu versinken. Die einzige Chance, nach Hause zu kommen, ist es, nach vorne zu sehen.

»Wie läuft das mit der Postkutsche?«, frage ich.

Chris wirft einen Blick über die Schulter und ich beeile mich, um mit ihm Schritt zu halten. »Es gibt einen Gasthof, der liegt direkt bei der Haltestelle. Dort speist der Kutscher. Er muss den Pferden eine Pause gönnen, während Passagiere aus- und einsteigen. Er schreit einmal durch den Schankraum, bevor er losfährt.«

Die nächste Straße, in die wir abbiegen, ist noch stärker befahren als die zuvor und mir erscheint die Stadt abermals unendlich groß. Jedoch sind wir zu Fuß unterwegs und ich freue mich, meine Stiefel behalten zu haben. Mit den Absatzschuhen, die die anderen Frauen tragen, hätte ich mir bereits den Hals gebrochen.

Zweimal, mindestens.

Chris sieht sich um und wir überqueren die Straße. Vor einer dunklen Holztür bleiben wir stehen. Über dem Eingang hängt ein großes metallenes Schild, das ein Schwein zeigt. Die Tür öffnet sich und ein Mann tritt heraus. Laute Stimmen dringen mit ihm ins Freie und kurz bevor die Tür wieder in die Angel fällt, greift Chris danach. Er bedeutet mir, hindurchzugehen. Ich nehme Mut zusammen und setze einen Fuß vor den anderen. Musik wird laut, vermischt sich mit Gelächter und Gesprächsfetzen. Dass ich stehen geblieben bin, merke ich erst, als Chris sich an mir vorbeischiebt und mir aufmunternd bedeutet, ihm zu folgen.

Der Raum ist gut gefüllt. Wir steuern einen Tisch an der gegenüberliegenden Wand an. Ich lasse mich müde auf den Stuhl sinken, während Chris neben mir stehen bleibt. »Ich besorge etwas zu Essen.«

Ich nicke ihm zu und wische mir mit dem Ärmel über die schweißnasse Stirn. Ob ich meine Jacke ausziehen kann? Schickt sich das? Mein Blick schweift durch den Raum. Die Männer dominieren ihn eindeutig, aber auch einige Frauen mache ich aus. Eine Bedienung geht mit zwei prall gefüllten Biergläsern an mir vorbei. Sie trägt keine Jacke und ich sehe ihre kompletten nackten Oberarme. Offensichtlich ist es kein Verbrechen, ein bisschen Haut zu zeigen. Zum Glück, ich halte es keine Minute länger in meiner Strickjacke aus. Im Gastraum ist es stickig und die Wärme, die aus der Küche strömt, scheint sich hier zu sammeln. Ich atme einige Male durch den Mund und habe das Gefühl, mich langsam an die Hitze und den Geruch zu gewöhnen. Verschiedene wohlduftende Speisen mischen sich mit den Ausdünstungen schwitzender und ungewaschener Menschen. Duschen und Bäder sind anscheinend im Moment out. Dafür ist Chris ein sehr sauberer Zeitgenosse. Glücklicherweise bin ich ihm begegnet und keinem ungewaschenen Unhold. Unhold – oje, ich glaube, mein Gehirn schmort durch. Ich muss dringend zurück ins 21. Jahrhundert, ansonsten versteht mich kein Mensch mehr in meiner eigenen Zeit.

Yolo, Smombie, Selfie, Netflix, Chai Latte, i bims, fancy, wiederhole ich gedanklich Worte, die für Chris wie Kauderwelsch klingen müssen,

um sicherzustellen, dass ich sie noch kenne. Gut, die bescheuerten Hipsterworte sind fest in meinem Hirn verankert. Ob das Beweis genug ist, dass ich im Besitz meiner vollen geistigen Kraft bin? Na, ich weiß nicht. Aber hey, Yolo.
Okay, Juli, jetzt drehst du durch.
Chris kommt zurück und hat zwei Gläser Bier dabei.
»Wasser wäre besser, ich glaube, mein Gehirn geht gerade kaputt«, informiere ich ihn. Seine Augenbrauen ziehen sich nach oben und er schaut leicht panisch zu mir herunter. »Ein Scherz. Irgendwie zumindest. Ein Wasser wäre aber wirklich besser.«
»Gut, wie du willst. Bin gleich zurück. Bleibe einfach sitzen.«
»Versprochen.«
Ich stütze die Ellenbogen auf die Tischplatte und lege die Stirn in die Handflächen. Hoffentlich dreht mein Kreislauf nicht durch. Das ist das Letzte, was ich jetzt gebrauchen kann. Normalerweise habe ich ein kleines Fläschchen *Rescue Tropfen* bei mir, da ich anfällig für Wetterumschwünge oder heiße Temperaturen bin. Mein Kreislauf fährt dann Achterbahn.
»Hier.« Chris' Stimme dringt an meine Ohren und ich hebe den Kopf und die Lider leicht an. Vor mir steht ein volles Glas Wasser. Gierig greife ich danach und leere es beinahe in einem Zug.
»Erinnere mich daran, öfter etwas zu trinken«, weise ich Chris an, während er sich mir gegenübersetzt. »Ansonsten kannst du mich demnächst vom Boden kratzen.«
»Bald kommt unser Essen, danach geht es dir sicher besser. Du machst dir zu viele Gedanken. Das ist nicht gut.«
Ich schnaube und verdrehe meine Augen. »Was hast du bestellt?«
»Schweinebraten mit Klößen. Hoffentlich ist dir das recht? Ich kenne niemanden, der das verabscheut.«
»Zum Glück bin ich weder Vegetarierin noch Veganerin.«
Chris lehnt sich ein wenig über den Tisch, da der Geräuschpegel weiter ansteigt. »Wie bitte?«
Ach ja, die Hipsterworte. »Vegetarier essen kein Fleisch. Veganer verzichten komplett auf tierische Produkte. Keine Eier, Milch oder Honig. Dafür gibt es aber viele Ersatzprodukte. Zum Beispiel Mandel- oder Reismilch und Tofu.«

»To-fu?«, hakt Chris nach und betont das Wort dabei, als wäre es eine ansteckende Krankheit.

»Wird aus Sojabohnen hergestellt. Zumindest glaube ich das. Ehrlich, ich hab mich bisher kaum damit befasst.«

»Bohnen kenne ich, von Soja hingegen habe ich nie zuvor gehört. Lässt sich der Geschmack vergleichen?« Chris sieht mich interessiert an und ich versuche, mich zu erinnern, wann ich das letzte Mal Tofu gegessen habe.

»Überhaupt nicht. Tofu ist ein Fleischersatz und wird manchmal sogar geräuchert. Gleichzeitig stellt man auch Milch und Joghurt daraus her. Bohnen sind einfach nur glitschig und eklig.« Meine Abneigung gegen das grüne Gemüse lässt mich angewidert den Kopf schütteln.

»Milch mit Fleischgeschmack? *Das* klingt eklig. Bohnen hingegen, angebraten mit Speck, sind eins meiner Leibgerichte.«

Ich pruste los. Die Vorstellung, dass man bei Starbucks ab sofort einen Soja-Latte mit Fleischaroma bestellen kann, finde ich im gleichen Maße lustig wie widerlich. »Nein«, erkläre ich, nachdem ich mich beruhigt habe. »Die Milch schmeckt kein bisschen nach Fleisch, nur der Tofu, zumindest, wenn er geräuchert ist.«

»Das ist verwirrend.«

»Eigentlich nicht.« Wobei, wenn ich daran denke, wie viele Produkte in unseren Supermärkten rumstehen und wie oft es denselben Artikel von verschiedenen Herstellern gibt – wahrscheinlich hat er recht. Jedoch habe ich mich derart daran gewöhnt, dass es mir stets normal vorgekommen ist.

Ein Raunen geht durch den Raum, das von lautem Gelächter abgelöst wird. Chris und ich drehen uns synchron zu der Gruppe um, die den Lärm verursacht. Einige Männer haben sich um einen Tisch versammelt und klopfen lachend auf die Rücken ihrer Kameraden. Manche schlagen mit der Faust auf den Tisch. Wären ihre Münder nicht zu grinsenden Fratzen verzogen, hätte ich Angst, dass im nächsten Augenblick eine Schlägerei losgehen könnte.

Eine junge Frau bringt uns zwei gut gefüllte Teller. Sie stellt beide in die Mitte des Tischs und ich angle mir einen. Das Besteck liegt auf dem Teller und ich zerteile direkt einen Knödel mit dem Löffel. Nachdem ich ihn mir in den Mund gesteckt und mir die Zunge dabei verbrannt habe, kaue ich viel zu schnell. Es schmeckt köstlich.

»Wir haben Glück, die Postkutsche macht heute halt in der Stadt. Allerdings werden wir bis zum Einbruch der Nacht nur eine kurze Strecke hinter uns bringen«, informiert Chris mich und ich nicke kauend. »Wir sind sicher einige Zeit unterwegs. Die Kutsche fährt nur bei Tag, nachts werden wir in Gasthäusern einkehren. Es sei denn –«

»Nein, ist okay. Ich denke, sie werden mich wohl kaum auffressen. Dazu hätten sie bisher Gelegenheit genug gehabt.«

Nachdem wir mit dem Essen fertig sind, beschließen wir – okay, ich – nach draußen zu gehen und dort auf die Kutsche zu warten. Keineswegs, weil mir die Menschen doch zu viel geworden sind, sondern, weil ich die Stadt und das Gefühl der Vergangenheit in mich aufnehmen will, um mich ewig daran zu erinnern. In einer Bar sitzen und Bier trinken kann ich in meiner eigenen Zeit auch, durch das 18. Jahrhundert schlendern eher weniger.

Weit entfernen können wir uns nicht, trotzdem laufen wir die Straße ein Stück entlang. Ein kleiner Park befindet sich unweit entfernt und wir lassen uns auf das weiche Gras sinken. Aus dieser Entfernung haben wir einen guten Blick auf den Gasthof und werden die Postkutsche eintreffen sehen.

Ich streife durch das Gras, fühle, wie die einzelnen Halme meine Haut kitzeln, und lächle. Zum ersten Mal ist die Furcht kaum spürbar und ich genieße diese Zeit sogar ein bisschen. Natürlich sind die Angst, die Zweifel an meiner geistigen Gesundheit und das Gefühl der Hilflosigkeit weiterhin da. Jedoch haben sie nicht länger die Oberhand. Zumindest im Moment kann ich sie im Zaum halten.

»Woran denkst du?«, fragt Chris und ich wende ihm mein Gesicht zu. Seine Stimme jagt mir einen Schauer über die Arme. »Das letzte Mal, als diese Art von Lächeln über deine Lippen glitt, hast du mir von Piza vorgeschwärmt.«

»Pizza«, korrigiere ich ihn und meine Mundwinkel ziehen sich noch weiter nach oben. »Essen macht eben glücklich.«

»Das ist wahr.« Chris senkt die Lider und sieht unglaublich verlegen und süß aus. Seine sanfte und liebevolle Art ist erfrischend. Wären wir in meiner Zeit, würde ich ihm die Maske kein Stück abnehmen und denken, er tut alles nur, um mir an die Wäsche zu gehen.

Ich ziehe eine Pusteblume aus der Wiese und reiße die kleinen Samen einzeln heraus. Mag ich Chris? Ja, definitiv. Mehr, als ich sollte? Die Antwort darauf ist kompliziert und es hat keinen Sinn, mir Gedanken darüber zu machen. Für uns beide gibt es keine Zukunft, wir leben in verschiedenen Welten und das meine ich nicht im übertragenen Sinne.

Leider.

Einer der Samen fällt auf Chris' Bein. Er starrt darauf, fischt ihn von seiner Hose und begutachtet dessen Beschaffenheit.

»Ein Samenkorn für deine Gedanken«, sage ich und halte im Zerrupfen der Pusteblume inne. Mein Gesicht kribbelt und mir wird klar, dass ich zum ersten Mal mit Chris zusammen bin, ohne mir den Kopf darüber zu zerbrechen, was hier vor sich geht, wie ich zurückkomme oder was die Iridenlosen im Schilde führen.

Chris hebt seinen Blick, streckt seine Finger nach dem Samenkorn aus, das ich ihm entgegenhalte, und verweilt einen Moment, als seine Hand die meine berührt. Ich fühle seine Wärme, spüre das Prickeln, das sich bis zu meinem Rücken ausbreitet. Sanft fährt er über meine Haut, den Arm entlang bis zu meiner Schulter. Automatisch rücke ich ein Stück näher zu ihm. Unsere Nasenspitzen berühren sich und ich bin mir nicht sicher, ob er mich küssen wird. Genießerisch schließe ich die Augen, konzentriere mich vollkommen auf ihn, seine Wärme. Wenige Sekunden später ist der leichte Druck verschwunden. Stattdessen bleibt eine Leere zurück. Ein leichter Windstoß veranlasst mich dazu, die Lider zu öffnen. Der Platz neben mir ist verwaist. Chris ist aufgesprungen und hat seine Hände hinter dem Rücken versteckt.

»Verdammt, Juli. Es tut mir unendlich leid. Ich ... was in mich gefahren ... ein derartiges Benehmen ... es ... ich ...«

Verwirrt mustere ich ihn. »Wie bitte?«

»Ich verschwinde jetzt besser.«

»Was?«, rufe ich aus und komme ebenfalls auf die Beine. Fast verheddere ich mich in meinem Rock und fliege auf die Nase. Das wohlige Kribbeln wird abgelöst von blanker Panik und mein Herzschlag beschleunigt sich, während meine Handflächen feucht werden. Kalt kriecht mir die Angst aus jeder Pore und ich habe den Eindruck, einer Ohnmacht nahe zu sein.

Chris hat sich bereits einige Schritte entfernt. »Du willst mich sicher nie wiedersehen.«

»Bist du wahnsinnig?« Hektisch streiche ich mir eine Strähne zurück unter die Haube und versuche, mit Chris Schritt zu halten. »Was ist in dich gefahren?«

»Ich bin ein wahrer Wüstling.«

Wüstling? Aber natürlich. Darum geht es. Andere Zeit, andere Sitten. Die Furcht entlädt sich in einem hysterischen Lachanfall und Chris mustert mich, als wäre ich von Sinnen. Irgendwie bin ich das.

»Du machst dir Sorgen, weil du mich gerade berührt hast?«, frage ich zur Sicherheit. Chris nickt und ich schlucke einen weiteren Lachanfall hinunter. »Weißt du, wenn ich ehrlich bin, habe ich es genossen.«

Mein Geständnis löst bei Chris die verschiedensten Emotionen aus, die ich über sein Gesicht wandern sehe. Verwirrung, Zweifel und auch Glück. Zumindest deute ich es so.

»Aber …«, setzt er an und eine leichte Röte wird auf seinen Wangen sichtbar.

»Nein«, unterbreche ich ihn. »Kein Aber. In meiner Zeit ist diese Art von Berührung normal. Wir haben nichts getan, das verwerflich wäre.«

Chris schüttelt den Kopf. »Ich habe dich in Verlegenheit gebracht und mich unsittlich benommen.«

»Das ist mir egal. Du kannst mich jetzt für eine … wie sagt ihr? Mätresse? Egal. Du kannst mich für eine Frau mit zweifelhaftem Ruf halten, trotzdem mag ich dich. Deine Wärme, dein Vertrauen tun mir gut. Beides zeigt mir, dass jemand für mich da ist. Mehr ist es nicht.« Lüge! Zumindest der letzte Teil. Die Tatsache, dass ich gerade dabei bin, mich in diesen charmanten Kerl zu verlieben, muss ich unbedingt geheim halten. Wie sehr würde ihn das Wissen darüber aus der Fassung bringen, wenn ihn die Sache gerade schon in derartige Panik versetzt?

Einige Augenblicke mustert Chris mich, scheint nachzudenken, dann lächelt er unsicher und nickt. »Es tut mir dennoch leid, Juli. Es wird nie wieder geschehen.«

Schade eigentlich. Ich mag ihn und seine Berührungen geben mir Halt, zeigen mir, dass dies die Realität ist.

Kaum erreichen wir erneut den Gasthof, biegt die Postkutsche um die Ecke. Direkt vor uns bringt der Kutscher die Pferde zum Stehen und ich betrachte das Gefährt eingehend. Ob es im 21. Jahrhundert wohl vom TÜV zugelassen worden wäre? Ich bezweifle es. Zumindest der Gepäckhalter wirkt alles andere als sicher. Die Koffer und Taschen türmen sich auf dem Dach der Kutsche und sind durch Stricke befestigt.

Der Kutscher informiert uns, dass die Pferde gewechselt werden und das Ganze einige Zeit in Anspruch nehmen wird. Deswegen gehen wir noch mal in den Schankraum und warten dort.

Als wir endlich aufbrechen, hilft Chris mir beim Einsteigen und ich lasse mich neben eine ältere Dame auf die Bank sinken. Meinen Leinenbeutel lege ich auf den Oberschenkeln ab und umklammere ihn mit beiden Händen. Das Gefährt wackelt selbst in stehendem Zustand stark und mich beschleicht der Gedanke, dass die Fahrt nicht so entspannend wird, wie ich gedacht habe.

Chris steigt ebenfalls ein und setzt sich mir gegenüber. Zum Glück scheint zwischen uns wieder alles in Ordnung zu sein. Erleichtert atme ich auf und entspanne mich. Die Passagiere rutschen in dem begrenzten Raum enger zusammen, damit weitere Leute einsteigen können. Ich habe das Gefühl, in einer Sardinenbüchse gelandet zu sein, und bin froh, dass ich am Fenster sitze und somit wenigstens nach draußen sehen kann.

9

WHAT WOULD DEAN WINCHESTER DO?

Noch nie in meinem Leben hab ich mir sehnlicher eine Kotztüte gewünscht. Die Reise mit der Postkutsche entpuppt sich als echter Höllentrip. Eine Achterbahnfahrt ist ein Kindergarten dagegen. Aber vielleicht liegt es ein bisschen an mir und meiner Verfassung. Der Kutscher nimmt keine Rücksicht auf Straßenverhältnisse oder die Instabilität der Mägen seiner Passagiere und prescht über die Straßen. Manchmal sind sie derart unbefahrbar, dass die Kutsche zu hoppeln scheint und ich immer wieder von meinem Sitz geschleudert werde, um dann umso härter darauf zurückzuplumpsen. Einige Male drückt mich die Frau neben mir an das Fenster, nur damit ich in der nächsten Kurve gegen sie geworfen werde. Mit Entschuldigungen halten wir uns längst nicht mehr auf.

Chris sitzt mir gegenüber und schläft. Ernsthaft, er schläft. Keine Ahnung, ob das seine Superkraft ist, anders kann es kaum sein.

Als ich gestern zum ersten Mal in die Postkutsche gestiegen bin, war ich guter Dinge, dass die Reise nach Stuttgart bequem werden würde – immerhin fuhren wir und mussten die mehreren hundert Kilometer weder laufend noch reitend zurücklegen. Zu dem Zeitpunkt wusste ich nicht, wie sehr ich mich täuschte. Die zwei Stunden bis zu unserem Halt für die Nacht waren schrecklich. Mehrmals musste ich mich übergeben und habe die meiste Zeit wie ein Häufchen Elend dagesessen. Ich habe mir eingeredet, dass ich mich an das Rumpeln und Durch-die-Gegend-geschleudert-Werden gewöhne.

Pustekuchen.

Heute habe ich das Gefühl, es ist sogar noch schlimmer. Mittlerweile haben wir einmal die Kutsche gewechselt und eine Mittagspause eingelegt. Es ist später Nachmittag und Chris hat mir offenbart, dass wir bis zum Abend unterwegs sein werden. Etwas Gutes hat das Ganze: Ich muss mich derart darauf konzentrieren, meinen Mageninhalt bei mir zu behalten, dass ich mir den Kopf nicht über die Geschehnisse des gestrigen Tages zerbrechen kann. Auch wenn ich Chris' Wärme von Zeit zu Zeit beinahe auf meiner Haut spüre.

Abrupt kommt unser Gefährt zum Stehen und ich fliege regelrecht auf Chris drauf. Ich versuche, mich abzustützen, trotzdem kommen sich unsere Gesichter so nahe, dass meine Wange die seine berührt. Chris' Gesicht ist durch meinen Blickwinkel verzerrt. Dennoch sehe ich, dass er panisch die Augen aufreißt und mich anschaut. Sein Atem streift mein Ohr, so zart und warm wie seine Finger gestern. Eine leichte Röte überzieht seine Backen und ich senke die Lider. Die Übelkeit ist mit einem Schlag verschwunden – oder zumindest nehme ich sie dank meines Herzens, das heftig in meinem Brustkorb klopft, kaum noch wahr. Unkontrolliert manifestieren sich Gedankenfetzen in mir und ich habe das Gefühl, sie haben Überschallgeschwindigkeit.

Habe ich ihn in Verlegenheit gebracht?

Oje, hoffentlich fühlt er sich nicht unwohl, denn das wäre das Letzte, was ich möchte.

Immerhin habe ich ihn nicht angekotzt.

Darüber sollten wir beide glücklich sein.

»Wir stecken fest«, ruft der Kutscher von draußen und ich setze mich so elegant wie möglich zurück auf meinen Platz, streiche mir den Rock glatt und versuche, meinen Herzschlag allein durch Willenskraft zu beruhigen.

Klappt semioptimal.

Entschuldigend lächle ich Chris an. Er schaut stur zu Boden und ich wüsste gern, was ihm durch den Kopf geht. Bin ich eine Last für ihn, die ihn ständig in peinliche Situationen bringt? Aber er hat mir seine Hilfe angeboten – freiwillig. War er lediglich höflich gewesen, weil seine Manieren es ihm vorschrieben?

Nein, wohl kaum. Immerhin bestärkt er mich in meinem Vorhaben, glaubt an mich, hält mich nicht für verrückt. Er hatte den Plan und die Idee, mich zu begleiten, und könnte jederzeit das Handtuch werfen. Jedoch bin ich ohne ihn aufgeschmissen. Außerdem habe ich ihn gern. Ich möchte ihn an meiner Seite haben, nicht nur, weil ich ihn brauche.

Die Tür wird aufgerissen und der Kutscher streckt seinen Kopf herein. »Alle aussteigen, der Wagen muss so leicht wie möglich sein.«

Ich falle beinahe hinaus und bin versucht, den Boden zu küssen, als ich ihn endlich unter meinen Füßen spüre. Langsam gehe ich einige Schritte und beschwöre meinen Kreislauf, Ruhe zu bewahren.

»Man gewöhnt sich an ihre Fahrweise.« Chris taucht neben mir auf. Seine Stimme ist leise, fast scheu.

»Das bezweifle ich«, flüstere ich. Unter der Haube kleben meine Haare im Nacken und am liebsten würde ich sie mir vom Kopf reißen.

»Wir müssen helfen, die Kutsche aus dem Matsch zu ziehen. Der Regen heute Nacht war Fluch und Segen zugleich.«

Ich drehe mich um und begutachte das Drama. Der Fahrer wartet ungeduldig neben dem großen Rad, während die Männer aus ihren Jacken schlüpfen und sich die Ärmel hochkrempeln. Chris reicht mir seine Jacke und geht hinüber, um zu helfen.

Nachdem ich wieder sicher auf meinen Beinen stehe und mein Frühstück an Ort und Stelle geblieben ist, sehe ich mich um. Bäume, Bäume und noch mehr Bäume. Soweit das Auge reicht. Meine Stiefel versinken im feuchten Boden und ich muss darauf achten, wo ich hintrete, um nicht ebenfalls stecken zu bleiben. Obwohl die Sonne heute Mittag hoch am Himmel stand, dringt sie kaum durch die Äste und Blätter. Nebel zieht auf und etwas ist verändert. Es geschieht direkt von meiner Nase und trotzdem finde ich keine Worte dafür. Ich kneife meine Augen zusammen, strenge mich an und blicke von rechts nach links. Für diese Uhrzeit ist es viel zu dunkel.

Ein aufziehendes Gewitter?

Möglich.

Gleichzeitig ist die Stille gespenstisch. Natürlich stöhnen und ächzen die Männer hinter mir vor Anstrengung, während die Frauen sie anfeuern – leise, vornehm und gesittet, versteht sich. Der Wald jedoch gibt keinen Ton von sich. Er schweigt. Kein einziges Tier hetzt durchs Unterholz, kein Blatt bewegt sich. Nicht einmal eine Biene scheint durch die Luft zu summen. Ich verschränke die Arme vor der Brust, während sich eine Gänsehaut auf ihnen ausbreitet. Meine Hände zittern leicht, bis ich sie an den Körper drücke. Panik kämpft sich an die Oberfläche, ohne, dass ich genau weiß, was mir an der Atmosphäre derartige Angst bereitet. Mit angezogenen Schultern drehe ich mich den anderen zu und erschrecke. Das Rad sieht mehr als hinüber aus. Die Männer müssen es bei dem Rettungsversuch beschädigt haben.

Chris kommt auf mich zu. »Wir können nicht weiter.«

»Und jetzt? Auf den ADAC zu hoffen ist wohl keine Option.« Meine Stimme trieft vor Sarkasmus und unterschwelligem Ärger. Die Angst entlädt sich in meinen Worten und es ist unfair, dass Chris sie abbekommt.

»Der Kutscher wird sich mit einem Pferd auf den Weg in die nächste Stadt machen und versuchen, Ersatz zu beschaffen. Gleichzeitig warten wir auf das nächste Gefährt und hoffen, dass ein Platz für uns frei ist. Tut mir leid.«

»Dir tut es leid?« Beinahe lache ich hysterisch auf. »Du bist sicher der Letzte, der sich bei mir entschuldigen muss. Mir tut es leid, dass ich meine Frustration und vor allem meine Angst an dir ausgelassen habe.« Schon wieder. Ich hab ein echtes Problem mit meinen Gefühlen in dieser Zeit. Genervt von mir selbst seufze ich tief.

Stimmen werden laut und ich schenke den anderen Passagieren einen Moment meine Aufmerksamkeit. Sie versuchen, eine Lösung für das Problem zu finden. Leider gibt es keine bessere, als zu warten. Laufen könnte gefährlich werden, da der Wald bei Nacht undurchschaubar ist und niemand mit Sicherheit weiß, wie lange der Marsch bis in die Stadt dauert. Gleichzeitig frage ich mich, ob es wirklich besser ist, in der Dunkelheit zu verweilen.

Nachdenklich suche ich Chris' Blick. Er hat den Kopf schiefgelegt und mustert mich. »Wovor hast du Angst?«

»Außer den offensichtlichen Gründen? Vor dem Wald.« Erst jetzt merke ich, dass ich mit jeder Silbe leiser geworden bin.

»Wieso?«

»Lausche! Jetzt schau nicht so deppert, hör einfach hin.«

Chris folgt meiner Anweisung, schließt sogar für einen Moment die Augen. »Ich höre *nichts*.«
»Genau. Nun sieh dich um.«
Wieder tut er, wie ihm geheißen. »Dunkel und ... keine Ahnung ... verwaschen? Ausgeblichen?«
Ich nicke und finde ebenfalls keine passenden Worte für das sonderbare Phänomen. »Wie ist das möglich?«
Chris schüttelt den Kopf und reicht mir die Wasserflasche. »Vielleicht sind wir übermüdet? Ausgetrocknet? Sicher spielt uns unsere Wahrnehmung einen Streich und es zieht lediglich ein Gewitter heran, weswegen die Sonne hinter den Wolken verschwunden ist und dieses Lichtphänomen heraufbeschwört.«
Klingt plausibel. Ich trinke einen großen Schluck und fühle regelrecht, wie das Wasser ungebremst in meinen Magen plumpst, um dort direkt für Aufruhr zu sorgen. Viel zu schnell presse ich meine Hand auf den Bauch und errege damit Chris' Aufmerksamkeit. Sorgenvoll mustert er meine Mitte. Einige Sekunden später schnellt sein Blick zurück zu meinem Gesicht. »Hunger?«
Ich schüttle den Kopf. »Magenschmerzen. Stress bekommt mir nie gut.«
Hinter mir reden die anderen Passagiere weiterhin wild durcheinanderreden, deswegen wende mich ihnen schließlich zu. Unentschlossen stehen sie neben dem kaputten Fahrzeug. Ein Pferd und der Kutscher fehlen. Er muss aufgebrochen sein, während wir uns der komischen Atmosphäre gewidmet haben. Der Aufruhr und die unterschwellige Aufregung, die in der Luft liegen, schlagen mir auf die Stimmung. Mein Kreislauf gesellt sich zur Party und droht, abzustürzen. Gepeinigt stütze ich die Hände auf die Knie und lasse den Kopf in der Luft baumeln.
»Vielleicht tut dir ein Spaziergang gut?« Chris' Stimme durchbricht das Rauschen des Blutes in meinen Ohren nur mühsam. Mit hängendem Kopf nicke ich oder versuche es zumindest. Aufrecht stehend dreht sich die Welt um mich oder ich mich um sie. Irgendwann beschließen wir – eher die Erde, ich hab damit kaum etwas zu tun –, dass es reicht mit der Dreherei, und halten an. Zum Glück.
Nach einem erleichterten Atemzug registriere ich meine Hand, die sich fest um Chris' Oberarm klammert. Abrupt ziehe ich sie zurück.

»Tut mir leid, ich ... also ...« *Stammle ruhig weiter vor dich hin, dann versteht er, was du ihm sagen willst.* Mühsam sammle ich meine Gedanken. »Ich wollte dich keineswegs in Verlegenheit bringen.« ... schon wieder.

Chris winkt ab und ich frage mich, woher seine plötzliche Gelassenheit kommt. »Schon in Ordnung. Magst du dich bei mir unterhaken?« Galant bietet er mir seinen Arm an und ich schlinge meinen hindurch. Hoffentlich müssen wir deswegen nun nicht heiraten. Wobei ... Chris wäre sicher ein toller Ehemann – ganz der Gentleman, wie er im Buche steht. Glücklicherweise bin ich zu jung zum Heiraten.

»Ich habe beschlossen, mich auf diese Reise einzulassen – ganz und gar.« Seine Worte schrecken mich auf und ich ziehe die Augenbrauen zusammen. Mein Herz macht einen Sprung und ich kann es kaum davon abhalten durchzudrehen.

»Wie meinst du das?«, frage ich.

Chris schüttelt lediglich den Kopf und geht lächelnd neben mir her, während ich versuche, seine Worte zu entschlüsseln und das Rauschen, das mein Blut in den Ohren verursacht zu unterdrücken.

Wir lassen die anderen Reisenden hinter uns und bewegen uns von der Straße weg. Meine Schritte sind träge und ich klammere mich an Chris fest.

»Kennst du dich in der Gegend aus?«, versuche ich mich von meinen Empfindungen abzulenken.

»Nein, ich war noch nie hier.«

Chris hilft mir über einen umgestürzten Baumstamm. Als er mich berührt, wandert seine Wärme meinen Arm hinauf direkt bis zum Herzen. Sanft fahre ich mit den Fingerspitzen über seinen Handrücken und bin erstaunt, wie weich er ist. Ganz ohne tausend Cremes und andere Pflegeprodukte. Ich hebe meine Lider und schaue direkt in meeresblaue Augen. Sie mustern mich und mir wird ganz heiß.

Auf der einen Seite will ich Chris auf keinen Fall diskreditieren oder etwas tun, bei dem er sich unwohl fühlt. Andererseits ist der Drang, seine warme, lebendige Haut an meiner zu spüren, übermächtig. Es gibt mir das Gefühl, echt zu sein, wirklich hier zu sein.

Trügerische Euphorie durchströmt meinen Körper, belebt meine Glieder und den Kreislauf. Lächelnd ziehe ich mich von ihm zurück und strafe meine nächsten Worte damit Lügen.

»Es tut mir leid.«

Das tut es nicht, kein bisschen. Ja, seine Gefühle sind mir wichtig und er soll meine Gegenwart genießen, außerdem will ich, dass er mich genauso mag wie ich ihn. Aber er ist kein rohes Ei, er ist ein Mann. Natürlich kommt er aus einer anderen Zeit, trotzdem wird ihn eine Berührung wohl kaum umbringen. Die letzte hat er immerhin auch überlebt und die ging von ihm aus. Wir müssen aufhören, uns wie kleine Kinder aufzuführen, und unsere Empfindungen zulassen – egal, wie schwer der Abschied wird. Im Moment bin ich hier, bei ihm, und seinem verträumten Blick nach zu urteilen, hat Chris dasselbe empfunden wie ich.

Glücklich drehe ich mich ein bisschen von ihm weg und merke, dass die Übelkeit und das Unwohlsein verschwunden sind. Trotzdem hake ich mich wieder bei Chris ein und zusammen gehen wir weiter in den Wald hinein. Nach einigen Metern verschwindet das Hochgefühl und die Realität kommt zurück, prallt voller Wucht gegen mich und zwingt meinen Verstand geistig in die Knie. Wir stammen aus verschiedenen Zeiten, haben keine Zukunft. Was habe ich mir nur dabei gedacht? Nichts, ich habe eben *nicht* gedacht, ich habe gefühlt. Trotzdem sollte ich mich besser kontrollieren und ihm die Führung überlassen.

»Da vorne ist ein See, sollen wir …?« Chris' Stimme durchbricht meinen innerlichen Zusammenbruch und ich schaue auf. Durch die dicht stehenden Bäume kann ich die glänzende Wasseroberfläche ausmachen. Einige Sonnenstrahlen scheinen sich durch die Wolken gekämpft zu haben und reflektieren sich im See.

Je näher wir kommen, desto mehr Äste und Blätter versperren mir die Sicht. Mit beiden Händen halte ich mir das Buschwerk vom Leib und versuche, mit meinem Kleid nirgendwo hängen zu bleiben. Was sich einfacher anhört, als es ist. Zum Glück schaffen wir es ohne Verletzungen oder Risse in unseren Klamotten bis zum Wasser. Der See liegt ruhig vor uns und verbreitet einen herrlichen Geruch von Urlaub. Ein lauer Luftzug streift unter meine Haube und ich atme tief ein, schließe die Augen und greife automatisch nach Chris' Hand.

Als er seine Finger zurückzieht, hebe ich die Lider, drehe mich zu ihm und starre gebannt auf seine Faust, die er gegen die Brust drückt. Oje.

Jetzt habe ich es übertrieben. Dabei wollte ich mich doch beherrschen und zurückhalten. Hat ja wunderbar geklappt. Nicht. Chris hat wirklich Pech mit mir. Eine weniger impulsive und nur halb so leidenschaftliche Zeitreisende aus der Zukunft wäre seinem Gemüt besser bekommen. Verlegen sehe ich zu Boden und bewege nervös meine Zehe. Dieses Mal werde ich mich keinesfalls entschuldigen. Denn Fakt ist: Es wäre schon wieder eine Lüge. Ich mag ihn, ich will ihn berühren. Will meine Gefühle mit ihm teilen. Jedoch sollte ich dabei auf seine achten. Anscheinend habe ich mich geirrt, als ich mir einbildete, in Chris' Augen etwas gesehen zu haben.

Ich schaue ihn an, erkenne den Kampf in den hin und her huschenden Pupillen. »Tut mir leid. Ab jetzt benehme ich mich«, flüstere ich.

»Es ... ich ... weiß nicht, was ich sagen soll«, stottert Chris und meine Mundwinkel heben sich.

»Ist okay. Es war meine Schuld. Zurückhaltung ist keine meiner Stärken.« Jede Silbe entspricht der Wahrheit, jedoch ist da mehr. Er ist es, den ich berühren, mit dem ich meine Zeit verbringen will.

Chris nickt und ich hoffe, damit hat sich das Thema erledigt. In Zukunft werde ich auf meine Finger achten und sie bei mir behalten. Und dieses Mal werde ich mir wirklich Mühe geben.

Die Verwirrung auf seinem Gesicht gefällt mir kein bisschen und es wäre mir lieber, er würde etwas anderes empfinden, wenn er mich sieht. Wahrscheinlich braucht er mehr Zeit, muss mich besser kennenlernen. Beides ist mir recht.

»Ich will mich auf das einlassen.« Seine Stimme durchbricht die Stille und ich horche auf. »Aber ich kann schlecht aus meiner Haut. Die Berührungen stören mich nicht, im Gegenteil. Es ist etwas anderes.«

»Was?«, hauche ich nahezu, vollkommen überwältigt von seinen Worten.

»Hoffnung.«

»Hoffnung?«

»Ja. Je öfter wir unsere Gefühle und die Berührungen zulassen, desto größer wird sie. Ich will dich auf keinen Fall verlieren, trotzdem wird es darauf hinauslaufen, denn das ist es, auf das wir hinarbeiten: deine Rückreise.«

Ich nicke, lasse meine Arme baumeln und zähle einige Blätter, die auf dem Boden liegen. Chris hat mich mit ein paar Sätzen zum glücklichsten und traurigsten Menschen gleichzeitig gemacht.

Er mag mich ebenfalls: Yaaaay.

Jedoch hat er Angst, uns zu verletzen: Näääähy.

Und deswegen will er von Beginn an im Keim ersticken. Ich habe mich geirrt, es geht in erster Linie gar nicht um sein, mein oder unser Ansehen. Sondern um den Schmerz, der unweigerlich nach dem Abschied kommt.

Nachdenklich fahre ich mir übers Gesicht und mustere Chris. Anfangs habe ich ihn aus denselben Gründen abgelehnt, meine Gefühle unterdrückt und versucht, mich keinesfalls in ihn zu verlieben. Hat ja wunderbar geklappt. Mittlerweile ist mir jedoch etwas klar geworden.

»Du hast recht, dennoch bin ich anderer Meinung. Die Furcht darf uns nicht davon abhalten, glücklich zu sein. Im Moment sind wir hier. Wir kennen die Zukunft nicht und wenn ich in den letzten Tagen etwas gelernt habe, dann, dass es keinen Sinn hat, die Gegenwart mit der Angst vor der Zukunft zu vergeuden. Der Augenblick ist es, der zählt. Wir können ihn entweder gemeinsam genießen oder getrennt einen Abhang hinunterstürzen. Letzteres meine ich im übertragenen Sinne.«

Chris' Mundwinkel heben sich. »Ich liebe es, wie du einfach deine Gedanken ausprichst, ohne darüber nachzudenken.«

»Sollte das ein Kompliment sein? Das musst du mehr üben.«

Er kommt näher, nimmt dieses Mal meine Hand und drückt einen Kuss darauf. »Jetzt hast du recht. Es macht keinen Sinn, für etwas zu leben, dessen Ausgang niemand vorhersehen kann. Das hier zählt. Wir zählen.«

Stürmisch umarme ich Chris. Und ehrlich gesagt würde ich ihm am liebsten meine Lippen auf die Wange drücken, doch ich bin mir sicher, dass es dafür noch zu früh ist. Zumindest für ihn. Deswegen gebe ich mich mit dieser Berührung zufrieden und löse mich nach einigen Augenblicken von ihm. Meine Schultern fühlen sich leichter an. Ihnen wurde eine Last genommen, die schwerer wog, als ich es mir eingestehen konnte.

Ich lasse meinen Blick über das Wasser schweifen, beobachte ein Entenpaar dabei, wie es seine Runden dreht, und vermisse plötzlich meine Kopfhörer. Vor allem 5Minutes. Die letzten Tage habe ich kaum an sie gedacht, doch nun spüre ich ihre Abwesenheit deutlich. Die Tweets und das Rumgeplänkel mit ihnen fehlen mir, genauso wie die langen Gespräche über die Jungs und ihre Lieder mit Lisa und den anderen in den Chats. In meinen Gedanken sehe ich Louis mit seinen schwarzen Haaren vor mir. Sicher hat er in den paar Tagen, die ich hier bin, tausend Dinge getweetet. Halt. Das ist ein Denkfehler, oder? Er ist noch nicht einmal geboren. Genau wie meine Eltern und ich selbst. Mir wird schwindelig und ich presse die Lippen aufeinander.

Chris' Magen knurrt und ich wende mich ihm zu. »Hunger?«, frage ich überflüssigerweise, bin aber für die Ablenkung dankbar. Er nickt ebenso überflüssigerweise, denn ich höre das fordernde Geräusch erneut.

»Und jetzt? Wir haben nichts zu essen dabei. Die Pferde können wir wohl kaum schlachten.«

»Keine schlechte Idee«, meint er trocken und ich ziehe meine Stirn kraus. Aus seiner Tasche kommt ein Messer zum Vorschein. Verwirrt reiße ich meinen Mund auf, schließe ihn wieder. Dann sage ich doch etwas: »Ist das dein Ernst?«

Mit der Faust fest umklammert, schwenkt er die Waffe einige Male durch die Luft, dann lacht er und steckt sie zurück in den Beutel. »Nein, dein Gesicht war es trotzdem wert.«

»Haha, echt witzig. Ich lache später.« Mein Herz klopft aufgebracht in meiner Brust. Tief Luft holend drehe ich mich abermals zum anderen Ufer.

Das Entenpaar zieht erneut meine Aufmerksamkeit auf sich. Ruhig gleitet es über den See, zieht weiterhin seine Bahnen und plänkelt ab und zu miteinander. Hinter ihnen steigt Nebel zwischen den Bäumen auf. Er ist dunkler, als ich es gewohnt bin. Wie Rauch steigt er in die Höhe. Woher kommt er? Und so großflächig? Nein, Nebel ist wahrscheinlicher. Er dringt immer dichter zu uns rüber und scheint undurchdringlich, je mehr er sich sammelt. Intuitiv weiche ich zurück und pralle gegen Chris. Hektisch wandert mein Blick zu ihm. Auch er sieht sich das Spektakel gebannt an. Nachdem ich erneut den Nebel mustere, wird mir klar, was damit nicht stimmt. Mittlerweile taucht er die gegenüberliegende Seite komplett in Dunkelheit. Die letzten Bäume verschwinden lautlos und scheinen sich aufzulösen. Wie Dunst, der in die Höhe steigt und dann unsichtbar wird. Ein wenig erinnert es mich an eine Szene aus Harry Potter, in der sich die Welt im Denkarium zusammensetzt.

»Was ist das?« Endlich bringe ich die Worte über die Lippen. Gespannt versuche ich auszumachen, ob die Umgebung sich auflöst oder lediglich hinter der auf uns zukommenden Wand verschwindet, weil kein Licht hindurchdringt. Wie in Zeitlupe kriecht die Finsternis über den See. Die Enten schwimmen unverändert durchs Wasser, lassen sich keineswegs beirren, sind vollkommen ruhig. Fast, als würden sie die drohende Gefahr überhaupt nicht wahrnehmen.

Chris tritt neben mich. »Keine Ahnung. So etwas sehe ich zum ersten Mal. Nebel?«

»Dachte ich auch. Trotzdem ...« Ich stocke und suche nach der richtigen Beschreibung.

Chris kommt mir zuvor. »Trotzdem fühlt es sich anders an.«

Genau das ist der Punkt. Meine Nackenhaare stellen sich auf und eine Gänsehaut überzieht meine Arme. Die Enten stehen der Reaktion meines Körpers entgegen. Sie steuern seelenruhig auf die Dunkelheit zu. Im ersten Moment verschwinden sie einfach. Dann erkenne ich, dass ihre Gestalt formlos, gar schwerelos wird und schließlich wie kleine Rauchfäden nach oben steigt. Bis beide kaum noch von der Finsternis zu unterscheiden sind. Ein erschrockenes Keuchen entweicht mir und ich erwache aus meiner Starre.

Panisch wende ich mich Chris zu. »Was ...?« Er weiß sofort, was ich meine, und antwortet mit einem Kopfschütteln. Natürlich kann er mir nicht sagen, was hinter dem Vorhang der Schwärze liegt und am besten finden wir es auch nicht heraus. Wer will schon dem Ende der Welt begegnen und darin verpuffen?

Zeitgleich drehen wir uns um und rennen in die Richtung, aus der wir gekommen sind. Der Weg erscheint mir viel länger. Ich bleibe ständig mit meinem Rock hängen und stolpere über herumliegende Äste. Auf die Umgebung zu achten, habe ich längst aufgegeben. Nur rennen zählt. Entkommen und überleben.

»Ein etwas kürzerer Rock wäre jetzt doch besser gewesen«, rufe ich heftig schnaufend und will nur sichergehen, dass Chris noch da ist.

Hören kann ich ihn nicht mehr. Mein Atem klingt laut in meinen Ohren und übertönt jedes andere Geräusch.

»Ja, wobei zerrissene Kleider im Moment unser kleinstes Problem sind«, gibt er zurück und ich platze beinahe vor Erleichterung.

Nach einer gefühlten Ewigkeit kommen wir zu der Stelle, an der wir die Kutsche zurückgelassen haben.

Ruckartig bleibe ich stehen und strauchle dabei. »Wo sind sie?«, rufe ich schrill und bringe Chris so dazu, anzuhalten. »Unglaublich, sie haben uns einfach zurückgelassen.« Ängstlich sehe ich mich um, suche jeden Winkel nach einem Hinweis ab.

Nichts. Diese Idioten sind weg.

Chris scheint unfähig zu sein, etwas zu sagen, sieht sich lediglich kommentarlos um, während er seine Hände auf den Oberschenkeln abstützt.

Dann bricht es geradezu aus ihm heraus: »Verdammte Taugenichtse! Wir waren kaum eine halbe Stunde weg, wie haben sie das Rad in so kurzer Zeit repariert?« Hilflos geht er einige Schritte in die Richtung, in die wir unterwegs gewesen sind, und sieht über seine Schulter. Keine Spur von der Finsternis – nur wie lange?

Fahrig streiche ich mir eine Strähne zurück, die aus der Haube gerutscht ist. »Vielleicht haben sie die gelben Engel gerufen.« Witze zu reißen – mögen sie auch noch so dumm sein – hilft mir, mit der Situation umzugehen und die Panik niederzukämpfen. Die Kontrolle zu verlieren wäre im Moment ungünstig.

Mein wild pochendes Herz beruhigt sich langsam. Die Bilder der verrauchenden Enten spielen sich immer wieder vor meinem inneren Auge ab, wahrscheinlich werde ich sie niemals vergessen können. Sogleich versucht sich die Angst an die Oberfläche zu kämpfen. Tief durchatmend dränge ich sie zurück und schiebe die Enten in den letzten Winkel meines Hirns.

Trotzdem spüre ich die drohende Gefahr, als säße sie hinter mir. Zur Sicherheit schaue ich mich um – nichts. Und das meine ich wörtlich. Ich kann keine Vögel zwitschern, keine Tiere durchs Unterholz flitzen hören.

»Was tun wir?«, frage ich und versuche, weitere Abweichungen vom Normalbild auszumachen.

Chris zuckt mit den Schultern. »Gibt es etwas Ähnliches in deiner Zeit?«

»Nein«, antworte ich und halte dann inne. Schwarze Löcher und Bermudadreiecke kommen mir in den Sinn. Allerdings sind beides Phänomene, für die ich mich nie sonderlich interessiert habe. Und mit eigenen Augen habe ich natürlich auch keines gesehen. Wäre eins von beiden möglich? Ich habe keinen blassen Schimmer. Noch weniger haben ich eine Ahnung davon, wie diese Dinger in Erscheinung treten würden. Bücher, Musik und Serien sind meine Heimat. Wären wir bei einem Filmquiz, ich schwöre, wir gingen als Sieger hervor.

»Ich bin nicht sicher«, präzisiere ich deswegen und Chris' Zweifel steht ihm ins Gesicht geschrieben. »Lösen wir uns auf sobald, wir damit in Berührung kommen?« Die wildesten Theorien formen sich zu Gedanken und einer bohrt sich präsent an die Oberfläche:

Ich will nicht sterben. Vielleicht sollte ich die Vermutung, dass sich all das nur in meinem Kopf abspielt, wieder in Betracht ziehen. Es klingt plausibel. Wieso sollte sich die Welt sonst einfach auflösen? Außer sie existiert lediglich in mir.

»Wir müssen hier weg. Nur wohin?« Chris holt mich aus der Versenkung meiner Gedanken und ich schaue ihn an. Kann er eine Ausgeburt meines Hirns sein? Nein. Oder? »Was?« Fragend zieht er eine Augenbraue nach oben. »Wir müssen uns irren – ich irre mich. Schließlich ist es unmöglich, sich aufzulösen und in der Finsternis zu vergehen. Es sei denn … es geschieht nur …«

Chris kommt einen Schritt auf mich zu und legt seine Hand auf meine Schulter. Die Geste beruhigt mich. »Nein, du denkst dir das keineswegs aus. Ansonsten denken wir uns beide das aus.« Woher wusste er, was ich meine? Ich hätte nicht vermutet, derart durchschaubar zu sein.

Sanft fährt er über den Stoff meiner Weste und ich registriere eine Veränderung hinter ihm. »Was immer wir tun, wir müssen uns *jetzt* entscheiden.« Selbst, wenn das alles nicht real ist, kann ich schlecht stehen bleiben und darauf warten, dass mich die Finsternis zum Nachtisch futtert.

Chris wirft einen Blick über die Schulter und wendet sich halb von mir ab. »Weiter die Straße entlang oder durch die Bäume? Der Weg verläuft vermutlich parallel und ich weiß nicht, wie sich die Dunkelheit verbreitet. Der Vorteil wäre, wir kämen schneller voran. Keine umgestürzten Stämme und Sträucher, die uns den Weg versperren.«

Sekundenlang ist es still und ich kann förmlich sehen, wie unsere Gehirne arbeiten. Es kommt mir viel zu langsam vor. Unaufhörlich rückt die Finsternis näher, drängt sich durch das Blattwerk und nimmt es mit sich.

»Straße«, sage ich laut und stürme vorwärts. Ob es die richtige Entscheidung war, werden wir sicher schneller herausfinden, als uns lieb ist. Ich stolpere über meinen Rock und raffe ihn. Zum Glück habe ich meine Stiefel an.

Chris rennt neben mir her und wir blicken abwechselnd hinter uns. Unser Verfolger kommt an der Stelle an, die wir verlassen haben, und ändert die Richtung. Er strömt nicht weiter geradeaus, über den Weg hinweg auf die andere Waldseite zu, sondern orientiert sich nach links, um uns hinterherzukommen.

Ich schnaube entrüstet. »Was zu Hölle ist das? Intelligenter Nebel?«

»Egal, was es ist, es kommt auf jeden Fall von dort – der Hölle.« Chris bekreuzigt sich und ich bin mir unsicher, ob uns das helfen wird. Wir beschleunigen unsere Schritte. Meine Lunge brennt und ich kann unser Tempo keine Sekunde länger halten. Automatisch verlangsamen sich meine Schritte, bis es mir vorkommt, als würde sich die Szene in Zeitlupe abspielen.

Während ich heftig nach Luft schnappe, scheint mein Hirn entweder an Sauerstoffmangel zu leiden oder von all dem Adrenalin überfordert zu sein.

»Ist es überhaupt möglich, ihn abzuhängen?« Chris' Frage steht zwischen uns und lastet schwer auf unseren Schultern.

Ich zucke mit ebendiesen. »Spielt das im Moment eine Rolle?«

»Nein, wir müssen zumindest versuchen zu entkommen. Wieso hat es sich ausgerechnet uns ausgesucht?«

Allmählich wird auch Chris langsamer. »Vielleicht hat es das gar nicht, sondern wir waren lediglich zur falschen Zeit am falschen Ort.«

Chris passt sich meinem Tempo an und wir fallen in einen leichten Trab. Unsere Füße stampfen laut auf den Boden und ich höre nichts außer meinen heftigen Atemzügen. Der Stoffbeutel schlägt bei jedem Schritt hart gegen die Stelle kurz über dem Hintern und ich bin mir sicher, am nächsten Morgen blaue Flecken dort vorzufinden. Zumindest, wenn wir solange leben.

Positiv denken, rüge ich mich und werfe einen Blick über die Schulter. Kein Anzeichen des Nebels. Wir haben ihn vor wenigen Sekunden hinter einer Kurve zurückgelassen. Vor uns öffnet sich der Wald und offenbart eine hügelige Landschaft. Saftig grüne Wiesen und bunte Blumen strahlen uns fröhlich entgegen, während hinter uns das genaue Gegenteil lauert. Kurvig schlängelt sich die Straße durch das idyllische Bild und ich frage mich, ob es sinnvoller wäre, querfeldein zu laufen. Okay, gehen, zu mehr bin ich kaum noch in der Lage. Mein Inneres brennt, die Organe stehen lichterloh in Flammen, während mein Herz zu zerspringen droht, weil es so schnell schlägt. Ich ermahne mich, langsamer zu atmen, doch mein Körper macht, was er will, und ich kann es ihm nicht mal verübeln, immerhin habe ich ihn die letzten Minuten – wirklich, es sind erst Minuten vergangen – sehr gefordert.

»Wie weit ist die Stadt entfernt? Oder gibt es in der Nähe ein Dorf?«, frage ich.

Chris ist leicht in die Knie gegangen und stützt seine Hände auf die Oberschenkel. Sein Oberkörper zuckt unter der Anstrengung. »Keine Ahnung.«

Mist, das hat uns gerade noch gefehlt. Nur eins ist schlimmer, als um sein Leben zu rennen: In einer Gegend um sein Leben zu laufen, die einem unbekannt ist.

Meine Nerven liegen blank. Wir sind beide völlig am Ende. Unsere Lungen pumpen um die Wette und ich könnte schwören, sein Herz genauso laut pochen zu hören wie meins. Meine Haut prickelt und die Muskeln darunter kribbeln, als würden tausend klein Käfer eine Party feiern. Hektisch sehe ich mich um und kann den Fluchtreflex kaum unterdrücken. Jedoch verweigern meine Beine den Dienst. Ich bin nicht einmal sicher, ob sie noch da sind oder durch Wackelpudding ersetzt wurden.

Unseren Verfolger entdecke ich im Moment nirgends. Vielleicht haben wir ihn abgeschüttelt. Die Frage ist nur: für wie lange?

»Wir müssen weiter«, keuche ich und bin mir mittlerweile sicher, Säure einzuatmen. Chris nickt, trotzdem bleiben wir stehen und versuchen, einen klaren Gedanken zu fassen. Mir scheint das leider unmöglich. Was ich gesehen habe, kann ich mit meinem Verstand nicht begreifen, egal, wie lange ich die Fakten drehe und wende. Ich bin ratlos. Abermals suche ich die Umgebung nach der Dunkelheit ab. Alles normal, keine Rauchfäden. Immerhin.

Chris richtet sich auf. »Du hast recht. Bloß wo sollen wir hin? Das Etwas verschlingt alles, was ihm im Weg steht. Wir können uns wohl kaum verstecken und wahrscheinlich niemals schnell genug abhauen. Irgendwann müssen wir schlafen und wenn der Nebel so schnell vorankommt wie bisher, haben wir dazu keine Gelegenheit. Er verspeist uns einfach im Schlaf.« Seine Worte wirken mutlos und ich erschrecke mich. Bisher habe ich ihn stets positiv erlebt. Er war mein Fels, hat mir Mut gemacht und den Rücken gestärkt, jetzt bin ich an der Reihe.

»Alles wird gut. Wir schaffen das. Man kann sich auf jede Situation einstellen und anscheinend haben wir die Finsternis erst einmal hinter uns gelassen.« Ich setze ein aufmunterndes Lächeln auf. Beinahe glaube ich mir selbst, dabei schlottert in mir jede Faser vor Angst.

»Wie kann man etwas, das alles verschlingt, abhängen?«

Berechtigte Frage. »Das spielt keine Rolle. Wir haben es und sind sicher.«

»Dabei fühle ich mich alles andere als das.« Chris lässt die Schultern sinken und ich kann seine Furcht beinahe greifen.

»Panik hilft uns nicht – nicht im Geringsten. Das hast du mir die letzten Tage oft genug gesagt. Wir finden einen Weg, okay?« Ich gehe auf ihn zu und strecke meine Hand nach seinem Gesicht aus. Auf halbem Weg lasse ich sie sinken und greife stattdessen nach seinen Fingern, umschließe sie mit meinen und drücke sie leicht. »Zusammen.«

»Zusammen«, echot Chris leise und ich glaube beinahe, es mir nur eingebildet zu haben. Als sich seine Lippen ein weiteres Mal bewegen, würde ich sie zu gerne mit meinen zum Schweigen bringen.

»Wir haben diese Reise gemeinsam begonnen und wir werden sie gemeinsam beenden. Keine Dunkelheit der Welt kann sich zwischen uns stellen. Wir schaffen das, versprochen.« Und ich halte meine Versprechen – immer. Positivoptimistisch schaue ich mich um, versuche, unsere Situation zu erfassen und einen Plan zu erarbeiten. Erst Minuten später registriere ich, dass ich Chris' Hand weiterhin festhalte. Seine warme Haut, seine Anwesenheit schenkt mir Sicherheit und bisher scheint es ihn kein bisschen zu stören. Zwar klebt sein Blick gebannt an unseren verschränkten Fingern, aber er zieht seine nicht zurück. Damit kann ich arbeiten, man nimmt, was man kriegt.

Aber wie kommen wir nun aus dieser Scheiße? Eine Tragödie von Juliane Gothe in drei Akten. Außer, wir beißen vorher ins Gras, dann ist die Show schneller vorbei.

Die Finsternis bleibt verborgen und ich entspanne mich ein klein wenig. »Gut, was wissen wir bisher?«

Chris sieht mich an. »Nichts.«

»Das ist wirklich hilfreich«, sage ich ungeduldig.

»Schon gut.« Chris löst sich von mir und bedauernd forme ich eine Faust. Während er im Kreis vor mir hin und her geht, beobachte ich das Waldstück, aus dem wir gekommen sind. »Der Nebel löst alles auf, das er berührt.«

»Das ist lediglich eine Vermutung. Es wäre möglich, dass die Dinge in der Dunkelheit verschwinden.«

Einen Augenblick bleibt Chris stehen, schnaubt und sieht mich mit hochgezogenen Augenbrauen an. Dann verfolgt er seinen Plan, einen neuen Trampelpfad einzurichten, weiter und setzt die Runde fort. »Das kannst du unmöglich ernst meinen. Würde es durch die Dunkelheit lediglich unsichtbar werden, hätte es sich vorher wohl kaum aufgelöst und wie Rauch verflüchtigt.«

Guter Punkt. Jedoch verpasst diese Tatsache meinem Optimismus einen gewaltigen Dämpfer. Mit dem Umstand, in der Finsternis zu verschwinden, konnte ich eindeutig besser umgehen, als damit, mich durch sie aufzulösen. Wie sollen wir dem entkommen? Unerklärlicherweise muss ich an den Spruch denken, den wir als Jugendliche im Religionsunterricht vorgesagt bekommen haben:

What would Jesus do?

Was würde Jesus tun?

Keine Ahnung.

Wie die Winchesters allerdings mit so einem Problem umgehen würden, weiß ich nach elf Staffeln *Supernatural* auswendig und könnte es im Schlaf mit einer Pistole vor der Brust sagen. Was würden Sam und

Dean tun? Recherche, ganz klar. Bloß wie? Ohne Internet oder jemanden, den wir fragen könnten, ist es ein eher schwieriges Unterfangen.

Ein Geistesblitz trifft mich und wirft mich beinahe aus der Bahn. Abrupt drehe ich mich zu Chris, packe ihn an den Schultern und bringe ihn dadurch zum Innehalten.

»Wo ist die nächste Bibliothek? Gibt es so was bereits? Wir brauchen Bücher, am besten über Okkultismus oder Ähnliches.«

Die Panik kehrt in seine Augen zurück. »Bist du wahnsinnig? Wir müssen weiter, lesen kannst du in deiner Zeit, erst mal musst du aber zurück.«

Ich lache. »Darum geht's ja. Wenn wir tot sind, brauche ich mir darüber keine Gedanken mehr zu machen, also müssen wir uns die Zeit wohl oder übel nehmen. Außerdem lasse ich dich sicher nicht mit einem Wesen zurück, das seine Umgebung auflöst. Also?«

Chris betrachtet mich ernst. Sein Blick wird fester und ich erkenne die Hoffnung. Endlich. Er lächelt sogar und dieses Mal ist es echt.

Nachdenklich geht er einige Schritte, tippt sich immer wieder gegen die Nasenspitze. »Die nächste Stadt sollte etwas größer sein. Ein wohlhabender Freund und Gönner meines Bruders wohnt dort. Ich kann mir vorstellen, dass er eine große Sammlung an Büchern besitzt. Vielleicht haben wir sogar Glück und er interessiert sich für Okkultismus.«

»Besser als nichts.« So haben wir wenigstens ein Ziel, unternehmen etwas gegen unsere Situation. Abwarten und Tee trinken war noch nie meine Stärke.

Die Nacht bricht eher über uns herein, als wir dachten. Wir sind müde und das merkt man. Unsere Schritte sind träge, selbst mit der Gefahr im Nacken. Jedoch bleibt der Nebel, seit wir den Wald verlassen haben, verschwunden. Vielleicht ist er an einen bestimmten Ort gebunden. Den er dann auflöst. Gut, das macht keinen Sinn. Selbst meine Gedanken stocken, fühlen sich unzusammenhängend an. Mia, Bella, Nils und Mauro schleichen sich dazwischen. Genau wie meine Mutter, Lisa und *5Minutes*. Auch mein Vater taucht auf. Werde ich die Schule beenden? Hier überhaupt lebend rauskommen? Im Moment spielt es keine Rolle.

Chris und ich schlagen unser Nachtlager in einem kleinen Tal auf. Während der eine schläft, hält der andere Nachtwache. Ich bitte darum, die erste Wache übernehmen zu dürfen, und Chris legt sich hin. Zuerst halte ich das für eine gute Idee, weil meine Gedanken derart kreisen, dass ich glaube, niemals Ruhe zu finden. Aber schon kurz darauf bereue ich die Entscheidung. Ich kämpfe gegen meine Müdigkeit, kann mich auf nichts anderes mehr konzentrieren. Mein Kopf sinkt tiefer und ich fahre erschrocken hoch. Selbst wenn ich meine Augen offen halten könnte, sehe ich kaum etwas. Die Dunkelheit, die uns einschließt, ist genauso undurchdringlich wie der Nebel. Lediglich die Sterne und der Mond schenken sanftes Licht, das mich einige Details erkennen lässt und mir versichert, dass sich die alles verschlingende Finsternis außerhalb unserer Reichweite befindet.

Einige Male spiele ich das Spiel ›Lider zu, aufschrecken, Lider wieder zu‹ doch dann beschließe ich, Chris zu wecken. Wir tauschen die Plätze und sobald ich das Kissen berühre, drifte ich in Morpheus' Reich. Hoffentlich begegne ich ihm nicht, wer weiß, ob er mich wieder gehen lässt.

10

VON TOLLPATSCHIGKEIT DAHINGERAFFT, MAN RUFE DIE BILD

Schatten greifen nach mir, strecken sich nach mir aus und berühren meinen Körper. So schnell ich kann, renne ich davon und schreie nach Chris. Wo ist er? Wann hab ich ihn verloren? Mit den Augen suche ich die Ebene ab, kann nichts erkennen außer der Finsternis, und schweife haltlos weiter. *Willkommen im Reich der Dunkelheit*, denke ich und bin froh, immerhin den Sarkasmus zu haben, wenn schon Chris weg ist. Die Sterne sind verschwunden und auch der Mond hat seinen Posten verlassen. Möglicherweise hat mich der Nebel komplett eingekreist. Das hieße, dass er Chris verschlungen hätte. Nein, das ist unmöglich.

Schmerz durchbohrt meinen rechten Oberarm und ich zucke zusammen, drehe den Kopf und blicke dem Grauen direkt in die Augen.

»Juli«, sagt es meinen Namen und imitiert Chris' Stimme perfekt. Finger krallen sich in meine Haut und ich kann die Bilder der Dunkelheit und die der Hand kaum zusammenbringen. »Juli.« Chris klingt bittend und gleichzeitig eindringlich.

Schlagartig reiße ich die Lider auf und brauche einen Moment, um mich zu orientieren. *Nur ein Traum*, wird es mir klar und ich atme erleichtert auf. Chris hält mich fest, klammert sich nahezu an mich – daher also der Schmerz. Wider Erwarten liege ich nicht auf meiner Schlafstätte, sondern stehe mitten auf der Wiese. Mist, ich bin geschlafwandelt – schon wieder. Zum Glück war Chris so geistesgegenwärtig und ist eingeschritten, wobei das Wecken eines Schlafwandlers wohl ebenfalls seine Tücken bereithält. Ich drehe mich um, sehe in sein Gesicht und weiß sofort, dass etwas geschehen ist.

»Wir müssen weg, jetzt«, sagt er und ich nicke, packe meine Sachen zusammen, vertraue ihm und seiner Einschätzung. »Es tut mir leid, aber es musste sein. Ich hab zuerst versucht, dich zurück zu deinem Schlafplatz zu bringen, dann kam der Nebel.«

Ich winke ab.

Ein weiterer Blick über die Schulter zeigt mir das Ausmaß der Situation. Die Finsternis ist nicht an einen Ort gebunden. Verdammt, wäre auch zu schön gewesen.

So schnell wie möglich machen wir uns auf den Weg. Hoffentlich weiß Chris, wo es hingeht. Obwohl die Nacht warm ist, schaudere ich. Die Schatten bleiben hinter uns zurück und wir kämpfen uns durch die Dunkelheit. Nach einigen Stunden wird es heller. Die Sonne steigt auf, spendet Licht und schenkt uns etwas Sicherheit. Genau zur richtigen Zeit.

Wir müssen einen Hügel hinauf und je weiter wir aufsteigen, desto steiniger, fast schon felsig wird der Untergrund. Schnellen Schrittes überwinden wir die größer und spitzer werdenden Steine, ohne uns umzudrehen. Es wäre sowieso sinnlos. Die Finsternis verfolgt uns, das ist eine Tatsache, die uns die ganze Zeit bewusst ist. Das Ungetüm unaufhörlich näherkommen zu sehen, hindert uns höchstens weiterzukommen, sobald die Angst aufsteigt, verschlungen zu werden. Das, was vor uns liegt, ist wichtig. Außerdem stecken uns die Flucht und die darauffolgende Nacht in den Knochen. Unsere Bewegungen sind zwar schnell, aber mit jeder Minute, die vergeht, spüre ich die Trägheit mehr, die Besitz von mir ergreift. Energisch schiebe ich sie zur Seite, ignoriere ihre tastenden Finger.

Chris geht es ähnlich. Ich sehe es an seinen Füßen, die aus dem Takt kommen, immer wieder ausrutschen und erneut Halt suchen. Unglaublich, wie sehr uns die letzten Stunden zugesetzt haben. Zurück in meiner eigenen Zeit werde ich mehr Wert auf ein ordentliches *Workout* legen, um fit zu bleiben. Ob mir das in dieser Situation geholfen hätte, ist fraglich. Wahrscheinlich gibt es kein Mittel der Welt, das einen auf den Kampf auf Leben und Tod vorbereitet und schon gar nicht auf einen Gegner, der kein Mensch ist.

Keuchend trinke ich den letzten Schluck aus der Tonflasche. Wir haben es uns sparsam eingeteilt.

»Wie weit noch?« Ich räuspere mich, um meiner Stimme Farbe zu verleihen.

»Einen halben Tag?«

»Ist das eine Frage?«

Chris dreht sich zu mir. Bisher ist er vor mir gegangen, da der Weg zu schmal ist, um nebeneinander zu laufen. »Ja.« Seine Schultern sinken hinab und ich bereue meine Worte sofort. »Ich weiß es nicht genau. Vielleicht habe ich die Orientierung verloren.«

»Vielleicht?«

»Ja, vielleicht.«

»Das heißt, wir könnten auf dem richtigen Weg sein. Es ist eine Fifty-fifty-Chance. Umdrehen ist keine Option, also gehen wir weiter und sehen, wo wir landen.« Positivität und Optimismus sind im Moment die Schlüssel zum Ziel. Wir brauchen beides, um durchzuhalten. Ansonsten könnten wir direkt den nächsten Abgrund hinunterspringen.

Chris kommt einen weiteren Schritt näher. Sein Anblick und seine Anwesenheit geben mir Kraft, verleihen mir die Stärke, die ich nötig habe. Ein Lächeln umspielt seinen Mund und der Wunsch, ihn zu küssen, ist übermächtig. Ich will seine Wärme, seine Haut und seine Lippen spüren, nicht nur sehen. Mein Hirn schaltet auf Autopiloten und ich gehe zu Chris und umarme ihn. Jedoch bin ich zu feige, ihn zu küssen. Diesen Schritt muss er machen. Zuerst fühle ich seine Muskeln, die sich unter meiner Berührung anspannen, dann erwidert er die Umarmung und ich drücke mein Gesicht in seine Halsbeuge. Sofort überkommt mich ein wohliges Gefühl der Geborgenheit. Chris' Arme schützen mich, nehmen mir ein Teil der Last, die auf meinen – unseren – Schultern lastet.

Trotzdem müssen wir weiter, ich weiß es, ich *spüre* es. Mein Nacken kribbelt und intuitiv ist mir klar, dass hinter uns die Dunkelheit nur darauf wartet, dass wir einen Fehler machen. Soweit wird es niemals kommen. Wir werden leben.

Sanft, aber bestimmend löse ich mich von Chris. »Wir sollten weiter.« Bedauern liegt in meiner Stimme und spiegelt sich sicher auch in meinem Gesicht wieder.

Er nickt und dreht sich so abrupt um, dass ich strauchle. Meine Füße verheddern sich und finden keinen Halt, nur Steine, die wegrutschen. Panisch rudere ich mit den Armen durch die Luft und bekomme Chris' Hand zu fassen. Sie ist schwitzig und meine Finger rutschen ab. Ich falle zu Boden.

Schmerz breitet sich in Nacken und Kopf aus. Bevor mich die bodenlose Tiefe empfängt, höre ich zwei Dinge: Chris, der meinen Namen schreit, und ein Knirschen, das eindeutig ungesund klingt. Anscheinend war der Nebel nicht mein einziger Feind, meine Tollpatschigkeit kam ihm zuvor und rafft mich dahin. Wundervoll. Die edelste Art zu sterben. Ruft die BILD.

Ein penetrantes Ticken bohrt sich durch mein Bewusstsein, raubt mir den letzten Nerv und lässt mich wünschen, tot zu sein. Die Hölle kann kaum schlimmer sein als dieses widerliche Geräusch. Gequält öffne ich meine Augen. Weißes Licht blendet mich und ich presse die Lider gequält zusammen. Mein Herzschlag beschleunigt sich und ich versuche, den dichten Rauch, der mich betäubt, zu durchdringen. Das Ticken wandert langsam in den Hintergrund und der Schmerz in meiner Schädelbasis ebbt in Wellen ab. Erneut traue ich mich, die Augen zu öffnen. Dieses Mal bin ich auf die Helligkeit vorbereitet. Langsam drehe ich den Kopf, orientiere mich und sehe doch kaum etwas. Bin ich im Himmel? Alles ist verschwommen, erstrahlt aber im hellsten Weiß. Ich durchsuche fieberhaft mein Gehirn nach der Information, was geschehen ist.

Bin ich gestorben?

Verdammt, ich kann mich nicht erinnern. Stirnrunzeln ist keine gute Idee. Die kleine Bewegung tut unglaublich weh.

»Juliane?« Links vor mir zieht etwas meine Aufmerksamkeit auf sich. Verzerrt nehme ich eine Gestalt wahr. Ihr Gesicht ist ein riesiger Klecks mit einigen anderen Farbpunkten. Ein Gemälde zeitgenössischer Kunst. Oder Picassos Kubismus. Der Mund bewegt sich. Langsam nimmt das Bild Schärfe an, setzt sich zu einer Fotografie zusammen. Meine Mutter sieht älter aus. Und müde. Unglaublich müde. Genau, wie ich mich fühle.

»Juliane.« Ein Schluchzer kämpft sich ihre Kehle nach oben und sie greift nach meiner Hand. Wärme breitet sich in mir aus und nimmt etwas meiner Verwirrung mit sich.

Mama.

Träume ich? Irgendwie kommt mir die Situation surreal vor. Wo bin ich? Orientierungslos schlucke ich, will krampfhaft herausfinden, was geschehen ist. Jedoch wird mir jeglicher Zugang zu Informationen verwehrt und ich scheine nur auf Reize zu reagieren.

Von Zeit zu Zeit verschwimmt das Bild meiner Mutter und die Farbkleckse kehren zurück. Sie verändern sich und ich unternehme eine Zeitreise durch die verschiedenen Epochen der Kunst. Von der Antike, über die Romantik, zum Kubismus und der Abstraktion, bis ich wieder bei dem Gesicht meiner Mutter angelange.

Mein Blick wandert durch den Raum, sucht nach Chris.

Chris!

Panisch setze ich mich auf und sofort bestraft mich mein Körper mit Schwindel. Anscheinend mag er mich im Moment nicht besonders. Mit einem Mal habe ich den Zugang zu meinen Erinnerungen zurück und obwohl mein Gehirn weiterhin nur auf Sparflamme läuft, bringe ich die Zusammenhänge, die Geschehnisse und deren Folgen in Einklang.

»Chris«, kommt es mir über die Lippen. Fast tonlos und leer. Wo … Was … Wann … Meine Gedanken rasen durcheinander und ich bekomme keinen einzigen zu fassen, sehe nur Chris vor mir. Schnell balle ich die Hände zu Fäusten, denn sie zittern unkontrolliert und ohne meinen bewussten Befehl.

»Ganz ruhig, Schatz. Ich klingle nach einem Arzt. Hast du Schmerzen?« Mama beugt sich über mich und drückt auf die Klingel. Vorsichtig fährt sie mir über die Stirn und meine Sicht verschwimmt. Erneut und viel heftiger überkommt mich der Schwindel und ich spüre die Dunkelheit nach mir greifen. Sie ist nicht alles verschlingend wie die, vor der wir geflohen sind, trotzdem kämpfe ich dagegen an. Wenn ich erfahren will, was geschehen ist, muss ich wach bleiben. Auch wenn mir schwant, dass meine Mutter keine Antworten auf meine Fragen hat.

Wie zur Hölle bin ich wieder zurückgekommen und wieso liege ich im Krankenhaus?

Mama reicht mir ein Glas Wasser und ich greife danach. Meine Bewegungen sind eckig und fühlen sich schwerfällig an. Deswegen hält sie mir das Wasser unter die Nase und ich trinke gierig.

»Wieso kommt denn niemand?«, ruft Mama. »Wie geht es dir? Bleib wach, okay? Der Arzt ist sicher gleich hier.« Ihre Stimme flattert und ich sehe Tränen in ihren Augenwinkeln.

Ich registriere, dass ich immer noch aufrecht im Bett sitze, und lasse mich zurücksinken. Sofort lässt der Kopfschmerz nach. In meine Glieder kehrt langsam das Blut zurück und ich forme die Finger immer wieder zu einer Faust, um die Taubheit aus ihnen zu vertreiben, die das Zittern abgelöst hat. Das Leben kommt zurück und ich kann die Gedanken endlich sortieren. Mehr Sinn ergibt die Situation dadurch nicht.

Meine Zunge wandert über meine Lippen, befeuchtet die gerissene Haut und ich ignoriere den sterilen Geruch nach Desinfektionsmittel, der meine Nase penetrant hinaufwandert. »Was ist geschehen?«

»Hast du es vergessen?« Mama läuft eine Träne die Wange hinab. »Mein armes Kind.« Im Hintergrund höre ich plötzlich Louis' Stimme, die von Ricks abgelöst wird. *5Minutes* läuft im Radio.

Ein Mann im weißen Kittel betritt den Raum, er ist hochgewachsen und macht den Lauchs alle Ehre – ein Lauch, wie er im Buche steht. Seine Augen betrachten mich freundlich und er grinst mich offen an. Geschäftig rückt er die schwarze Brille zurecht, nimmt meine Akte und liest ein paar Sekunden. Danach trifft mich sein Blick erneut.

»Juliane, willkommen zurück. Wie geht es dir?«

»Ganz gut«, krächze ich.

»Wie unhöflich von mir. Ich bin dein behandelnder Arzt. Wir duzen uns hier alle und ich hoffe, das ist okay für dich? Du kannst mich Tom nennen.« Sein Lächeln ist unschlagbar und besticht mich sofort, ich mag ihn. »Weißt du, welcher Tag heute ist? Was ist das Letzte, an das du dich erinnern kannst?«

Meine Hände haben ihr Gefühl zurück und ich stütze mich auf sie, um ein Stück nach oben zu rutschen. Die Decke gleitet nach unten und ich sehe, dass ich ein Krankenhaushemd trage. Schnell verschränke ich die Arme vor der Brust, um mich weniger nackt zu fühlen. »Ich ... also ... es müsste ... keine Ahnung?« Die Tage bei Chris laufen rückwärts in meinem Kopf ab. Seine Haut an meiner, die Dunkelheit, die Reise, der Zeitsprung … dann stolpere ich gedanklich. Auf einmal kommt mir der Streit mit Mia in den Sinn. Und die Galerie. Genau. »Wir waren in Stuttgart. Und dann …« Was? Soll ich ihnen von der Zeitreise erzählen? Sicher nicht. Vielleicht war es gar etwas anderes, immerhin kenne ich keine historischen Dokumentationen, die von einer alles verschlingenden Finsternis handeln.

»Richtig, du bist in der Staatsgalerie umgekippt und hast daraufhin einige Tage geschlafen.« Nun wirkt Toms Grinsen aufgesetzt. Mama greift nach meiner Hand und ich löse die Arme voneinander, gewähre ihr, mich zu tätscheln. »Die genaue Ursache dafür ist uns unbekannt. Fakt ist, dass du selbstständig geatmet und außer einem zeitweise erhöhten Herzschlag keine anderen Symptome gezeigt hast, die deinen Zustand erklären.«

»Ich hab geschlafen? Tagelang? Was heißt das?«

»Das ist das Rätsel. Dein Gehirn scheint normal zu funktionieren. Trotzdem würden wir noch ein weiteres CT machen. Nur, damit wir auf der sicheren Seite sind.« Tom kommt näher und hält mir ein Auge zu. In das andere leuchtet er mit einer Taschenlampe, dann betastet er meinen Kopf, hört mein Herz und die Lunge ab. Zuletzt nickt er zufrieden, aber verwirrt. Seine Augenbrauen haben sich zusammengezogen und betrachten mich wie ein absonderliches Tier. »Es ist wirklich ein Wunder und unglaublich. Zehn Tage war dein Zustand unerklärlich, du lagst einfach im Koma und nun erwachst du. Erstaunlich, wirklich.«

»Zehn Tage?«, sage ich ungläubig. Solange war ich nicht bei Chris. Das bedeutet, dass ich die Zeitreise ein für alle Mal ausschließen kann. Oder? »Ist sonst etwas Seltsames vorgefallen?«, frage ich vorsichtig. Mama räuspert sich neben mir und ich sehe ihr einen Augenblick in die Augen. Sie wird mir glauben, immerhin ist sie meine Mutter, hat mich großgezogen und stand mein ganzes Leben an meiner Seite.

Misstrauen wandert auf Toms Züge. »Wie zum Beispiel?«

»Keine Ahnung. Habe ich gesprochen?«

Mama schüttelt den Kopf. »Nein, du lagst wie tot in deinem Bett.« Tränen kullern über ihre Wangen bis zum Kinn und auf mein Hemd. Es tut mir unendlich leid.

»Wieso fragst du, Juliane?« Tom sieht mich interessiert an.

Ich zucke mit den Schultern, weiß nicht, wie viel ich preisgeben kann. Vielleicht versuche ich es mit der Wahrheit und rudere zurück, sobald sie mich für verrückt halten? »Ich hatte das Gefühl, in einer anderen Welt zu sein.« Ein Satz kommt über meine Lippen und dieser scheint bereits zu viel. Der Druck auf meine Finger erhöht sich und ich höre Mama leise schluchzen, während sich Toms Augenbrauen so weit zusammenziehen, dass es aussieht, als hätte er eine gigantische Monobraue. Es war zu viel, ich weiß es.

»Du meinst einen Traum?«

Ich schüttle den Kopf, wage einen weiteren Versuch. »Alles hat sich echt angefühlt. Wie eine Zeitreise.«

Das milde Lächeln, das erneut auf Toms Lippen erscheint, will ich sofort mit einem Faustschlag verschwinden lassen. Wütend kneife ich die Lider zusammen und spanne meine Muskeln an, um nicht loszubrüllen. Wahrscheinlich denkt er, ich hätte mir alles eingebildet, versucht keineswegs, zu verstehen, was ich sage.

Tom stützt sich mit den Händen auf dem Bettende ab. »Du hast geschlafen. Träume sind ganz normal. Es gibt viele Studien, die zeigen, dass die Psyche eine große Rolle bei solch komaähnlichen Zuständen spielt. Alles, was du gesehen hast, kann sich durchaus real angefühlt haben. Dennoch war es ein Traum. Es tut mir leid, dich enttäuschen zu müssen, aber du bist keine Zeitreisende.« Er lacht ausgiebig über seinen eigenen Witz und Mama kichert hysterisch, während sie meine Hand zerquetscht. Ein Traum, klar.

»Ich veranlasse sobald wie möglich ein CT. Dann können wir dir den Schlauch aus der Nase ziehen. Hast du Hunger? Eine Schwester wird dir gleich was bringen. Sobald sich etwas an deinem Zustand ändert, meldest du dich bitte, ja?«

Übertriebenes-Grinsen-Tom nickt meiner Mutter höflich zu und verlässt den Raum. Halleluja. Ich mache drei Kreuze, wenn ich sein scheinheiliges Gesicht nie wiedersehen muss. Zuerst kam er supersympathisch rüber – da sieht man mal, wie der erste Eindruck täuschen kann.

Einige Minuten später kommt eine lächelnde Schwester in mein Zimmer und stellt ein Tablett voller Krankenhausessen neben mir auf den Tisch. Bevor ich jedoch zuschlagen kann, zieht sie den Katheter – eklig – und danach die Sonde – noch ekliger. Außerdem löst sie die Elektroden von meiner Haut, die mich mit dem Herzmonitor verbinden. Ich strecke mich und genieße die Bewegungsfreiheit.

So schnell, wie sie gekommen ist, verschwindet die Schwester wieder und Mama hebt den Deckel von meinem Essen. Nudeln mit Tomatensoße. Oder eher roter Nudelmatsch. Ehrlich gesagt habe ich keinen Hunger. Meine Gedanken halten mich auf Trab und ich würde so gerne mit jemandem über alles reden. Kann es sein, dass es nur ein Traum war?

Nein. Ich fühle es.

Vielleicht bist du verrückt, hallt es in mir wider und sofort sehe ich Chris vor mir, der mich für den dummen Gedanken zurechtweist.

Es. War. Echt.

Punkt.

Mit meiner Mutter im Raum kann ich mich jedoch kaum auf Chris oder seine Welt konzentrieren. Sie stellt Fragen und ich sehe ihre Nervosität. Die letzten Tage müssen hart gewesen sein. Sofort habe ich ein schlechtes Gewissen, auch wenn ich ihr das nicht mit Absicht angetan habe.

»Wie geht es allen? Was hab ich verpasst? Wer ist schwanger, wer hat geheiratet?«, frage ich. Mein Versuch, die Stimmung zu heben, trifft ins Schwarze und Mama lacht.

»Mia war oft hier. Sie möchte sich unbedingt bei dir entschuldigen. Genauso wie Mauro. Wir hatten schreckliche Angst um dich. Keiner wusste, ob du jemals aufwachst. Und … ob dein Hirn Schäden davontragen wird.« Mama zieht sich einen Stuhl heran und setzt sich neben mich. Lustlos stochere ich in dem Nudelmatsch herum. Chris' Gesicht wandert vor mein inneres Auge. Ich hätte ihn küssen sollen, verdammt noch mal.

Es klopft an der Tür und mein Vater streckt den Kopf hinein. Wie bei meiner Mutter sind seine Augen gezeichnet von Müdigkeit und Verzweiflung.

»Juli.«

Mehr sagt er nicht, dann finde ich mich in seinen Armen wieder. Die Umarmung tut gut und Tränen steigen in meine Augenwinkel. Mein Innerstes fühlt sich an, als wäre ein Sturm hindurchgefegt und hätte alle Schränke offen und verwüstet hinterlassen. Jede Information, jede Erinnerung und alles, was ich zu wissen glaubte, ist durcheinander und es wird eine Ewigkeit dauern, die Einzelheiten zurechtzurücken. Ein bisschen hoffe ich, dass die Geschehnisse der letzten Tage lediglich ein Traum waren. Das bedeutet, ich habe mir die Dunkelheit ausgedacht, sie stellt keine Gefahr für mich und vor allem Chris dar. Gleichzeitig würde Chris nicht existieren. Ich hätte ihn mir eingebildet. Was auf der einen Seite glaubhaft erscheint, immerhin war er perfekt. Andererseits erscheint es mir unvorstellbar, seine Nähe und die warme Haut nur erfunden zu haben.

Nein, das ist unmöglich, er ist echt.

Mein Vater löst sich von mir und betrachtet mich einen Moment schweigend. Er tritt zu meiner Mutter und nimmt ihre Hand. Okay, was hab ich verpasst? Ich glaube, so nah waren sie sich seit Wochen nicht mehr.

»Mia war hier?«, überspiele ich meine Überraschung.

Mama nickt. Ich muss unbedingt mit ihr reden. Eine Nudel wandert in meinen Mund. Widerlich. Und kalt. Die Gabel sinkt auf den Teller und Stille kehrt im Raum ein. Bis auf *5Minutes*, die im Hintergrund singen. »Das Radio meint es aber gut«, sage ich und deute in die Luft und auf meine Ohren, um die Aussage zu erklären.

Mama fährt sich durchs Haar. »Das ist eine deiner CDs. Ich dachte, es hilft dir, zu uns zurückzufinden.«

Abermals fühle ich einen Druck hinter den Augenlidern. Es ist schön, zu Hause zu sein. Gleichzeitig mache ich mir wahnsinnige Sorgen um Chris. Ich schiebe das Essen von mir und richte mich auf. Eine Dusche. Das ist genau das, was ich im Moment brauche. Mama bietet mir Hilfe an, doch ich will es alleine versuchen. Sich zu bewegen, tut nur leicht weh, mein Körper findet es unglaublich ungewohnt. Und das nach zehn Tagen. Wie geht es da Menschen, die viel länger im Koma liegen? Am besten finde ich das niemals heraus.

Das heiße Wasser spült die Flucht – die stattgefunden hat oder nicht – und die Strapazen des Aufwachens davon. Ich komme mir vor, als säße ich vor einem großen Puzzle mit abertausend Teilen, von denen keins zu einem anderen passt. Sobald ich ein Teil nehme, es betrachte und einen geeigneten Platz dafür gefunden habe, erscheinen drei neue

Teile, die nirgends passen. Je länger ich das Gesamtwerk betrachte, desto chaotischer und unlösbarer erscheint es mir.

Meine Tränen vermischen sich mit dem Duschwasser und ich unterdrücke das Schluchzen. Werde ich jemals Antworten finden? Ich wünsche mir Chris an meine Seite. Er hat mir den Rücken gestärkt, mich dazu gebracht, weiterzumachen und stets an mich zu glauben.

Viel länger als gewöhnlich stehe ich unter dem Wasserstrahl. Irgendwann begreife ich, dass es keinen Sinn hat, die Puzzleteile zu betrachten. Im Moment kann ich das Rätsel nicht lösen. Deswegen steige ich aus der Dusche und schlüpfe in meinen Bademantel, den Superhelden zieren. Es war ganz schön schwierig, den zu bekommen, und ich bin meiner Familie wahnsinnig dankbar, dass sie stets glaubten, ich würde wieder aufwachen. Ansonsten hätten sie wohl kaum alles für meine Rückkehr hergerichtet.

Ein Blick in den Spiegel zeigt, dass ich genauso aussehe wie vor der Reise. Die langen braunen Haare kleben nass an der Haut, während mich meine blauen Augen kritisch mustern und die Lippen zu einem Strich zusammengepresst sind. Keine Spur der letzten Tage zu sehen. Was hab ich erwartet? Keine Ahnung. Irgendetwas, das mir sagt, dass ich nicht verrückt bin. Das mir den Weg zurück zu Chris weist. Ich muss ihm helfen.

Es ist schon seltsam. Zuerst wollte ich mit aller Macht zurück in diese Zeit und jetzt, wo ich es geschafft habe, muss ich unbedingt wieder zu Chris. Wie viel einige Tage verändern können – unfassbar.

»Es gibt ihn«, sage ich, das muss es einfach. Ich drehe mir selbst den Rücken zu und verlasse das Badezimmer. Erst jetzt fällt mir auf, dass ich das Glück hatte, ein Einzelzimmer zu ergattern. Jedenfalls steht mein Bett alleine im Raum, direkt vor zwei großen Fenstern, hinter denen sich die Stadt offenbart. Stuttgart – ich wünschte, wir wären aus einem anderen, besseren Grund hier. Eine Welle des Vermissens bricht über mich herein und ich sehne mich nach meinem Zimmer, meinem Bett und meinen Kuscheltieren.

Mama und Papa stehen weiterhin neben dem Krankenhausbett. Allerdings hat Mama ihre Tasche unterm Arm.

Sie erhebt sich, als sie mich aus dem Badezimmer kommen sieht. »Kommst du eine Weile alleine klar? Ich hab gesehen, wie du in deinem

Essen herumgestochert hast, deswegen würde dir gerne etwas Selbstgekochtes vorbeibringen. Wünsche?«

Sofort kommt mir mein Lieblingsessen in den Sinn. »Kartoffelmatsch.«

Mama lächelt und fährt mir vorsichtig durchs Haar. Papa umarmt mich und folgt ihr hinaus. Ob die beiden sich ausgesprochen haben?

Ich trockne mich ab und suche nach meinen eigenen Klamotten. Noch mal ziehe ich das Krankenhaushemdchen nicht an. Dadurch fühle ich mich nur kränker, als ich bin. In einer Ecke sehe ich eine Reisetasche stehen und im gleichen Atemzug fällt mir ein, dass wir uns in Stuttgart befinden. Konstanz ist mehrere hundert Kilometer entfernt. Wo ist meine Mutter also hingegangen, um für mich zu kochen? Vielleicht ein Hotel? Dort hätte sie allerdings keinen Zugang zu einer Küche. Wo hat sie die letzten Tage genächtigt? Mir bleibt keine Wahl, ich muss warten, bis sie zurückkehrt.

Gespannt öffne ich den Reißverschluss der Tasche und finde in der Tat meine eigenen Klamotten. Ganz obendrauf liegt mein Handy. Ich nehme es in die Hand und fühle mich besser. Grotesk, aber es ist die Wahrheit. Gleichzeitig habe ich es in den letzten Tagen kaum vermisst. Nachdem ich eine Jogginghose und einen bequemen Hoodie meiner Lieblingsband übergezogen habe, setze ich mich aufs Bett und schalte mein Smartphone ein. Zwar will ich so schnell wie möglich einen Plan schmieden, um zu Chris zurückzukommen, doch vorher habe ich in meiner eigenen Welt einige Dinge zu regeln. Ich muss mich bei Mia entschuldigen und bei Mauro. Egal, wie sinnlos der Versuch sein sollte.

Mein Smartphone explodiert. Im wahrsten Sinne des Wortes. Sobald ich den Entsperr-Code eingegeben habe, gibt es ein dauerhaftes Piepen von sich und hängt sich erst mal einige Minuten lang auf. Nichts geht mehr. Super. Nachdem es sich beruhigt hat, erkenne ich den Grund für seinen Beinahetod: Meine ganzen Apps wie Twitter und Instagram haben zehn Tage lang jede Mitteilung angesammelt und nun auf mein armes Handy losgelassen.

Zuerst checke ich WhatsApp. Meine Freunde und einige Klassenkameraden haben mir geschrieben, obwohl sie wussten, dass ich im Koma lag. Auch sie haben mich nicht aufgegeben. Das Wissen darüber tut meiner zerbrochenen Seele gut und ich fühle mich etwas besser. Ich schreibe Mia und Mauro. Entschuldige mich bei ihnen und lasse sie wissen, wie sehr ich sie lieb hab. Letzteres schreibe ich auch Bella, Nils und Lisa, die anscheinend von meiner Mutter informiert worden ist. Sogleich kommen ihre Antworten und ich bin gespannt. Alle freuen sich, dass ich aufgewacht und offensichtlich bei klarem Verstand bin.

Bin ich das?

Wer weiß.

Mia entschuldigt sich ebenfalls und verspricht, sich sofort in den Zug zu setzen. Bevor ich ihr antworten kann, klingelt das Handy und ich sehe Lisas Namen auf dem Display. Lächelnd nehme ich das Gespräch an.

»Juliiiiiii«, kreischt sie in mein Ohr und ich halte den Hörer einige Zentimeter davon weg. »Geht's dir gut? Seit wann bist du wach? Mach das nicht noch mal. Verstanden? Ich bin beinahe umgekommen vor Angst. Alex ist schon ganz wuschig deswegen und geht mir aus dem Weg.«

Ich kichere. Wie sehr habe ich sie vermisst. Sie alle. Mein Leben, meine Freunde, den Alltag. Und trotzdem ... trotzdem fehlt jetzt ein Stück – Chris.

Back to business, Juli. Die Tränen unterdrückend konzentriere ich mich auf Lisas Fragen. »Vor einigen Stunden. Katheter und Magensonde bin ich bereits los.«

»Eklig.«

Zuerst nicke ich, dann fällt mir auf, dass Lisa das wohl kaum sehen kann. »Ja, total.«

»Wie geht's dir?«

»Bin noch unsicher. Körperlich gut. Seelisch bin ich etwas ramponiert.«

In der Leitung raschelt es. »Erzähl mir alles. Weiß man mittlerweile, was passiert ist?«, fragt Lisa kauend. Mein Magen knurrt. Ein gutes Zeichen. Hoffentlich kommt Mama bald mit meinem Kartoffelmatsch zurück.

»Viel gibt es nicht. Ich lag ja flach. Der Arzt hat mich wie eine Kuriosität beäugt. Sie sind sich noch uneinig, warum ich ausgeknockt wurde.« Die Lüge kommt mir leicht über die Lippen. Es ist besser, wenn ich mir zuerst selbst darüber im Klaren werde, was passiert ist, bevor ich andere Leute einweihe. Wie sollen sie mir glauben, wenn ich selbst keinen blassen Schimmer habe, was der Wahrheit entspricht?

Lisa schluckt laut und ich lehne mich zurück. Die Matratze ist verdammt hart und unbequem. »Steht das Konzert? Nur noch einige Tage.«

Das 5Minutes-Konzert! Es war mir entfallen. »Natürlich. Keine zehn Pferde oder Komaanfälle können mich davon abhalten, *5Minutes* zu sehen.«

»Hast du das mit den Ärzten abgesprochen oder ist das lediglich deine Einschätzung?« Ein lautes Lachen hallt durch den Hörer und ich muss ebenfalls grinsen. Sie kennt mich zu gut und ich bin froh, mit ihr reden zu können, auch wenn ich meine Geheimnisse für mich behalte. Nichtsdestotrotz fühle ich mich mit ihr verbunden und es nimmt mir eine Last von der Schulter, mit ihr herumzublödeln.

»Meine Einschätzung«, gestehe ich. »Ich regle das. Das Konzert findet statt.«

»Das tut es mit dir oder ohne dich.«

»Haha. Du bist ja so lustig. Ich will Louis aus der Nähe sehen und ihn ankreischen zusammen mit dir und Alex. Das können sie mir nicht wegnehmen. Ich brauche etwas, an dem ich mich festhalten kann.« Sobald die Worte meinen Mund verlassen haben, weiß ich, dass sie der Wahrheit entsprechen.

»Okay, ich bin für dich da.« Lisas Stimme ist sanft. Ihre Wärme legt sich um mich wie ein schützender Mantel und ich kuschle mich darin ein.

Wir beenden das Gespräch und ich sehe etwas positiver und optimistischer in die Zukunft. Zwar habe ich bisher keine Ahnung, wo ich gewesen bin und wie ich dahin zurückkomme, aber ich habe Menschen an meiner Seite, die zu mir halten und mich lieben. Hoffentlich behalte ich recht. Grotesk, dass ich zuerst unbedingt wieder in meine eigene Welt wollte und nun an kaum etwas anderes denken kann, als Chris erneut in meine Arme zu schließen.

Die Nachricht an Mia kommt zu spät, sie sitzt bereits im Zug. Ich freue mich, will ihr aber keine Umstände machen. Meinen Einwand wischt sie mit einem Kuss-Smiley weg.

Nachdem ich wieder mit ausgestreckten Beinen auf dem Bett liege, drohen meine Gedanken erneut, mich zu überrollen. Tausend Fragen schießen mir sinnlos durch den Kopf, verheddern sich und kämpfen sich in einer Spirale zu ihrem Ausgangspunkt. Eine Weile google ich verschiedene Begriffe wie Zeitreise oder Paralleluniversen. Nichts scheint hundertprozentig zu meiner Situation und meinen Erfahrungen zu passen. Ich springe zwischen verschiedenen Seiten hin und her. Erfolglos. Später versuche ich es mit Namen, die mir einfallen. Allerdings ist das wenig zielführend. Keinen Moment habe ich daran gedacht, Chris nach seinem Nachnamen zu fragen oder der Schreibweise seines Vornamens. Gab es das ph in Christopher damals bereits? Eher nicht. Christoffer, also. Leider bringt das Millionen Treffer. Trotzdem führt mich keiner, den ich anklicke, zu *meinem* Chris.

Zufällig lande ich auf einer Seite, die sich mit dem 18. Jahrhundert befasst. Es gibt verschiedene Beiträge zu der Kleidung, den Essgewohnheiten, der Sprache und der Kultur allgemein. Ich überfliege die Artikel und finde vieles wieder, was ich selbst erlebt habe. Zum Beispiel die ätzende Schnürbrust, die mich zusammengehalten hat. Letztlich rufe ich den Text zur Sprache auf und lese die ersten Abschnitte. Verwirrt erstarre ich. Das ist unmöglich. Laut des Artikels war die Sprache eine komplett andere. Er beschreibt sie als unverständlich für Ohren des 21. Jahrhunderts.

Wie kann das sein?

Schließlich habe ich mich mit Chris unterhalten. Natürlich gab es einige Begriffe, die dem jeweils anderen nicht geläufig waren, dennoch haben wir uns unterhalten. In normalem Deutsch.

Oder? Ja!

Ganz sicher. Ich rufe mir sein Gesicht in Erinnerung, schließe die Augen und kann die blonden Haare, seine blaue Iris und den freundlichen Zug um seinen Mund sehen. Als ich die Lider wieder öffne, spüre ich eine Leere in mir, die mir zu beschreiben unmöglich ist. Angst packt mich. Ist er längst tot? Bin ich deswegen zurück? Nein. Daran darf ich keine Sekunde denken.

Nachdem ich einige Zeit durch das Netz gestreift bin, sehe ich ein, dass ich auf die Art nicht weiterkomme. Vielleicht sollte ich meinem eigenen Rat folgen?

Was würden Sam und Dean tun?

Richtig, recherchieren.

Da mich das Internet nur wenig weitergebracht hat, sollte ich mir als Nächstes einen Buchladen vornehmen. Vielleicht finde ich einen, der sich auf Okkultismus oder etwas Ähnliches spezialisiert hat. Ich gebe meine Anfrage in die Suchmaschine ein und sie spuckt mir tatsächlich einen Treffer in der Nähe aus. Außerdem verweist sie mich auf die Landesbibliothek in Stuttgart. Was für ein Zufall.

Mein Kopf dröhnt. Die Informationen versuchen, verarbeitet zu werden. Das ist anstrengend, zumindest im Moment. Der Raum dreht sich für einen Augenblick und ich fixiere einen Punkt an der Decke.

Du musst dich entspannen, rede ich mir selbst gut zu. Doch das funktioniert nur semioptimal. Irgendwann hält mein Bett an und meine Sicht stellt sich wieder vollkommen scharf. Ja, ich will so schnell wie möglich zurück zu Chris, aber angeschlagen bringe ich ihm nichts, sondern halte ihn eher auf. Bevor ich zurückkann – sollte ich denn einen Weg finden – muss ich mich auskurieren.

Deswegen öffne ich Twitter und scrolle die Beiträge der letzten Tage durch. Das entspannt mich immer. 5Minutes, die Fans und meine Freunde hatten ordentlich Gesprächsstoff und ich bin eine ganze Weile beschäftigt. Dann informiert mich ein leises *Pling*, dass einer meiner Abonnenten etwas getwittert hat. Da ich nur die Benachrichtigungen der Jungs von *5Minutes* und einiger Freunde abonniert habe, klicke ich die Nachricht an und lande bei einem Tweet von Louis.

Louis Adams @mysteriousLou:
Du bist so nah, und doch siehst du mich nicht. Du glaubst, mich zu kennen, aber du kennst die Wahrheit nicht. O Babe, ohne dich ist alles grau und trist ... L.

Louis' Tweet passt nicht hundert prozentig auf meine Situation. Trotzdem lese ich die Traurigkeit aus den Worten und fühle mich dadurch mit ihm verbunden. Ein erneutes *Pling* zeigt mir Ricks Antwort auf den Tweet und ein Grinsen stiehlt sich auf meine Lippen.

Richard Clark @RickyBoy:
@mysteriousLou Schreibst du gerade einem dieser schnulzigen Lovesongs für das neue Album? Da machst du ja Marc Konkurrenz, Bro.

Wie immer retten mir die Jungs den Tag. Natürlich beherrscht Chris weiterhin meine Gedanken und schleicht sich immer wieder vor mein geistiges Auge. Leider hilft ihm das kaum. Schnell fliegen meine Finger über das Touchpad und ich schicke die Antwort ab.

Juli @holyjulicamoli:
@mysteriousLou es gibt eine Theorie, die besagt, dass kein Mensch dich so sieht, wie du wirklich bist.

Juli @holyjulicamoli:
@mysteriousLou jeder kreiert seine eigene Version von dir. Keiner sieht, wie es in dir aussieht, trotzdem glaubt es jeder zu wissen.

Traurigkeit überkommt mich und ich spüre die Einsamkeit überdeutlich. Ich begreife, dass ich es niemandem erzählen kann. Keiner wird mir glauben. Dinge zu begreifen, die man nicht mit eigenen Augen sehen kann, ist schwierig. Dinge zu begreifen, die man nicht sehen kann und die einem anderen passiert sind, ist beinahe unmöglich. Deswegen nehme ich es ihnen keineswegs übel. Aber die Reaktion von Übertriebenes-Grinsen-Tom hat mir gereicht. Jedenfalls für den Augenblick.

Louis Adams @mysteriousLou:
@holyjulicamoli weise Worte. Könnte beinahe eine Zeile für meinen Text sein. L.

Ich lese einige Antworten anderer Fans und bin beeindruckt, wie schamlos sich manche verhalten. Louis bekommt ein anstößiges Angebot nach dem anderen. Sein Leben muss hart sein. Jeder Schritt wird von mehreren Millionen Fans überwacht. Keine Sekunde lang möchte ich mit ihm tauschen, vor allem nicht jetzt, wo ich Chris finden muss.
 Meine Lider werden schwer und ich gebe dem Druck nach, gleite langsam in das Reich der Träume. Möge Morpheus mir gnädig sein. Ein letzter Gedanke schweift von Mias Vater, der sich für Götter und jeglichen Kram interessiert, zu meiner besten Freundin. Wie es wohl sein wird, ihr nach unserem Streit gegenüberzustehen? Weiter komme ich nicht ...

NENNT MICH SHAKESPEARE

»Juli.« Mein Name dringt zu mir und löst mich aus meinem Traum. Ich öffne die Augen und blinzle heftig. Mia steht an meinem Bett und schaut mich fröhlich an. Sobald sie bemerkt, dass ich wach bin, fällt sie mir in die Arme. »Es tut mir so leid. Ehrlich. Alles. Ich hab Sasa gesagt, dass ich mich für dich entscheide, wenn sie mich zwingt, zu wählen.«

Ich drücke sie fest an mich. Ihr Herz pocht gegen meine Brust und ich bilde mir ein, meins im Einklang schlagen zu spüren. »Mir tut es auch leid. Ich hab total überreagiert. Wir sind doch halbwegs erwachsen, oder? Da sollten wir das ohne Tränen hinbekommen. Die Angst, dich zu verlieren, war unermesslich groß und ich konnte sie kaum unter Kontrolle halten. Das passiert nicht wieder, versprochen.«

»Versprich mir einfach, gesund zu werden, ja? Ich hab dich vermisst.«

»Ich dich auch. Unglaublich arg.«

Eine Bewegung am Fenster zieht meine Aufmerksamkeit auf sich und ich erblicke Mama. Sie betrachtet uns schweigend. Mir fällt die Tupperdose auf, die sie neben sich gestellt hat.

»Kartoffelmatsch«, rufe ich und Mia zuckt zusammen.

»Kartoffelmatsch«, echot sie, nachdem sie sich von mir löst. Ich nicke. »Reicht das für zwei?«

»Das wird es müssen«, antworte ich und nehme Mama die Dose ab. »Joghurt?«

Als wäre sie Mary Poppins, zieht meine Mutter zwei Becher Kirschjoghurt aus ihrer Tasche und ich könnte schreien vor Glück. Manchmal sind es die kleinen Dinge. Den Kartoffelmatsch muss ich wieder abgeben, damit Mama ihn in der Stationsküche warm machen kann. Dafür schmeckt er glühend heiß zusammen mit dem kalten Kirschjoghurt unbeschreiblich.

Mia hat sich zu mir aufs Bett gesellt und sitzt mir im Schneidersitz gegenüber. Zufrieden löffeln wir unser Essen und unterhalten uns über die letzten Tage. Anscheinend habe ich für Aufruhr gesorgt und bin momentan Gesprächsthema Nummer eins in der Schule. Das muss man erst mal schaffen. Mia ist deswegen stolz auf mich, was mir lediglich ein belustigtes Augenverdrehen abringt.

Nach dem Essen liegen wir nebeneinander auf der harten Matratze und starren an die Decke. Mama ist zurück in ihre Ferienwohnung gefahren, die Papa für sie gemietet hat, da niemand wusste, wie lange ich *schlafen* würde. Meine Eltern scheinen sich zusammengerauft zu haben, jedenfalls für den Moment. Unfassbar. Hätte ich das gewusst, wäre ich viel eher in eine andere Zeit gereist.

»Wie war das? Zehn Tage im Koma zu liegen«, flüstert Mia. Mittlerweile ist es mitten in der Nacht – ein Hoch auf die private Krankenversicherung meiner Eltern und das Komfortzimmer, das sie bezahlen. Die Sterne scheinen ins Zimmer und beleuchten uns, ansonsten ist es dunkel.

»Seltsam. Ich … hatte wilde Träume. Jedes Detail, jede Einzelheit hat sich real angefühlt. Es war ein Schock, aufzuwachen«, gestehe ich und hoffe, damit nicht zu viel verraten zu haben. Auf keinen Fall möchte ich das feine Band, das sich um uns geschlungen hat, zerreißen.

»Das ist übel. Man wacht auf und möchte sofort wieder zurück. Irgendwie fühlt man sich leer, weil man unbedingt möchte, dass der Traum wahr wird.« Mias Beschreibungen treffen meine Gefühle genau. Mist. Ich vermisse Chris. Und wenn ich ehrlich zu mir selbst bin, muss ich eingestehen, dass ich mich in ihn verliebt habe. Das ist der Grund für meine Überzeugung, ihn erlebt und mir keineswegs bloß ausgedacht zu haben. Er hat so lange dafür gekämpft, mir begreiflich zu machen, dass ich nicht verrückt bin und dass es ihn gibt. Wie könnte ich jetzt an ihm und seinen Worten zweifeln, ohne ihn dadurch zu verraten?

Alleine der Gedanke, ihn nie wiederzusehen, ist schmerzhaft. Wenn ich mir in Erinnerung rufe, in welcher Situation ich ihn zurückgelassen habe, könnte ich heulen.

Mia drückt mich fest an sich und mir wird bewusst, dass ich leise schluchze. »So schlimm?«, fragt meine beste Freundin.

»Schlimmer.«

»Willst du darüber reden?«

Ich schüttle den Kopf, möchte einfach nur einen Augenblick Ruhe in meinem Schädel. Keine Gedanken, die wie Schnellzüge von A nach B rasen, um dann festzustellen, am falschen Bahnhof gelandet zu sein.

»Lass uns eine Folge *Supernatural* schauen, ich hab meinen Laptop dabei«, schlägt Mia vor. Tolle Idee, Sam und Dean – gut, vor allem Dean – schaffen es immer, mich abzulenken. Im Gegensatz zu ihren Abenteuern wirkt meins wie ein Ponyhof. Während Mia ihren Laptop startet und Netflix aufruft, erinnere ich mich an Louis' Tweet. Erneut klicke ich ihn an.

Louis Adams @mysteriousLou:
@holyjulicamoli weise Worte. Könnte beinahe eine Zeile für meinen Text sein. L.

Schnell tippe ich meine Antwort, während Mia sich an mich kuschelt und der Vorspann läuft.

Juli @holyjulicamoli:
@mysteriousLou nur wenn ihr mich an euren Einnahmen beteiligt :P dann hätte ich mein Leben lang ausgesorgt. Außerdem will ich mit auf Tour :D #Juliforpresident

Sam und Dean stecken in der Klemme – wie immer – und kämpfen ums Überleben – ebenfalls wie immer. Mias Brust hebt und senkt sich gegen meine gedrückt. Sie findet *Supernatural* gruselig. Trotzdem schaut sie es jedes Mal mit mir, weil sie weiß, wie sehr ich es liebe. Einmal zu Halloween haben wir uns sogar als Sam und Dean verkleidet. Selbstverständlich war ich Dean, auch wenn ich vom Mimimi-Level im Moment eher Sam Konkurrenz mache. In der Folge, die wir gerade schauen, taucht der Engel Castiel auf, um den Winchesters den Arsch zu retten. Ich wünsche, ich hätte meinen eigenen Engel, der dauerhaft sein Auge auf mich richtet und im richtigen Moment auftaucht. Jetzt wäre so einer.

Am Montag der folgenden Woche kann ich das Krankenhaus verlassen. Keiner weiß, durch was mein Zustand ausgelöst worden ist, und nachdem das CT ohne Befund war, sprach nichts mehr dagegen, nach Hause zu gehen. Allerdings soll ich mich auf Anraten von Übertriebenes-Grinsen-Tom so schnell wie möglich bei meinem Hausarzt vorstellen, damit ich weitere Tests über mich ergehen lassen kann.

Ich kann mir kaum etwas Schöneres vorstellen.

Aber das muss warten, diese Woche habe ich viel vor. Zum einen muss ich recherchieren, zum anderen ist am Freitag das Konzert von *5Minutes*. Die Band begleitet mich seit vielen Jahren, zieht mich aus jeder Krise und ich habe das Gefühl, sie wird mir auch dieses Mal helfen. Gleichzeitig zerreißt mir die Ungewissheit das Herz. Werde ich Chris wiedersehen?

Die letzten Tage habe ich mir ausführlich meinen Kopf deswegen zerbrochen. Gebracht hat es kaum etwas. Selbst das Telefonat mit dem Inhaber des kleinen Buchladens hat mich unbefriedigt zurückgelassen, anscheinend weiß er nichts über übernatürliche Dinge und es klang für mich, als wollte er mich so schnell wie möglich abwimmeln.

Mein letzter Strohhalm ist die Landesbibliothek.

Nachdem Mama und ich meine Tasche in die Ferienwohnung gebracht haben und ich eine halbe Stunde gebraucht habe, um sie zu überreden, mich loszuziehen zu lassen, mache ich mich auf den Weg Richtung Innenstadt. Ich bin knapp zwanzig Minuten unterwegs, bis ich vor dem Gebäude ankomme. Wie eine Dampflokomotive keuchend bleibe ich stehen. Zehn Tage bewegungslos auf einer harten Matratze dahinzuvegetieren klingt entspannender, als es ist. Vielmehr schadet es vor allem den Muskeln und der Ausdauer, wobei Letztere noch nie wirklich gut war. Ich bin zwar nach dem Aufwachen jeden Tag

ein bisschen spazieren gegangen, aber bis das CT erledigt war, wollte Tom, dass ich mich so wenig wie möglich anstrenge. Selbst danach, während er einige weitere Tests veranlasste, habe ich die meiste Zeit im Bett verbracht. Meine Gedanken an Chris wogen zu schwer und beherrschen mich, obwohl ich mich im Kreis drehe.
Immer und immer wieder.
Damit ist jetzt Schluss. Irgendwas muss ich heute finden, sonst drehe ich durch. Mit festem Schritt gehe ich auf die Tür der Landesbibliothek zu. Desorientiert sehe ich mich um. Alles sieht anders aus als früher. Die nette Frau an der Garderobe scheint meinen Blick richtig zu deuten. Sie zeigt die Treppe hinauf und ich nicke ihr dankbar zu. Oben angekommen zieht sich meine Lunge wütend zusammen.
Ach, komm schon, besänftige ich mich selbst. *Stell dich nicht an. Wir haben etwas zu erledigen.* Punkte tanzen einen Moment vor meinen Augen, verschwinden nach einigem Blinzeln aber wieder.
Der junge Mann hinter dem Informationstresen mustert mich interessiert. Langsam gehe ich auf ihn zu, nehme das Summen seines Computers wahr, je näher ich komme. Das Gerät muss wohl die besten Jahre bereits hinter sich haben.
»Hallo ich ...« ... Was? *Hallo, ich möchte etwas über meinen Freund herausfinden, den ich mir wahrscheinlich im Koma herbeihalluziniert habe?* Genau, so überzeugt man Menschen von sich. Einen Augenblick überlege ich und er lässt mir die Zeit. Dann sage ich: »Hallo, ich suche etwas über Okkultismus, Zeitreisen und medizinische Berichte oder Aufzeichnungen zum Thema Komapatienten.«
Falten breiten sich auf seiner Stirn aus. »Das ist ein breit gefächertes Themengebiet. Am besten informierst du dich erst mal über unseren Onlinekatalog, was für Literatur wir zu den verschiedenen Themen haben. Danach kannst du sie anhand der Signatur heraussuchen. Wenn du Hilfe brauchst, melde dich.«
Ich nicke. Klingt gut. »Wo finde ich diesen Onlinekatalog?«
Der junge Mann deutet auf einen Bereich hinter mir und ich drehe mich halb um. »Da drüben stehen einige PCs. Die kannst du frei und solange du magst nutzen. Allerdings kannst du damit nur im Katalog stöbern, sie haben keinen Internetzugang.«
Abermals nicke ich. »Vielen Dank.«

Vor einem Computer lasse ich mich auf einen Schreibtischstuhl sinken. Die Tastatur zu mir her ziehend, überlege ich mir Begriffe, die ich in die Suchleiste des Katalogs eingeben könnte. Zuerst versuche ich es mit Okkultismus und erschrecke mich bei den lauten Geräuschen, die die Tasten von sich geben. Baujahr Steinzeit, eindeutig. Egal, für meine Zwecke reicht es.

Knapp fünfhundert Treffer erscheinen zu meiner Suchanfrage und ich überfliege die ersten. Von »*Okkultismus für Anfänger*« bis zu »*Die Men in Black und andere Phänomene*« ist alles dabei. Ein Buch mit dem Titel »*Wie komme ich in Chris' Welt zurück*« ist nicht dabei.

Logischerweise, schreit mein Hirn. Mein Herz hingegen weint und pocht schmerzhaft in meiner Brust. Trotzdem notiere ich mir einige Signaturen.

Als Nächstes gebe ich *Parallelwelt* ein und wieder spuckt mir der Katalog mehrere hundert Ergebnisse aus. Mist. Das scheint aussichtslos. Fieberhaft denke ich über ein weiteres Stichwort nach. Soll ich es doch mit dem 18. Jahrhundert versuchen? Eigentlich habe ich eine Zeitreise ausgeschlossen. Zum einen habe ich Chris gut verstanden, er sprach kein Altdeutsch, zum anderen wäre ich nicht einfach zurückgesprungen, oder? Irgendetwas müsste der Auslöser sein. Eine Apparatur oder ein Ritual. Eine Zeitreise, die von meinem Körper eingeleitet wird, gibt es vielleicht bei Kerstin Gier, in der realen Welt sieht es aber anders aus. Trotzdem gebe ich zuerst den Begriff Zeitreise und danach das 18. Jahrhundert ein.

Nach weniger als einer Stunde habe ich zwei Notizzettel mit Signaturen gefüllt und mache mich auf die Suche nach den Büchern. Das Konzept der Sortierung der Titel, die die Landesbibliothek vorrätig hat, erschließt sich mir kaum. Deswegen brauche ich ewig, bis ich die ersten Bücher zusammen habe. Anscheinend sind die Werke nach Themengebieten sortiert, trotzdem stehen die, die sich mit dem Thema Zeitreise befassen, nicht beieinander. Wenn ich eine Publikation aus dem Regal ziehe, schaue ich mir die danebenstehenden ebenfalls an. Einige klingen interessant, bei anderen frage ich mich, ob der Autor auf LSD gewesen ist, als er das geschrieben hat. Wahrscheinlich sollte ich still sein, immerhin habe ich selbst eine Erfahrung gemacht, von der ich niemandem erzähle, aus Angst, in der Klapse zu landen. Wer ohne Sünde ist, werfe also den ersten Stein.

Im nächsten Gang befindet sich das Regalbrett, das ich suche, ganz unten. Von der ständigen Bückerei und der schlechten Luft wird mir schwindelig. Daher mache ich es mir auf dem Boden vor den Büchern bequem und nutze die Chance, einige durchzublättern.

Eine Publikation zum Thema parallele Universen ist hochinteressant und ich überfliege die Seiten. Mein Handy holt mich aus der Versenkung und ich ziehe es schnell aus der Tasche, weil es mir unangenehm ist, dass ich vergessen habe, es lautlos zu stellen. Mia fragt mich per WhatsApp, wie es mir geht. Die letzten Tage hatte ich mein Smartphone kaum in der Hand. Ich war nicht in der Stimmung für zwischenmenschlichen Kontakt und bin es weiterhin nicht. Meine Laune ist mies und meine Gedanken können sich kaum auf etwas fokussieren, außer auf Chris. Seine Augen, seine Freundlichkeit, seine Zurückhaltung. Weder Twitter noch Instagram oder Facebook habe ich gecheckt und meine Freunde machen sich Sorgen. Zumindest, wenn ich Mias Nachricht glaube.

»Entschuldige bitte, aber …«

Ich blicke auf und erschrecke mich beinahe zu Tode. Über mich gebeugt steht ein älterer Herr in einem dunklen Sakko und einer Leinenhose. Auffordernd schaut er mir entgegen. Ach so, natürlich. Er will an die Bücher, was auch sonst.

Peinlich berührt über meinen geistigen Aussetzer rutsche ich zur Seite. »Natürlich. Tut mir leid. Ich war in Gedanken.«

Mein Handy verschwindet in meiner Tasche und ich hebe demonstrativ das Buch, in dem ich zuvor gelesen habe.

»Ah«, macht der ältere Herr und rückt seine Brille zurecht. Sein Gesicht wirkt offen und freundlich. Schweißperlen stehen auf seiner Stirn und die Wangen sind leicht gerötet. Das graue Haar ist feinsäuberlich zurückgekämmt und passt zu seinem Outfit.

»Physikstudent«, mutmaßt er und deutet auf das Buch. Ich schüttle den Kopf. »Was machst du dann hier? Renn, so schnell du kannst. Wenn dich die Phänomene der Physik erst mal eingefangen haben, kommst du nie wieder davon los.«

Ein Lächeln stiehlt sich auf meine Lippen. »Physikprofessor?«, frage ich und bin mir sicher, recht zu haben, bevor er überhaupt zu einer Antwort ansetzt.

»Ja, früher. Mittlerweile bin ich im Ruhestand.« Überraschenderweise lässt er sich neben mich sinken und fährt die Buchrücken mit dem Finger nach. Zuerst bin ich befremdet, weil er mir derart nahe ist, dass ich seine Wärme spüren kann. Dann tut mir seine Anwesenheit gut. Er fordert nichts, scheint sich einfach nur für dasselbe Thema zu interessieren.

»Das heißt wohl, Sie sind zu langsam gerannt«, nehme ich seinen Witz auf und er lacht.

»Wahrscheinlich. Wieso interessierst du dich für Paralleluniversen?«

War ja klar, dass er das fragt. Ich suche nach einer glaubhaften Ausrede, aber ehrlich, mir fällt keine ein. Interesse? Aber wieso? Klingt spannend.

»Das ist kompliziert«, antworte ich daher wahrheitsgemäß.

»Das ist es doch immer«, sagt er und zwinkert mir zu. Er zieht eine Publikation aus dem Regal und blättert darin herum.

Er hat recht. So spielt das Leben und es sind genau die Punkte, die es lebenswert machen, auch wenn ich im Moment große Angst habe. Angst, Chris zu verlieren oder dass das schon längst passiert ist und ich ihn nie wiedersehe. Leider ändert meine Furcht nichts an den Fakten und Tatsachen, weswegen ich sie beiseiteschiebe. Angst zu haben ist okay, ich darf nur nicht zulassen, dass sie mich beherrscht.

Ich nehme meinen Mut zusammen. »Vielleicht können Sie mir helfen. Ist es möglich, in der Zeit zu reisen, ohne eine Apparatur dafür zu benutzen?«

»Du kannst mich ruhig duzen, wir sind hier schließlich unter uns. Ich bin Arthur Weidenbecher. Um deine Frage zu beantworten: Der Physiker in mir möchte dir sagen, dass das Phänomen der Zeitreise umstritten ist. Keiner weiß etwas darüber. Falls es jemals einem Menschen geglückt ist, hat er uns Physiker darüber im Dunkeln gelassen. Sicher hat er seine Gründe. Der andere Teil in mir, der an Wunder glaubt, weiß, dass alles möglich ist. Auch wenn wir momentan unfähig sind, die Barriere der Zeit zu durchbrechen … Wer weiß, vielleicht sind wir es in fünfzig oder hundert Jahren? Keiner kann in die Zukunft schauen, wir wissen nicht, was kommt.« Seine Stimme ist ruhig und ich kann ihn mir gut in einem Hörsaal vorstellen. Bei ihm schlief gewiss niemand ein, weil seine Worte zu monoton vorgetragen wurden.

Er schaut auf den Stapel Bücher, den ich neben mir abgestellt habe. »Okkultismus? Zeitreise und parallele Welten. Recherchierst du für einen Roman?«

Hysterisch bricht ein Lachen aus mir. »So ähnlich.«

»Interessante Kombination«, sagt er nachdenklich und fährt sich übers Kinn. »Meine Vorlesungen hätten dir gefallen.«

Gespannt hebe ich eine Augenbraue. »Wieso?«

»Weil sie genau die Themenbereiche abdeckten, in denen du nach Literatur suchst. Du kannst dir sicher vorstellen, wie verpönt ich an der Uni war. Ein Physiker, der sich mit okkulten Riten und Phänomenen auseinandersetzt und die Welt mit all ihren Facetten in Einklang zu bringen versucht. Selbst mit Gott und christlichen Theorien zur Entstehung der Erde befasste ich mich. Ich finde es ziemlich beschränkt von meinen Kollegen, nur eine Richtung für die richtige zu halten. Vielleicht steckt ein Stücken Wahrheit in jeder Geschichte.«

Einen Moment denke ich über seine Worte nach. »Ja, ich glaube, du hast recht. Es gibt hunderte Wege, die zum Ziel führen, gar tausende.«

»Genau! Und einige kreuzen sich, andere verlaufen parallel oder überlappen sich sogar für einige Zeit.«

Nickend stimme ich ihm zu. »Ich bin übrigens Juli, es ist schön, dass wir uns kennengelernt haben. Das hat meinen Tag wirklich bereichert.«

»Meinen auch. Normalerweise ist es in einer Bibliothek ziemlich still. So nette Gesellschaft hat man selten.« Seine Mundwinkel ziehen sich nach oben und ich erwidere das Grinsen.

Ein Blick auf die Uhr lässt mich zusammenfahren. Oje, meine Mutter wird durchdrehen – vermutlich ist sie es schon. Sie hat viermal versucht, mich zu erreichen. Schnell sammle ich meine Sachen zusammen und erhebe mich. Mit dem Stapel Bücher unter dem Arm reiche ich Arthur die Hand. »Leider muss ich los, danke für das nette Gespräch.«

Er erhebt sich ebenfalls und seine Finger schließen sich warm und fest um meine. »Es war mir ein Vergnügen. Gib gut auf dich Acht, Juli.«

»Das werde ich. Du auch.«

Mit schnellen Schritten eile ich durch die verschiedenen Räume und versuche, mich zwischen den Regalen nicht zu verlaufen. Auf dem

Weg schreibe ich Mama eine Nachricht, dass ich die Zeit vergessen habe, jetzt aber auf dem Nachhauseweg bin.

Am Infotresen steht eine ältere Frau, die ihre langen blonden Haare zu einem Knoten gebunden hat. Anscheinend hat der junge Mann Feierabend. Kurz fasse ich zusammen, was mein Anliegen ist, und bekomme daraufhin einen neuen Ausweis – weil mein alter abgelaufen ist. Ab und zu brauchte ich Recherchematerial für die Schule, doch mittlerweile leihe ich alles online aus.

Die Bücher stopfe ich in meinen Stoffbeutel, den ich der Dame gerade abgekauft habe, und den die Stuttgarter Skyline ziert.

Im Freien entscheide ich mich, die Bahn zu unserer Ferienwohnung zu nehmen, und schlage den Weg zur Haltestelle ein. Es sind zwar kaum zwanzig Minuten Gehweg, trotzdem war der Tag anstrengend und meine Glieder sehnen sich nach Ruhe und Entspannung. Ebenso mein Geist. Viele neue Informationen schießen durch mein Hirn und ich lasse das Gespräch mit Arthur Revue passieren. Als mein Kopf zu schmerzen beginnt, ziehe ich mein Handy aus der Tasche und rufe Twitter auf. Louis hat sicher auf meinen Tweet geantwortet.

Tatsächlich finde ich eine Benachrichtigung, die mich informiert, dass Louis Adams getwittert hat. Auch Marc scheint sich ins Gespräch eingeklinkt zu haben. Ich scrolle hinab und grinse vor mich hin, während die Bahn einfährt.

Louis Adams @mysteriousLou:
@holyjulicamoli Vielleicht sollte ich Robert dieses Angebot unterbreiten, dich als Co-Assistentin einzustellen. ;) L.

Louis Adams @mysteriousLou:
@holyjulicamoli Dann bekommen die Texte wenigstens etwas frischen Wind. Den Kram, den @RickyBoy und @MarcHallOfficial schreiben, will doch keiner mehr hören. L.

Marc Hall @MarcHallOfficial:
@mysteriousLou Hör auf mich zu beleidigen, Prinzesschen! <3 Ich weiß genau, dass meine Songs dein Herz zum Schmelzen bringen.

Louis Adams @mysteriousLou:
@holyjulicamoli Ist vielleicht besser, wenn wir in einen privaten Chat wechseln, damit diese Idioten (@RickyBoy @MarcHallOfficial) unsere genialen Ideen nicht lesen können! L.

Privatchat? Habe ich da gerade Privatchat gelesen? In der Tat finde ich eine Nachricht von Louis im Postfach. Mein Herz klopft unglaublich schnell und ich traue mich kaum, zu lesen, was er geschrieben hat. Es ist eine Sache, Beiträge von ihm mit frechen Kommentaren zu bereichern, aber eine ganz andere, privat mit ihm zu schreiben. Von Angesicht zu Angesicht ... also quasi. Mit zitternden Fingern klicke ich die Nachricht an und verdrehe die Augen über mich selbst. Louis ist nur ein Mensch.

Hey :)
Louis, Thu. 7:15 PM

Nachdem ich das Wort einige Male gelesen habe, beruhigt sich mein Herz. Ein ganz normaler Mensch. Ja, er ist berühmt, aber durch unsere Tweets kommt es mir sowieso vor, als würde ich ihn längst kennen. Deswegen denke ich nicht länger darüber nach, sondern folge meinem Herzen und antworte. Vielleicht sollte ich das öfter tun – einfach meinem Herzen vertrauen.

Huhu
Juli, Tue. 3:42 PM

Wider Erwarten dauert es nur wenige Augenblicke, bis Louis' Antwort angezeigt wird.

Ah, so ist es besser. Hier sind wir etwas privater.
Louis, Tue. 3:43 PM

Privat klingt gut. Wie oft habe ich davon geträumt, einen von ihnen persönlich kennenzulernen, und jetzt ist es so weit. Zumindest beinahe. Verdammt abgefahren. Ich glaube, mir schmort eine Sicherung durch. Trotzdem habe ich seine traurigen Worte im Kopf und meine Finger fliegen über das Display, bevor ich darüber nachdenke, ob ich ihn mit der nächsten Frage verschrecke.

> Geht's dir gut? Deine Worte klangen so traurig.
> Juli, Tue. 3:42 PM

Mh ... die Tour stresst mich.
Louis, Tue. 3:43 PM

Aber ich schätze, ich werde es überleben.
Louis, Tue. 3:43 PM

> Na, das hoffe ich doch sehr. Schließlich habe ich Karten für das Konzert am Freitag in Köln. Wäre schade, wenn es ohne dich stattfinden müsste.
> Juli, Tue. 3:44 PM

WOW, wirklich? Ich hoffe, die Show gefällt dir. Das ist super. Wobei ... dann muss ich mich ja zusammenreißen und mein Bestes geben :P
Louis, Tue. 3:44 PM

> Du glaubst doch nicht, dass ich auf jeden eurer Tweets antworte und mir dann das Konzert entgehen lasse? Was wäre ich für ein Fangirl? :D
> Juli, Tue. 3:45 PM

> Ach Louis, sei einfach du selbst, dann wird die Show perfekt. <3
> Juli, Tue. 3:45 PM

Danke, das baut mich auf. Die Aufmunterung habe ich gerade gebraucht. <3
Louis, Tue. 3:47 PM

Wo warst du die letzten Tage, ich hab beinahe deine Tweets vermisst.
Louis, Tue. 3:48 PM

Mir bleibt die Luft weg. Wie bitte? Louis hat gemerkt, dass ich nicht auf seine Tweets geantwortet habe? Wie abgefahren. Unglaublich. Grinsend blicke ich auf und erschrecke. Shit, ich habe meine Haltestelle verpasst. Die Bahn hält an der nächsten und ich springe auf, was mein Kreislauf sofort mit Schwindel bestraft. Einen Moment halte ich mich an einer Stange fest, dann wanke ich hinaus und orientiere mich. Ich bin eine Station zu weit gefahren, deswegen gehe ich über die Straße und laufe dann das kleine Stück zurück. Währenddessen schreibe ich weiter mit Louis.

Die Bücher wiegen schwer auf meiner Schulter und ich bin froh über die kleine Ablenkung. Vielleicht tut sie meinem Hirn gut und ich werde zu Hause die Lösung für alle Probleme finden. Unwahrscheinlich, aber man wird noch träumen dürfen.

> Ich war … weg. Gab leider kein Internet.
> Juli, Tue. 3:58 PM

> Du hast sie nur FAST vermisst? Das enttäuscht mich :P.
> Wieso brauchst du Aufmunterung? :(
> Juli, Tue. 3:58 PM

Es gibt ernsthaft Orte, an denen es KEIN Internet gibt?
Unfassbar :O
Louis, Tue. 4:00 PM

Na gut, ich geb's zu, ich habe dich vermisst :D
Deine Tweets bringen mich immer zum Lachen.
Louis, Tue. 3:59 PM

Ich bin durcheinander … und alleine, so dumm es klingt.
Louis, Tue. 3:59 PM

Seine Worte sprechen mir aus der Seele, obwohl ich während des Gesprächs mit Arthur Hoffnung geschöpft habe und mittlerweile mit dem Gedanken spiele, Mama einzuweihen. Sie ist seit meiner Geburt an meiner Seite, hat mir die Windeln gewechselt, mich auf die Beine gehoben, wenn ich umfiel, und ich kann mich auf sie verlassen – jederzeit. Zumindest hoffe ich das. Eine andere Möglichkeit gibt es nicht, sonst drehe ich durch. Ich muss es jemandem erzählen, irgendjemand muss mir glauben oder ich verliere den Verstand.

Die Ferienwohnung liegt direkt vor mir. Sie befindet sich in einem Mehrfamilienhaus im Souterrain, ist modern eingerichtet und schick.

»Hallo, ich bin zurück«, rufe ich ins Innere, sobald die Tür hinter mir ins Schloss gefallen ist.

»Bin duschen«, schreit Mama aus dem Badezimmer.

Gut, das bedeutet, ich habe ein bisschen Zeit, um meine Gedanken zu sortieren, bevor sie mich mit ihrem Röntgenblick durchbohrt, um festzustellen, wie es mir geht. Tief einatmend setze ich mich an den Küchentisch und lege die Bücher darauf ab. Eins nach dem anderen nehme ich aus der Tasche. Ehe das Chaos in Form meiner Mutter über mich hereinbricht, antworte ich Louis. Er scheint sich im Inneren ebenfalls so zerrissen zu fühlen, wie ich es tute.

> Ich weiß genau, was du meinst. In meinem Inneren tobt ein Sturm und ich habe das Gefühl, mit niemandem reden zu können.
> Juli, Tue. 3:58 PM

Genauso fühle ich mich auch. Wenn es einer der Jungs erfährt, würde das einer mittelschweren Katastrophe gleichkommen. Das Image der Band steht auf dem Spiel.
Louis, Tue. 3:59 PM

> Aber manchmal muss man mutig sein und etwas wagen, oder?
> Falls du reden magst: Ich bin für dich da. <3
> Juli, Tue. 3:58 PM

Obwohl ich neugierig bin, was genau Louis meint, frage ich nicht nach, denn ich weiß, dass man manche Dinge zuerst mit sich selbst ausmachen muss. Wenn er reden will, weiß er, wo er mich findet.

Einen Moment denke ich über meine eigenen Worte nach. Ja, ab und zu muss man ein Wagnis eingehen, um am Ende überrascht zu werden. Deswegen nehme ich all meinen Mut zusammen und bereite mich innerlich auf das Gespräch mit meiner Mama vor. Ich lege das Handy zur Seite und ziehe eins der Bücher zu mir.

Wenige Augenblicke später höre ich, wie das Wasser in der Dusche abgestellt wird, und gehe zum Kühlschrank, um mir etwas zu trinken zu holen. Nachdem ich wieder auf dem Stuhl sitze, geht die Badezimmertür auf und meine Mutter kommt mit einem Handtuchturban und in einen Bademantel gehüllt zu mir. Sie streicht über meinen Kopf und nimmt ebenfalls Platz.

»Wie geht's dir? Hast du Hunger? Bist du fündig geworden?« Mama wirft einen Blick auf die Bücher, die ausgebreitet auf dem Tisch liegen, und betrachtet sie skeptisch.

Ich nicke. »Ja, ich denke, es sind einige Sachen dabei. Mir geht's gut, hab keinen Hunger. Wobei Pizza immer geht.«

Mama lacht. »Gut, dann bestelle ich uns gleich was.«

»Vorher würde ich gerne … uh … über etwas mit dir sprechen.«

Reiß dich zusammen, sie wird dir wohl kaum den Kopf abbeißen.

Erwartungsvoll schaut sie mich an und ich atme tief ein, ordne meine Gedanken und weiß trotzdem nicht, wo ich beginnen soll. »Hör zu, das Koma … Ich habe Dinge geträumt. Es war seltsam …« Beinahe verschlucke ich mich an den Worten, so schnell kommen sie mir mit einem Mal über die Lippen. Dann halte ich inne und sehe Mama in die Augen.

»Erzähl mir davon. Waren es Albträume?«, fragt sie und ich schüttle den Kopf.

»Nein … doch. Ich bin mir unsicher.« Natürlich waren das Setting und die Menschen ohne Iriden angsteinflößend, aber Chris keinesfalls. Er fehlt mir. »Es war, als wäre ich in der Zeit gesprungen, zurück ins 18. Jahrhundert. Die Klamotten, das Essen, die Lebensweise. Alles war anders. Auch die Menschen. Sie hatten keine Iriden. Bis auf … Chris.«

»Chris?«

»Ja, er hat mir geholfen.«

»Und die anderen?«

Ich streiche mir eine Strähne aus dem Gesicht und erinnere mich an die Haube. Beinahe, nur beinahe, vermisse ich ihre Nützlichkeit. Wobei sie diese eine wilde Strähne ebenfalls nie bändigen konnte.

»Sie haben mich nicht angegriffen oder so. Trotzdem hatte ich Angst vor ihnen, zumindest zu Beginn. Der Traum – also ich glaube, es war keiner. Chris hat sich echt angefühlt. Ich konnte die Wiese unter meinen Füßen spüren, das Wasser auf meiner Haut. Als wäre es *da*.«

»Juliane«, beginnt meine Mutter. Ich spiele nervös mit den Fingern und reiße ein kleines Stück der Nagelhaut ab. »Während du im Koma lagst, habe ich viel im Internet dazu gelesen, Romane von Betroffenen gekauft und selbst medizinische Beiträge zu verstehen versucht. Was du beschreibst, ist vielen passiert, bei denen ein Koma künstlich eingeleitet wurde. Sie erzählen von heftigen Halluzinationen.«

Mein Mut sackt in den Keller. Sie glaubt mir nicht. »Das habe ich gelesen. Die Halluzinationen werden durch die starken Medikamente hervorgerufen, die dazu da sind, das Koma herbeizuführen. Das kann nur leider unmöglich auf mich zutreffen. Keine Medikamente, keine Halluzinationen.« Auch ich habe die Tage im Krankenhaus genutzt und mich eingehend im Internet informiert. Einträge von Betroffenen gelesen, medizinische Artikel ausfindig gemacht. Leider gibt es Fälle wie mich nur selten. Keiner weiß, durch was es ausgelöst wird oder wie man den komatösen Zustand beheben kann. Die Psyche spielt meist eine große Rolle und ist oft für den Zeitpunkt des Erwachens verantwortlich, aber wie genau alles zustande kommt, hat bisher niemand herausgefunden.

Mama steht auf, läuft unschlüssig zum Kühlschrank und kommt zurück, ohne ihn geöffnet zu haben. Sie stützt sich mit den Händen auf die Lehne ihres Stuhls und sieht mich eindringlich an. »Du bist durcheinander. Niemand steckt so eine Erfahrung einfach weg.«

Wütend balle ich die Hände zu Fäusten. »Ich bin keineswegs durcheinander.«

»Reg dich nicht auf, das ist schlecht für dich.«

Ich schnaube, klappe das Buch zu und erhebe mich.

»Juli, ich denke ... vielleicht sollten wir in Betracht ziehen, dich psychologisch betreuen zu lassen.«

Meine Bewegungen gefrieren. »Wie bitte?« Sie denkt wahrhaftig, ich bin verrückt! Das ist viel schlimmer als Unglaube. Schockiert lasse ich mich zurück auf meinen Stuhl fallen, denn obwohl ich anfangs selbst dachte, verrückt zu sein, tut es weh, Mama diese Worte sagen zu hören. Chris' Beteuerungen haben sich in mein Hirn gebrannt: Ich bin nicht schwachsinnig – nie gewesen.

»Was du durchmachen musstest, lastet schwer auf der Psyche. Du bist aus dem Leben gerissen worden und plötzlich erscheint dir alles in einem anderen Licht. Ein bisschen Hilfe kann dir helfen, zumal du im Moment etwas labil zu sein scheinst.«

»Labil?«, wiederhole ich und traue meinen Ohren kaum.

Mama kommt um den Stuhl, setzt sich auf die Kante und greift nach meinen Händen. »Ich meine es nur gut. Nach dem, was du mir gerade erzählt hast, fände ich es beruhigend, jemanden an deiner Seite zu wissen, der dir professionell helfen kann.«

»Und meinen Traum nach freudschem Vorbild deutet? Gleich nachdem er in meinem Hirn herumgepfuscht hat? Nein, danke. Genau das brauche ich eben nicht. Viel eher fehlt mir jemand, der mir glaubt. Der hinter mir steht und mich ernst nimmt. Danke. Sag Bescheid, wenn du losfahren willst.«

Schnell klaube ich alle Bücher zusammen, stecke sie in die Tüte und eile aus der Küche, bevor mir die erste Träne über die Wange läuft. Erst danach fällt mir ein, dass es kein Zimmer gibt, in das ich gehen könnte. Die Ferienwohnung hat lediglich einen weiteren Raum und der ist Mamas Schlafzimmer. Deswegen sammle ich meine Reisetasche im Flur ein und greife nach dem Autoschlüssel. An der Tür drehe ich mich um und sehe, wie meine Mutter mit auf dem Tisch abgestützten Armen dasitzt. Sie hat mir den Rücken zugewandt, trotzdem erkenne ich, dass sie zittert. Anscheinend hat sie sich das Gespräch anders vorgestellt.

»Ich warte im Auto«, rufe ich und schlage die Tür geräuschvoll zu. Im Freien beginne ich hemmungslos zu weinen. Dass meine Mutter denkt, ich hätte mir alles nur eingebildet, gleicht einer mittelschweren Katastrophe. Sie ist nicht irgendjemand, sie ist meine Mama!

Per Knopfdruck öffne ich den Wagen, schmeiße meine Tasche und die Tüte mit den Büchern auf den Rücksitz und setze meine Kopfhörer auf. Mit Louis und *5Minutes* auf den Ohren geht es mir ein kleines bisschen besser. Musik ist wirklich ein Allheilmittel.

Glasperlenspiel singt sich gerade in Rage, als meine Mutter ins Auto steigt. Keine Ahnung, wie viel Zeit vergangen ist. Draußen wird es langsam dunkel und meine Lust, zwei Stunden mit Mama im Auto zu sitzen, strebt gegen minus unendlich. Leider bekommen wir nicht immer, was wir wollen. Daher wische ich mir die letzten Reste der längst versiegten Tränen aus den Augenwinkeln und schnalle mich an. Die Stöpsel lasse ich da wo sie sind. Auf ein erneutes Gespräch mit Mama habe ich keine Lust. Meine Gedanken wandern sowieso immer wieder zu Chris und den Worten, die meine Mutter gesagt hat.

Was, wenn sie recht hat? Selbst im 18. Jahrhundert habe ich oft an meinem Verstand gezweifelt, gebangt, dass Chris' Welt nur in meinem Kopf existiert. Vielleicht hatte das von Anfang an der Wahrheit entsprochen. Erneut verschwimmt meine Sicht und Schmerz breitet sich in meinem Inneren aus. Alleine die Vorstellung macht mich wahnsinnig. Ihn zu vermissen ist schrecklich und die Befürchtung, dass er nur meiner Fantasie entspringt, unmöglich zu ertragen. Es erscheint mir beinahe, als fehlte ein Teil von mir, von dem ich vorher keinen Schimmer hatte, dass er existiert.

Die Tränen gewinnen abermals die Oberhand und laufen lautlos über mein Gesicht. In dem Moment singt sich Louis Tomlinson in mein Herz. ›*Just hold on*‹ erklingt aus den Kopfhörern und ich lausche dem Text, lasse meine Gedanken wandern, spüre den Schmerz. Die Welt geht weiter, selbst wenn Chris nicht echt sein sollte. Ich höre wohl kaum auf, zu atmen. Selbst wenn meine Empfindungen mich überrollen und der Kummer mich erdrückt. Das Wissen macht es leichter und schwerer zugleich.

»Juli«, erahne ich die Stimme meiner Mutter, obwohl laute Musik aus den Kopfhörern dröhnt. Ein Wort von ihr und alles könnte noch schlimmer werden, deswegen ignoriere ich sie und richte meinen Blick auf meine Füße.

»*Du bist nicht verrückt, kannst du das spüren? Ich bin echt und du bist es auch*«, hallen Chris' Beteuerungen in mir wider. Eine Gänsehaut breitet sich auf meinen Armen aus und ich ziehe mutlos die Knie an die Brust, lege den Kopf darauf und schließe die Augen. Auf was kann ich mich verlassen, wenn ich meinem eigenen Verstand nicht mehr trauen kann?

Das vertraute *Pling*, das ich dieses Mal durch die Kopfhörer wahrnehme, kündigt das Eintreffen einer neuen Nachricht an. Louis hat geantwortet. Ich rufe den Chat auf und bin froh über die Ablenkung.

Vielleicht hast du recht, vielleicht sollte ich es wagen
und jemanden einweihen.
Louis, Tue. 7:20 PM

Ein hysterisches Lachen entweicht mir und ich frage mich, ob das Schicksal etwas gegen mich hat. Seine Worte, nachdem meine Mutter mir in die Fresse geschlagen hat – im übertragenen Sinne, versteht sich – erscheinen mir wie Hohn.

                      Vergiss, was ich gesagt habe. Ich hatte unrecht.
                      Geheimnisse sind nicht umsonst Geheimnisse.
                      Juli, Tue. 7:21 PM

Ist was passiert?
Louis, Tue. 7:21 PM

                      Meine Welt ist zerbrochen, ansonsten ist alles in Ordnung.
                      Juli, Tue. 7:22 PM

Möglicherweise ist meine Wortwahl theatralisch und möglicherweise wäre Shakespeare stolz auf sie, leider fühlt es sich in meinem Inneren genauso an – zerbrochen. Ich packe mein Handy zurück in die Tasche, will niemanden sehen, mit niemandem schreiben, selbst Musik zu hören ist zu viel. Trotzdem lasse ich die Stöpsel in den Ohren, damit meine Mutter weiterhin denkt, ich wäre beschäftigt.

12

**BACK TO BASICS: 5MINUTES BIS ZUM ZIEL.
OKAY, EIGENTLICH HILFT MIR NUR LOUIS ZUM ZIEL,
ABER DAS HÄTTE KEIN SO TOLLES WORTSPIEL ERGEBEN.
MAN VERGEBE MIR**

Im Zug ist es laut. Eine Gruppe Kinder sitzt einige Plätze weiter vorne. Irgendwo hinter mir unterhalten sich zwei ältere Damen vernehmbar. Aber wenn ich die Lautstärke meines Handys auch nur ein bisschen höher stelle, fliegen mir die Ohren weg und ich kann nie wieder Musik hören. Nur noch wenige Stunden bis nach Köln. Dort kann ich endlich Lisa in die Arme nehmen. Morgen ist das *5Minutes*-Konzert und unglaublicherweise hat Louis mich zu einem Meet and Greet eingeladen. Es ist ein Lichtblick im Sumpf der Dunkelheit. Obwohl ich die Finsternis im 18. Jahrhundert zurückgelassen habe, scheint sie weiterhin nach mir zu greifen und droht, mich zu verschlingen. Meiner Mutter bin ich nach einem erneuten Streit aus dem Weg gegangen. Sie wollte mir die Reise nach Köln verbieten. Auf der einen Seite verstehe ich ihre Bedenken, auf der anderen Seite bin ich froh, von zu Hause wegzukommen. Die letzten Tage habe ich größtenteils bei Mia verbracht. Nachdem ich mich auch mit Sasa ausgesprochen habe, war das kein Problem. Wir haben uns sogar über die Situation lustig gemacht. Ein bisschen sind wir wohl alle wandelnde Klischees.

Von Chris weiß niemand etwas. Die Reaktion meiner Mutter war genug. Ich will nie wieder sehen, wie jemand seine Existenz anzweifelt.

Es schmerzt zu sehr und bringt meine eigenen Zweifel wieder auf den Plan. Im Moment tue ich daher dasselbe, was wir im 18. Jahrhundert getan haben: Ich sehe in die Zukunft und suche nach einer Lösung. Die Bücher aus der Landesbibliothek habe ich beinahe durch. Einige habe ich verstanden, andere lesen sich wie Kauderwelsch. Vor allem das Buch über parallele Welten hat es mir angetan. Gleichzeitig zerstört es meine Philosophie des Lebens. Es spricht von unendlich vielen Welten, die gleichzeitig und parallel zueinander existieren. Manchmal beeinflussen sie sich sogar gegenseitig, ohne dass wir es merken. Ich versuche, jede Einzelheit und das Ausmaß dieser Ansicht zu verstehen, habe jedoch das Gefühl, weniger als ein Zehntel erfassen zu können. Das neue Wissen überfordert mich und hat mich bisher keinen Schritt weitergebracht. Trotzdem lasse ich mich nicht entmutigen. Es muss eine Antwort geben und ich werde sie finden.

Ein Kind rennt an meinem Sitz vorbei und zieht mir dabei einen Stöpsel aus dem Ohr. Ich lehne mich zurück und drücke den Kopf gegen den Sitz. Für einen Moment schließe ich die Augen und bin froh, dass Ferien sind. Genau der richtige Zeitpunkt, um ins Koma zu fallen und das Chaos aus einer anderen Welt mitzubringen. Dadurch habe ich Mauro jedoch noch nicht gesehen, der seine Füße momentan auf Mallorca ins Wasser hängen lässt. Glücklicherweise stehen mir selbst ein paar tolle Tage mit Lisa und *5Minutes* bevor, ansonsten wäre ich glatt neidisch.

Aber so? Nee.

Die Hoffnung hat neues Licht in mir entfacht und selbst wenn meine Welt gerade hinter einem grauen Schleier liegt, weiß ich, dass sich das ändern wird. Solange ich atme, solange ich kämpfe, kann ich gewinnen.

Den Rest des Weges verbringe ich damit, Theorien in mein Notizbuch zu kritzeln. Bisher habe ich *Zeitreise, paralleles Universum, Halluzination* und *Wahnsinn* aufgeschrieben. *Zeitreise* habe ich direkt verworfen und durchgestrichen. Seit meiner Rückkehr habe ich einige Literatur dazu gelesen und die damals gesprochene Sprache habe ich kein Stück verstanden. Außerdem waren zu dieser Zeit Kerosinlampen und keine Kerzen üblich. Die Mode wich auch ein kleines bisschen ab, aber eher unwesentlich. Trotzdem ist dieser Ansatz für mich ein Griff ins Klo. Zumal ich nicht weiß, wie ich diese Zeitreise durchgeführt haben soll? Mit gutem Willen? Das ergibt keinen Sinn. Nicht mal vor dem Hintergrund aller unglaublichen Dinge, die bisher geschehen sind. Ein paralleles Universum macht für mich durchaus Sinn, allerdings frage ich mich erstens, wie ich dorthin gelangt bin, und zweitens, wieso die Gepflogenheiten denen des 18. Jahrhunderts ähnelten. Die beiden Alternativen sind selbsterklärend – leider.

Lisa durchbricht meine Gedanken mit einer Nachricht über WhatsApp. Sie kann es kaum erwarten, mich endlich zu sehen, und mir geht es genauso. Ich hoffe, dass Konzert klärt meine Gedanken und ich kann mir all den Kummer von der Seele tanzen. Außerdem werde ich Louis, der im Moment tatsächlich einer der wenigen Menschen ist, die mich verstehen, endlich in die Arme schließen.

Ein paar Minuten später fahre ich in den Kölner Hauptbahnhof ein. Mein Koffer ist sauschwer, obwohl ich nur vier Tage bleibe. Mit zitternden Fingern ziehe ich ihn hinter mir her. Die Fahrt hat mich geschafft und die vielen Theorien zu meinem Koma machen mich müde. Als ich aus dem ICE stolpere, höre ich Lisa lauthals meinen Namen schreien. Sie wirkt nervös und ich versuche, durch das Gewirr aus Köpfen mehr zu erkennen als lediglich ihre Arme. Nach einigen Drehungen und Ellenbogen in meiner Seite sehe ich sie endlich in voller Pracht. Erleichtert gehe ich zu ihr und breche in Tränen aus.

Meine Freundin schließt mich in ihre Arme und ich bin glücklich, endlich am Ziel zu sein. Die nächsten Tage werde ich versuchen, meinen Verstand abzustellen und zu leben, als wäre all das nie geschehen. Ich möchte die Momente genießen und neue Kraft schöpfen. Es hilft Chris nicht, hält mich aber hoffentlich davon ab, durchzudrehen. Gleichzeitig lässt mich meine egoistische Entscheidung an mir zweifeln. Wer bin ich, dass ich mir das Recht herausnehme, normal weiterzumachen, während Chris um sein Leben kämpft? Leider muss ich der Wahrheit ins Auge sehen:

Ich habe keine Ahnung, wie ich ihm helfen kann.

Trauer und Verzweiflung bringen niemanden weiter. Weder Chris noch mich. Hoffnung schon und die gilt es, in diesen Tagen zu bewahren. Deswegen bin ich hier.

Lisa drückt mich ein Stück von sich weg und wischt mir eine Träne aus dem Augenwinkel. Eine ihrer blonden Strähnen klebt an ihrer

Wange und ich schäme mich dafür, sie vollgeheult zu haben. »Hey, geht's dir gut?«

Lachend schüttle ich den Kopf, dann nicke ich.

»Was denn nun?«

»Ein bisschen von beidem.«

»Also Jain?«

»Ja.«

Lisa nimmt den Koffer in die eine und meine Finger in die andere Hand. Zusammen gehen wir den Bahnsteig entlang. »Gut, damit kann ich arbeiten.«

In der WG erwartet mich ein leckeres Essen und bisher habe ich es geschafft, Lisa reden zu lassen und selbst recht viel zu schweigen. Und so soll es auch bleiben. Sie spricht einige Zeit über Alex, ihren Mitbewohner, das Studium und die neue Stadt, wahrscheinlich will sie mir so Zeit lassen, von mir aus über die letzten Tage zu berichten. Ihre Taktik geht auf.

Als wir auf dem Sofa sitzen und im Hintergrund das neue Album von *5Minutes* läuft, werde ich redselig. Lisas Nähe ist angenehm und sie gibt mir zu keinem Zeitpunkt das Gefühl, mir nicht zu glauben. Deswegen erzähle ich ihr die Wahrheit. Ich beginne am Anfang, gehe über zu Chris, bis hin zu der Dunkelheit. Nur ein Detail verschweige ich: Die Tatsache, dass ich denke, alles hat sich in der Realität abgespielt, war kein Traum.

»Was ein Horrortrip«, sagt Lisa, nachdem es einige Herzschläge lang still war. »Zum Glück bist du wieder hier.« Ich senke meine Lider, blicke zu meinen Zehen und habe keine Ahnung, was ich darauf antworten soll.

»Du vermisst ihn«, flüstert sie unvermittelt und ich sehe auf. Hilflos schließe ich die Augen und weiß, dass irgendwo Tränen lauern.

»Es fühlt sich an, als fehlt ein Teil von mir. Ich bin zurückgekehrt, aufgewacht, aber ohne meinen rechten Arm. Verstehst du? Es ist alles wie vorher und gleichzeitig anders.«

»Wie ist das möglich?«, fragt Lisa und mir wird bewusst, wie verrückt es klingen muss, wenn man bedenkt, dass sie Chris für eine

Traumerscheinung hält. Deswegen kann ich nicht antworten und schüttle lediglich den Kopf.

»Es ist okay. Alles wird gut.«

Sie rutscht zu mir und schließt ihre Arme um mich. Mein Kopf sinkt auf ihren Schoß und ich weine ein weiteres Mal um Chris.

Alles wird gut.
Alles wird gut.
Alles.
Wird.
Gut.

Ich wiederhole Lisas Worte immer wieder, sage sie wie ein Mantra vor mich hin. Lautlos bewegen sich meine Lippen, bis ich einschlafe.

Oh lucky girl, oh lucky girl,
if you only let me, I'll offer you the world.
Oh lucky girl, oh lucky girl,
if you only let me, I'll love you forever,
'cause you're special to me.

Der Bass vibriert unter meinen Füßen, trägt mich in eine andere Welt und bringt meine Glieder in Schwingung. Wild bewegen wir uns zur Musik und schreien den Text aus vollster Kehle. Lisa tanzt links von mir, während Alex sich halb hinter uns gestellt hat, um uns die drückenden Mädels vom Hals zu halten. Ich höre *5Minutes* nicht nur, ich sehe sie auch vor mir. Die Jungs rocken die Bühne und schmettern ein Lied nach dem anderen. Meine Existenz wird von den Klängen getragen und alle Probleme wirken ganz winzig. Genau das, was ich erwartet habe, ist eingetreten. Die Band stimmt das letzte Lied an und ich spüre, wie die Glückseligkeit jede Zelle meines Körpers ausfüllt. Im Moment fühle ich mich richtig, angenommen und genau da, wo ich hingehöre.

Während die Bandmitglieder von *5Minutes* von der Bühne gehen und das Publikum nach einer erneuten Zugabe kreischt, lehne ich mich gegen Lisa. Ein Lächeln ziert meine Lippen und ich weiß, dass alles gut wird. Die Glückshormone wandern durch meinen Körper und setzen ihn unter Strom. Meine Glieder lassen sich kaum im Zaum halten, wollen sich bewegen und die Anspannung loswerden. Je höher ich steige, desto tiefer wird später der Fall, das weiß ich.

Die Halle leert sich und wir gehen zum linken Bühnenrand. Louis hat mir gesagt, dort würde ein Securitymann auf uns warten. Zumindest auf mich. Er hat sich nicht dazu geäußert, ob Lisa und Alex mitkommen können. Ich drücke ihnen die Daumen, zusammen wäre das Erlebnis noch schöner. Wobei ich gegen einige Minuten alleine mit Louis auch nichts einzuwenden habe.

In den letzten Tagen haben wir öfter miteinander geschrieben und ich fühle mich ihm verbunden, egal, wie seltsam es klingt. Wir beide haben Geheimnisse und glauben, sie keinem anvertrauen zu können. Deswegen sind wir einsam, obwohl wir von Menschen umgeben sind, die uns lieben.

Lisa klopft mir auf die Schulter und deutet auf einen bulligen Mann, der mit verschränkten Armen hinter der Absperrung neben der Bühne steht. Skeptisch mustert er uns. Natürlich weiß ich, dass es einer von *5Minutes*-Bodyguards ist. Deswegen spreche ich ihn auf Englisch an.

»Hallo, ich bin Juli. Louis sagte, Sie wüssten Bescheid und würden uns zu ihm bringen?« Meine Stimme zittert und nach jedem Wort stocke ich kurz. Wundervoll. Was für einen Eindruck werde ich wohl auf Louis machen?

Das Bandshirt, von dem wir alle eins tragen, klebt an meinem Rücken und ich wünsche, ich könnte mich frisch machen, bevor ich meinem Idol begegne. Es ist, wie es ist.

Der Bodyguard schüttelt den Kopf. »Nur du.«

»Aber …«

Er schüttelt erneut den Kopf. »Entweder du kommst alleine oder du lässt es.«

Ich drehe mich zu meinen Freunden um. Mist, jetzt muss ich mich entscheiden.

Lisa blickt mich abwartend an. »Denkst du gerade ernsthaft darüber nach, das Treffen sausen zu lassen?«

»Eventuell.«

Alex schüttelt den Kopf und sein längeres braunes Haar fliegt dabei durch die Luft. »Das ist keine Option, du musst gehen.« Traurig blitzen mir seine grünen Augen entgegen und ich weiß, dass er es ausschließlich mir zuliebe sagt. In Wahrheit würden sie beide gerne mitkommen. Und ich verstehe sie.

»Sehe ich auch so«, sagt Lisa und verschränkt ihre Arme.

Anscheinend wurde meine Wahl getroffen.

Ich nicke. »Okay, ich gehe.«

Lisa kreischt und Alex lächelt unsicher.

»Sag ihm, wie sehr wir ihn lieben, ja? Und vergiss nicht, ein Foto zu machen. Außerdem musst du ihn drücken. Von uns allen.« Lisas Stimme überschlägt sich.

»Das mache ich«, flüstere ich und küsse meine Freundin auf die Wange. »Versprochen.«

Ich drehe mich zu dem Bodyguard um und gebe ihm zu verstehen, dass ich eine Entscheidung getroffen habe. Er öffnet die Absperrung. Dann baut er sich vor mir auf, bevor er mich endgültig hindurch lässt. »Muss ich dich an die Hand nehmen oder bleibst du freiwillig in meiner Nähe?«

»Schaffe ich ohne Hand«, murmle ich und hoffe, dass die Feindseligkeit zu seinem Berufsbild gehört. Ansonsten kann er mich kein Stück leiden und das, ohne mich zu kennen. Wundervoll. Einen besseren Start hätte ich mir gar kaum vorstellen können.

Wir gehen an der Bühne vorbei. Kurz bevor wir abbiegen, drehe ich mich um und winke Lisa und Alex zum Abschied. Wir haben vereinbart, dass wir uns – sollte dieser Fall eintreten – beim geparkten Auto treffen.

Hinter der Bühne führt ein Durchgang zu einem Flur. Von dort gehen Zimmer ab. Einige sind verschlossen, in andere kann ich hineinspähen. Manchmal erkenne ich Menschen, die ich noch nie zuvor gesehen habe. Ein reges Treiben herrscht um uns und heizt meine Nervosität an. Vor der letzten Tür rechts bleiben wir stehen. Der Bodyguard bedeutet mir, die Arme zu heben, und ich tue, wie mir geheißen. Eine Sicherheitskontrolle habe ich zwar vor dem Eingang der Halle schon hinter mich gebracht, aber ich verstehe, wie wichtig Sicherheit für die Jungs ist.

Er lässt mich vorbei und deutet auf das Zimmer. Sehr redselig ist er nicht. Da ich keine Vorstellung davon habe, was mich erwartet, zögere ich einen Moment. Dann nehme ich meinen Mut zusammen und klopfe an. Jemand öffnet und ich erstarre. Louis steht vor mir, blickt mich genauso nervös an, wie ich mich fühle. Einige Sekunden – oder sind es Minuten? – sehen wir uns an, ohne dass jemand etwas sagt. Dann tritt er einen Schritt zur Seite und ich habe das Bedürfnis, wegzurennen. Das Hochgefühl von eben ist verbraucht und alles bricht über mich herein. Trotzdem reiße ich mich zusammen. Unsicher stehe ich in meinem *5Minutes*-Fanshirt vor ihm. Er hingegen sieht perfekt aus. Die Haare sitzen – Drei-Wetter-Taft? – und sein Lächeln wirkt unsicher, aber unglaublich sexy.

Louis scheint seine Fassung ebenfalls wiedergefunden zu haben. »Kommst du rein? Ich beiße nicht, versprochen, hab extra gerade eine Banane gegessen.«

Meine Mundwinkel ziehen sich nach oben und die Anspannung fällt ein Stück weit von mir ab. Es ist Louis, der vor mir steht. Der Mann, mit dem ich die letzten Tage geschrieben habe. Ja, er ist ein Superstar, aber das ist sein Beruf. Er könnte genauso gut Metzger oder Schornsteinfeger sein.

Mit wackligen Beinen gehe ich an ihm vorbei und er schließt die Tür hinter mir. Sein Bodyguard bleibt draußen. Mir gegenüber stehen ein Ledersofa und ein Ledersessel. Davor ein kleiner Tisch mit einem Obstkorb sowie einigen Zeitschriften darauf. Die Fenster sind groß und spenden sicher Licht, doch im Moment sind die Rollos heruntergelassen.

»Setz dich«, bricht Louis erneut das Schweigen und lässt sich selbst aufs Sofa fallen. Er klopft neben sich auf das Polster und nimmt mir so die Entscheidung ab, wo ich sitzen soll.

»Die Show war phänomenal.« Endlich kommen mir die ersten Worte über die Lippen. *Merci, Stimmbänder, schön, dass ihr euren Job wieder macht.*

Louis lächelt. »Danke.«

Stille kehrt ein und ich knete meine Unterlippe zwischen Daumen und Zeigefinger. Bis mir auffällt, wie das aussehen muss. Schnell lasse ich die Hand in den Schoß fallen. Unschlüssig, was ich tun soll, schaue ich mich im Raum um. Die Situation ist peinlich und ich kann mich kaum davon abhalten, wie ein Fangirl kreischend um Louis zu rennen und immer wieder zu rufen, wie toll er ist. Als mein Blick zurück zu Louis kehrt, sehe ich die Traurigkeit in seinen Augen.

»Wie geht's dir?« Zu fragen, ob es ihm gut geht, wäre sinnlos. Darauf würde er sowieso mit ja antworten. Was soll er auch anderes sagen? Die Wahrheit wollen die meisten Menschen nicht hören.

Louis macht eine Bewegung mit dem Kopf, die weder ein Nicken noch ein Schütteln ist. Hilfreich. Ich lache und Louis steigt mit ein. Das Eis ist gebrochen.

»Was ist los?«

Louis lehnt sich zurück. »Mein Geheimnis. Es ist schwer«, meint er unbestimmt und trotzdem weiß ich, was er meint.

»Meins ebenfalls.« Immerhin teilen wir das. »Ich wünschte, jemand würde es verstehen und mir helfen.«

»So geht's mir auch. Wenn du willst, kannst du es mir erzählen«, bietet Louis an und ich betrachte ihn einen Moment. Seine Haare hängen ihm ins Gesicht, was ihn jedoch kaum zu stören scheint.

»Das ist nett, aber – und das meine ich keinesfalls böse – du würdest es nicht verstehen. Vielleicht muss ich das Koma erst mal verdauen. Das Aufwachen war hart.«

Aus dem Flur höre ich verschiedene Stimmen, die mir gänzlich unbekannt sind. Wahrscheinlich sind alle mit dem Abbau beschäftigt. Die Band reist bald weiter und sicher sind die Jungs müde und wollen ins Hotel. Ich will mich gerade danach erkundigen, um Louis gegebenenfalls seine wohlverdiente Ruhe zu gönnen, als er zu sprechen beginnt.

»Das glaube ich dir. Es muss ein krasser Einschnitt gewesen sein. Zehn Tage einfach so zu schlafen. Das stelle ich mir heftig vor. Auf der anderen Seite denke ich, dass es vielleicht ein neuer Anfang sein kann. Alles geschieht aus einem bestimmten Grund und niemals einfach zufällig.«

»Ein Anfang? Ja, das ist es. Der Anfang.« Mir geht ein Licht auf und ich würde Louis am liebsten knutschen. Wieso bin ich nicht eher und von alleine darauf gekommen? Der Anfang. Aber natürlich!

»Wie bitte?« Louis schaut mich an, als hätte ich den Verstand verloren, dabei habe ich das Gefühl, ihn endlich wiedergefunden zu haben. Einige Teile des Puzzles haben sich gefügt und mir hoffentlich den Weg zu den nächsten gezeigt.

Euphorisch richte ich mich kerzengerade auf. »Ich muss zurück in die Galerie. Dorthin, wo alles begann.«

»Ich verstehe kein Wort, aber es ist schön, wenn ich dir helfen konnte«, sagt Louis trotzig und schiebt die Unterlippe vor, was ihn zehn Jahre jünger wirken lässt. Sein Pony hängt ihm in die Stirn und er will ihn hinters Ohr streichen. Auf halbem Weg scheint ihm aufzufallen, dass seine Haare zu kurz dafür sind, und er lässt die Hand unverrichteter Dinge wieder sinken. Seit Neuestem hat er die schönen schwarzen Haare an der Seite abrasiert.

Lächelnd lege ich meine Finger an seine Wange. »Alles wird gut, hörst du? Solange es Hoffnung gibt, ist keine Dunkelheit undurchdringlich.« Mein Hochgefühl ist zurückgekehrt und ich möchte Louis etwas davon abgeben. Immerhin hat er mir den Weg gezeigt und meine Zukunft damit wieder zum Leuchten gebracht. Ich werde Chris finden, das weiß ich.

Louis überschlägt seine Beine, scheint einen Moment nachzudenken und stellt dann beide Füße zurück auf den Boden. Lässig hängt er einen Arm über die Rückenlehne der Couch und erinnert mich damit ein bisschen an ein Fotomodel – gestellt und unecht.

Ich ziehe mich zurück und versuche, etwas aus seinen Augen zu lesen. »Louis, hör zu. Ich bin ein Fangirl, ja. Und ich verstehe, dass du denkst, mir kein Vertrauen entgegenbringen zu können. Wieso solltest du auch? Aber bei mir kannst du sein, wie du willst, ja? Ich renne nicht zum nächsten Klatschreporter und erzähle ihm von dir. Das verspreche ich.« Louis' Augen verschwimmen vor meinen und ich kämpfe gegen die Tränen. Dieses Mal sind sie Ausdruck meines Glücks. »Du hast mir geholfen, einfach, indem du die letzten Tage da warst, mich ernst genommen hast. Das möchte ich gerne zurückgeben. Egal, was es ist, du kannst es mir sagen.« Sein innerer Kampf ist deutlich an seinem umherhuschenden Blick erkennbar. Louis kaut auf der Wangeninnenseite und spielt nervös mit seinen Fingern. Anscheinend gewinnt der Zweifel. Trotzdem kommen drei kleine Worte über seine Lippen, die mich verblüfft zurücklassen. »Ich bin verliebt.«

Ein Grinsen ziert meine Lippen. »Das ist doch wundervoll.«

»Nein. Unglücklich, ich bin unglücklich verliebt.«

»Oh«, entfährt es mir. »Ist sie bereits vergeben?«

Louis' Augen weiten sich einen Augenblick, dann senkt er die Lider und spielt mit dem Bund seines T-Shirts. »Das ist kompliziert.«

»Ist es das nicht immer?« Das Mädchen muss Louis verdammt wehgetan haben, so elend, wie er im Moment dreinschaut. Sein Blick huscht durch den Raum, scheint etwas zu suchen und findet doch keinen Halt.

»Das ... Es tut mir leid. Aber ich kann es einfach nicht aussprechen.«

Ich seufze, verstehe ihn jedoch vollkommen. Wäre ich ein berühmter Rockstar, würde es mir sicherlich genauso gehen. Halt, es geht mir genauso, ich kann ebenfalls mit niemandem über mein Problem sprechen und das ganz ohne die viele Kohle und den Ruhm. »Okay, ist schon gut. Kann ich dich in den Arm nehmen? Es ist mir wichtig, etwas von der Helligkeit zurückzugeben, die du gerade in meine Finsternis gebracht hast.«

Louis nickt und sucht sichtlich nach Worten. Es bedarf keine.

Als ich ihn eine halbe Stunde später verlasse, habe ich das Gefühl, einen neuen Freund gefunden zu haben, so dumm es klingt.

Lächelnd renne ich aus dem VIP-Bereich und dem Stadion, in dem das Konzert stattgefunden hat. Das Grinsen ist auf meinem Gesicht wie festgetackert und ich weiß endlich, was ich als Nächstes tun werde.

Back to Basics.

Mein nächster Schritt wird mich zurück in die Staatsgalerie führen. Wieso musste mich erst jemand auf diese Idee bringen? Selbst in Chris' Welt haben wir sofort daran gedacht.

13

EINMAL JENSEITS OHNE RÜCKFAHRKARTE, BITTE

Am nächsten Abend stehe ich vor Mias Haus und drücke auf die Klingel. Ihre Mutter öffnet nach wenigen Augenblicken und lächelt mich an. Sie schließt mich fest in die Arme und ich spüre, wie sie mir sanft über meinen Rücken streicht. Wir haben uns seit meiner Rückkehr aus dem Krankenhaus nicht mehr gesehen und ich weiß von Mia, dass sie sich ebenfalls große Sorgen gemacht hat.

»Schön, dass es dir gut geht«, sagt sie und lässt mich frei. Die Tür fällt hinter mir ins Schloss und ich streife die Schuhe von den Füßen. Bastet und Osiris streichen um meine Beine und ich nehme die etwas kleinere von beiden hoch. Osiris schnurrt unter den Berührungen und ich drücke das Kerlchen gegen die Brust. Ich spüre die Vibration deutlich und genieße das Gefühl, ein winziges Lebewesen auf dem Arm zu haben.

Mias Mutter blickt mich liebevoll an und ich bedanke mich für ihre Worte und die Genesungswünsche. Danach gehe ich hoch zu meiner besten Freundin. Sie sitzt auf ihrem Bett und hebt den Kopf, als ich hereinkomme. Sofort zieht sie ihre Kopfhörer runter und lächelt mich an. Osiris windet sich in meinen Händen und ich lasse ihn auf den Boden. Er springt zu Mia aufs Bett und macht es sich auf der Decke bequem. Bastet, die den ganzen Weg die Treppen hoch hinter uns gegangen ist, gesellt sich zu ihrem Bruder und kuschelt sich an ihn.

Skeptisch und verwundert mustert Mia mich, während sie aufsteht und auf mich zukommt. »Alles in Ordnung? Wieso bist du schon zurück? Was ist mit dem Konzert?« Sie deutet auf mein Bandshirt, das ich trage. Es ist ein neues, das Louis mir am Tag zuvor schenkte, er ließ es von allen Bandkollegen unterschreiben. Es zeigt das Logo der Band und deren Silhouetten sowie die Tourdaten in Europa.

»Stimmt. Ich habe den Besuch bei Lisa früher beendet.« Nachdenklich mustere ich den Boden, unsicher, wie ich meine nächsten Worte formulieren soll. Auf der Rückfahrt im Zug habe ich beschlossen, Mia einzuweihen. Es ist wichtig, jemanden an seiner Seite zu wissen, dem man vertraut. Selbst wenn sie mir nicht glaubt, habe ich es wenigstens versucht. Ich will auf keinen Fall länger alleine sein, ich brauche Hilfe.

Mia nimmt meine Hände in ihre und ich blicke auf. »Was ist denn los? Du hast doch geschrieben, dass das Konzert super war.«

Ich nicke. »Das stimmt, es war großartig. Es geht um etwas anderes ... etwas ... also ... Ich muss dir etwas erzählen. Können wir uns setzen?«

Meine Freundin zieht mich hinter sich her zum Bett und wir machen es uns darauf gemütlich. Die Matratze vibriert leicht vom Schnurren der Katzen, die sich zusammen rundum wohlfühlen.

Nervös spiele ich mit einer Ecke des Sofakissens. Okay, wie fange ich an? Am besten am Anfang. Ich lasse von dem Kissen ab und schaue zu Mia, die mich abwartend mustert.

»Gut, hör zu. Bevor ich dir alles erzähle, musst du mir etwas versprechen, ja?« Misstrauisch verzieht sich Mias Gesicht, trotzdem nickt sie. »Nach diesem Wochenende kannst du zu meiner Mutter rennen, aber bis Sonntagabend musst du schwören, so zu tun, als entspräche jedes Wort von dem, was ich dir gleich erzähle, der Wahrheit. Schwöre, mich nicht für verrückt zu erklären. Zumindest bis Montag. Sei einfach an meiner Seite und begleite mich.«

Mias Augen weiten sich und sie bläst einen Moment Luft in ihre Backen, bevor sie zu einer Antwort ansetzt. »Was ...«

»Nein, versprich es. Danach erkläre ich es und du kannst mir Löcher in den Bauch fragen, bis ich ein Schweizer Käse bin.« Bastet erhebt sich und trottet zu uns. Sie scheint die Spannung, die in der Luft liegt, zu spüren. Nachdem sie ihren Kopf an Mias Hand gerieben hat, tappt sie zu mir und drückt sich gegen mein Knie. Ich fahre ihr sanft durchs

Fell, während ich Mias Entscheidung abwarte. Nervös kaut sie auf der Innenseite ihrer Unterlippe herum.

Eine kleine Ewigkeit später hebt Mia ihre Lider, sieht mir fest in die Augen und nickt. »Okay. Bis Montag glaube ich jedes Wort, das aus deinem Mund kommt. Aber solltest du jemanden oder dich selbst verletzen, werde ich sofort Hilfe holen.«

Verwirrt blicke ich sie an. »Wie bitte? Was glaubst du, was wir vorhaben?«

»Keine Ahnung. Du kommst hier hereingeschneit und verkündest, dass ich dich keinesfalls für verrückt halten darf, egal, was du tust. Klingt das für dich vertrauenswürdig?«

Ich lache. Die Aufregung fällt von mir. »Du hast recht. Ich verspreche: Niemand wird verletzt und wir tun nichts Illegales.«

Mia nickt dankbar und ein kleines unsicheres Lächeln stiehlt sich auf ihre Lippen. »Dann raus mit der Sprache.«

Tief Luft holend überdenke ich meine ersten Sätze. Es hat keinen Sinn. Die richtigen Worte werde ich sicher nie finden. Genauso wenig wie den perfekten Zeitpunkt. Deswegen beginne ich, ohne mir weiter den Kopf darüber zu zerbrechen.

Die Worte sprudeln aus mir heraus und je mehr ich erzähle, desto mehr Emotionen kann ich von Mias Gesicht ablesen. Unglaube, Schock, Mitgefühl.

Nachdem die letzten Erklärungen meinen Mund verlassen, ich ihr meinen Plan geschildert habe und mir Tränen in den Augen stehen, erhebt Mia sich und geht zu ihrem Schreibtisch. Wenige Augenblicken später kehrt sie mit einer Packung Taschentücher zurück. Dankbar nehme ich sie ihr ab und schnäuze mir die Nase.

»Das ergibt keinen Sinn«, sagt sie und ich verdrehe die Augen.

»Bitte, du hast es versprochen. Tu so, als würdest du mir glauben und all das wäre wirklich passiert.«

Mia nimmt meine Hand und drückt sie. »Das meine ich nicht. Ich halte meine Versprechen! Deine Theorien zu der Zeitreise Schrägstrich Parallelwelt ergeben für mich keinen Sinn.«

Oh, Mia spielt mit. Ich kann mir das fette Grinsen, das meine untere Gesichtshälfte einnimmt, kaum verkneifen und falle ihr stürmisch um den Hals. »Danke«, flüstere ich.

»Schon gut, versprochen ist versprochen.« Auch wenn das heißt, dass sie mir nicht glaubt, sondern im Moment nur an meiner Seite steht, weil sie es geschworen hat und meine Freundin ist, bedeutet es mir viel.

»Trotzdem, können wir darüber reden, dass deine Theorien Humbug sind?«

»Was soll das heißen?«, frage ich und sinke zurück auf meinen Po.

»Das, was ich sage. Es ist Humbug. Es gibt weder Zeitreisen noch Parallelwelten.«

Ich schnaube. »Aha. Und wo war ich dann? Und wie bin ich dahin gekommen?«

»Kennst du dich mit Traumdeutung aus?«

Entsetzt starre ich sie an. Das soll wohl ein Witz sein. »Wenn du mir jetzt mit Freud kommst, renne ich schreiend aus deinem Zimmer.« Mia hat zusammen mit mir Religionsunterricht und da haben wir in einem Themenblock Freud und seine Religionstheorie sowie die Traumdeutung durchgenommen. Ich habe eine ganze Pause damit verbracht, mich über beide auszulassen.

Mia lacht. »Nicht Freud. Ägypten.«

»Ägypten?«, echoe ich ratlos.

Jemand klopft und wir schauen beide auf. Sasa streckt ihren Kopf herein und Mia hüpft aus dem Bett. »Shit, Shit, Shit. Ich hab dich vergessen.«

»Nett«, sagt Sasa trocken und lässt sich zu mir auf die Matratze fallen. Sie schließt mich in die Arme und ich bin glücklich, dass sich unser Verhältnis um hundertachtzig Grad gedreht hat.

»Scheiße.« Mia schaut sich gehetzt im Raum um. »Das ist … scheiße.«

Ich nehme Bastet und platziere sie auf meinem Schoß. Am liebsten würde ich Sasa vor die Tür setzen und weiter mit Mia über die Geschehnisse reden. »Was ist denn los?«

»Wir sind zu Sasas Eltern eingeladen. Ich muss da hin, Juli. Können wir morgen im Zug weiterreden? Es tut mir ehrlich leid.«

Sanft fahre ich Bastet über den Kopf. »Ist okay. Wir haben morgen genug Zeit.«

Meine beste Freundin zieht sich ihr Oberteil über den Kopf und schlüpft in ein elegantes schwarzes Kleid. Mein Zeichen zum Aufbruch.

»Gestern, als du von den Ägyptern gesprochen hast, meintest du ihre Traumdeutung, oder?« Ich lasse meinen Rucksack auf den Platz neben mir plumpsen und bin froh, dass wir endlich freie Sitze gefunden haben. Der Zug ist relativ voll. Nach hinten werden es jedoch immer weniger Menschen und der letzte Wagen ist beinahe leer.

Mia schält sich aus ihrer Jacke und macht es sich bequem. Wir sind gerade umgestiegen und haben nun zwei Stunden Fahrt vor uns. Länger halte ich es nicht mehr aus, deswegen beuge ich mich gespannt zu ihr und warte auf ihre Antwort. Ich habe die halbe Nacht damit verbracht, im Internet herauszufinden, wovon Mia gesprochen haben könnte, und dann, als ich es wusste, mehr darüber zu erfahren.

»Genau.« Sie nickt. »Mein Vater ist völlig besessen davon. Erinnerst du dich, dass er uns früher immer gefragt hat, was wir geträumt haben?«

Ja, das weiß ich noch. »Aber das macht keinen Sinn.«

»Wieso?«

»Unterbrich mich, wenn ich etwas falsch interpretiert habe, aber laut Internet verstanden die Ägypter den Traum als Zustand zwischen Schlaf- und Wachwelt. Die Seele reist in die Welt der Götter und Ahnen, betritt das Jenseits und bringt eine Botschaft von dort mit.« Ich schaue zu meiner Freundin und warte auf ihre Bestätigung, um fortzufahren. Sie nickt. »Gut, dann gibt es zwei Punkte, die mich stutzig machen. Erstens: meine Seele kann wohl kaum meinen Körper verlassen haben, das ist unmöglich. Und zweitens: Was soll meine Botschaft gewesen sein? Dass die Erde bald von Dunkelheit verschluckt wird, sich in Rauch auflöst, um in der Finsternis verloren zu gehen?«

Mia beugt sich zu mir und ich erkenne deutlich die Falte auf ihrer Stirn, die sie grübelnd aussehen lässt, aber auch etwas verwirrt. »In eine Parallelwelt zu reisen macht Sinn für dich, aber das Jenseits zu besuchen hältst du für absurd? Wirklich, Sherlock, du solltest an deinem Weltbild arbeiten, du bist sehr inkonsequent, was das angeht.«

Sie hat recht. Mist. Ich schnaube. »So gesehen …«

»Habe ich recht.«

»Ja. Trotzdem. Es fällt mir schwer, zu glauben, eine körperlose Seele gewesen zu sein.«

Mia schmiegt ihr Bein an meins und ich beobachte die Umgebung. Draußen rast die Welt an uns vorbei. Farben vermischen sich, ergeben ein schlieriges Bild. Was wäre die Konsequenz? Existiert Chris folglich oder nicht? Ist er ein Gott? Oder ebenso eine körperlose Seele wie ich? Anstatt meine Fragen zu klären, haben sich weitere Puzzleteile offenbart, die sich zu den anderen gesellen.

»Das Koma«, entfährt es Mia und ich wende ihr meinen Blick zu. »Natürlich. Es macht Sinn, Juli.« Überraschung zeichnet sich auf ihren Zügen ab. »Ein Körper funktioniert ohne Seele nicht, er ist lahmgelegt. Deswegen hat alles keinen Sinn ergeben, deswegen fand man keine Ursache für deinen Zustand. Du hast geschlafen und dabei deine Seele verloren. Erst, als du sie wiedergefunden hast, kehrtest du zurück.«

»Das klingt … plausibel«, gebe ich zu.

»Tut es«, meint Mia und zieht ihre Augenbrauen zusammen.

Ein Schauder läuft mir über den Rücken, als ich daran denke, dass meine Seele in der Götterwelt gewesen sein könnte. Die sich zufällig im 18. Jahrhundert befindet. Also fast. Einige Teile fügen sich, andere passen nach wie vor kaum ins Bild.

Ein Kontrolleur läuft durch den Wagen, fragt nach unseren Tickets und geht schließlich weiter.

Nachdenklich lehne ich mich im Sitz zurück. »Was hat es mit der Dunkelheit auf sich? Wieso zerstört die Welt sich selbst? Und was ist mit den anderen Menschen? Weshalb sollte mir die Götterwelt vorgaukeln, dass ich im 18. Jahrhundert war?«

»Das weiß ich nicht.«

Abermals zieht die vorbeirauschende Außenwelt meine Aufmerksamkeit auf sich, während meine Gedanken ihren Weg zu Chris finden. »Macht es überhaupt Sinn, zur Staatsgalerie zu fahren?«

»Es ist trotzdem unser einziger Anhaltspunkt. Vielleicht erinnerst du dich vor Ort an ein kleines Detail, das uns den entscheidenden Hinweis liefert.«

Ich nicke. Meine Augen huschen hin und her, versuchen sich an etwas außerhalb des Zuges festzuhalten. Die vorbeischnellende Umgebung könnte meine momentane Gefühlslage kaum besser beschreiben. Farbige verschwommene Kleckse, an denen ich keinen Halt finde, weil sie so schnell verschwinden, wie sie gekommen sind.

Chris' Gesicht taucht dazwischen auf. Ein Lächeln ziert die Lippen und wärmt mein Herz. Seine mittellangen blonden Haare umrahmen sein Gesicht und in den treuen blauen Augen kann ich bis auf den Grund seiner Seele schauen. Auf einmal verändert sich das Bild und die Iriden bleichen aus, bis sie nicht mehr vom weißen Hintergrund zu unterscheiden sind. Ich verliere den Zugang zu ihm, sehe nur noch Leere. Es macht *klick* und ein Puzzleteil fügt sich schmerzhaft ein.

»Die anderen. Sie besaßen keine Seele. Ihre Augen waren seelenlos. Deswegen fehlten die Iriden.« Die Worte sprudeln aus meinem Mund und ich verhaspele mich einige Male. Mia versteht mich trotzdem.

»Wie kommst du darauf?«

Aufgeregt rutsche ich auf meinem Sitz herum. »Ich musste an Chris denken und hatte sein Bild vor mir. Das Gefühl, ihm durch seine Augen in die Seele sehen zu können, war übermächtig. Dann veränderte sich die Szene und seine Iriden verloren die Farbe. Plötzlich war meine Verbindung zu ihm gekappt.«

»Man sagt, die Augen sind der Spiegel der Seele«, meint Mia und bestätigt mich damit. »Aber was wollen sie dort? Wie kamen sie ins Jenseits?«

»Tote?«, sinniere ich und versuche, die Gänsehaut zu unterdrücken, die sich auf meinen Armen ausbreitet.

Mia spielt mit dem Saum ihres Oberteils. »Vielleicht.«

Eine neue Frage keimt auf und bringt weitere Probleme mit sich, statt einer Antwort. »Wieso bin ich nicht direkt am nächsten Abend zu ihm zurückgekehrt?«

»Wie meinst du das?«

»Ich habe bisher jede Nacht geträumt. Die Tür ins Jenseits blieb mir aber verschlossen. Gibt es einen Schalter? Ein Ritual?«

Meine Freundin zuckt mit den Schultern und macht dabei eine Handbewegung, die ihre Ratlosigkeit ausdrückt.

Das alles ist eine Nummer zu groß für mich. Die vielen Theorien, die aussichtslose Lage. Was passiert, wenn ich wahrhaftig zu Chris zurückkehre? Befinden wir uns zu diesem Zeitpunkt wirklich im Jenseits, liegt er irgendwo im Koma. Nur wo? Im 18. Jahrhundert? Zwar meinen wir, einige Antworten gefunden zu haben, jedoch bringt es mich kaum weiter. Im Gegenteil, die neuen Erkenntnisse fördern mehr

Aufgaben, die es zu lösen gilt, an die Oberfläche. Wundervoll. So habe ich mir diesen Tag vorgestellt.
Nicht.
Mutlos sinke ich gegen die Rückenlehne und schließe die Lider, um die eben gesprochenen Worte nochmals durchzugehen. Nervös spiele ich mit meiner Nagelhaut und langsam wird es schmerzhaft. Ich öffne die Augen. »Wie war dein Essen?« Irgendwie muss ich mich ablenken.
»Sasas Eltern hassen mich.«
»Was?«
»Ernsthaft.«
Ich fahre durch mein Haar, streiche meinen Pony aus der Stirn. »Vielleicht liegt es nicht an dir. Welchen Grund gäbe es?«
»Glaub mir, es liegt an mir.« Mia bläst die Backen auf und lässt die Luft wenige Sekunden später geräuschvoll entweichen. »Sie kommen mit Sasas Homosexualität gut klar. Lediglich mich können sie kein bisschen leiden und das durfte ich in jeder kleinen Geste spüren.« Entmutigt fährt sie sich mit beiden Händen übers Gesicht.
»Wieso denkst du das?«
»Weil ihre Mutter es mir gesagt hat.«
Ich ziehe meine Augenbrauen nach oben. »Wie bitte? Das hast du mit Sicherheit falsch verstanden.« Wie kann man Mia bitte scheiße finden? Sie ist das liebste Mädchen, das ich kenne. Stellt das Wohl anderer immer vor ihr eigenes und ist die wunderbarste Freundin, die ich je hatte. Mit Lisa, Mauro, Bella und Nils ist sie das Beste, was mir in meinem Leben passieren konnte.
»Und was sagt Sasa dazu?«, frage ich, nachdem Mia meiner vorherigen Frage ausgewichen ist.
Mia schnaubt. »Was glaubst du wohl?«
»Du hast es ihr verschwiegen.«
»Natürlich. Nicht einmal meine beste Freundin glaubt mir, obwohl wir gerade in einem Zug sitzen und über parallele Welten und das Jenseits reden.« Aufgebracht wendet Mia sich dem Fenster zu und starrt stur hinaus. Sie hat recht. Das schlechte Gewissen kämpft sich an die Oberfläche.
»Es tut mir leid«, flüstere ich und beuge mich zu ihr, um Mia in die Arme zu nehmen. »Es erschien mir nur so unglaubwürdig, dass es

auf diesem Planeten tatsächlich jemanden geben soll, der dich doof findet. Ich liebe dich und für mich bist du ein Teil meiner Welt, vollkommen unverzichtbar.«

»Ich liebe dich auch. Egal, was kommt, egal, was wir herausfinden werden.«

Tränen stehen mir in den Augen und ich atme in kurzen Abständen. Die Offenbarung bedeutet mir viel und in diesem Moment weiß ich, dass wir es schaffen werden. Als Familie.

Mia kuschelt sich an mich und wir setzen uns nebeneinander. Analysieren den Rest der Fahrt den gestrigen Abend bei Sasas Eltern bis ins kleinste Detail.

»Wie kann man dich nicht mögen?« Ungläubig sehe ich Mia an. »Das ist, als würde jemand sagen, er hasst Hundewelpen.«

Mia lacht. »Ich bin doch kein Welpe.«

Wir blödeln herum, bis wir am Hauptbahnhof in Stuttgart ankommen. Zusammen kämpfen wir uns durch die Menschenmassen und ich atme auf, als wir das Bahnhofsgebäude verlassen. Bei Starbucks gönnen wir uns einen Karamellmacchiato und schlendern langsam zur Staatsgalerie. Der Weg ist relativ kurz, führt uns ein Stück über die Königsstraße und durch den Schlosspark. Wir nehmen mit Absicht einen kleinen Umweg, genießen die frische Luft und schwatzen. Es tut gut, für einen Moment die Dinge zu vergessen, die mir sonst auf den Schultern lasten, und all den ägyptischen Götterkram hinter mir zu lassen.

Irgendwann brennt mir die Ungeduld im Nacken. Ich muss zurück zu Chris. Ich muss ihm helfen. Mit jedem Schritt, den wir der dem Gebäude näher kommen, steigt meine Nervosität.

Zu meiner Überraschung sind relativ viele Besucher in der Staatsgalerie. Vor allem Familien mit Kindern. Anscheinend ist heute eine Veranstaltung, extra für die kleinen Besucher. Es spielt keine Rolle, ich kann keinen Tag länger warten.

Nachdem wir unsere Tickets gelöst haben, steigen wir die Stufen zu den Ausstellungsräumen hinauf. Zielstrebig biegen wir nach links ab und gehen bis ans andere Ende des Gebäudes. Dann wieder links und durch die verschiedenen Räume. Erst als ich Caspar David Friedrichs Gemälde wiedersehe, fällt mir ein, dass ich genau hier gesessen und versucht habe, es abzumalen. Spielt das Kunstwerk an sich eine Rolle oder ist es das Gebäude, das mir die Tür in Chris' Welt öffnet? Vielleicht keins von beidem.

Positiv denken, Juli. Negativität bringt dich kein Stück weiter.

Ich atme tief ein und gehe auf das Gemälde zu. Beinahe streiche ich über die Farbe, halte mich im letzten Moment davon ab und entgehe so dem peinlichen Moment, den Alarm auszulösen. Mia steht neben mir, hält meine Hand und gibt mir Kraft. Schmerz fährt mir durch den Kopf und ich zucke zusammen. Im gleichen Moment bricht die Wut über mich selbst aus. Wieso habe ich nicht mehr über das Gemälde recherchiert? Wahrscheinlich war mir bisher nie in den Sinn gekommen, dass das Kunstwerk an sich eine Rolle spielen könnte.

Mist. Das hätte ich besser planen können.

Ich reibe mir über die Schläfe. Sattes Grün empfängt mich, zieht meine Aufmerksamkeit auf sich. Die Farbe hat eine hypnotische Wirkung auf mich. Ein kleines Detail stört mich und meine Augen bleiben daran hängen. In der linken Bildhälfte erkenne ich einen winzigen Kirchturm, den ich zuerst für einen Baum gehalten hatte. Ist das eine Stadt? Mitten im böhmischen Wald? Unmöglich.

»Im nächsten Raum sehen Sie eins unserer Glanzstücke. Caspar David Friedrich ist der größte deutsche Künstler der Romantik. Er hat uns eindrucksvolle Gemälde hinterlassen und wir können uns glücklich schätzen, *Böhmische Landschaft* bei uns hängen zu haben.« Aus dem Durchgang links neben dem Werk tritt ein Mann mittleren Alters, der eine kleine Gruppe mit sich bringt. Sie drängen uns zur Seite, sodass wir abseitsstehen und ihnen lauschen. Während der Mann mehr über den Maler erzählt und dabei wie ein Fangirl klingt, ordne ich meine Gedanken. Ein Aufstöhnen der Zuhörer zieht meine Aufmerksamkeit erneut auf die kleine Gruppe.

»Wirklich tragisch. Zum Glück war sein Bruder zur Stelle. Er zog den jungen Caspar aus dem eiskalten Wasser. Dabei fiel er ihm selbst zum Opfer und ertrank. Caspar hat ihn nie vergessen und sich schwere Vorwürfe gemacht, sich sogar die Schuld an Christoffers Tod gegeben. Mittlerweile meinen Historiker sogar, Beweise dafür gefunden zu haben, das Caspar in späteren Jahren deswegen Opfer einer schweren Depression wurde. Wer kann es ihm verdenken?«, sagt der Mann eine Spur zu fröhlich. »Möglicherweise haben wir es diesem Umstand zu verdanken, dass Caspar David Friedrich derart phänomenale Gemälde hinterlassen hat. Die Natur offenbart sich in ihrer vollkommenen Schönheit und tritt den abgebildeten Menschen gegenüber immer sehr mächtig auf. Es liegt nahe, dass der Künstler den Tod seines Bruders in seinen Werken verarbeitete, indem er die Natur als mächtigen Schöpfer darstellt, der gibt, aber auch nimmt.«

Es schüttelt mich innerlich. Die Lebensgeschichte klingt unglaublich traurig. Kunst ist oftmals das Produkt der schlimmsten Abgründe des Lebens. Leidenschaft beflügelt die Seele, bringt hervor, was nicht in Worte gefasst, aber auf Leinwand gebannt werden kann. Ich betrachte das Gemälde und nehme eine tieftraurige Schwingung wahr. Caspar tut mir unglaublich leid.

Die kleine Gruppe zieht weiter und es wird ruhig.

Müdigkeit überkommt mich und der Schmerz in meinem Kopf flammt erneut auf. Wahrscheinlich wäre es sinnvoller gewesen, die Nacht zum Schlafen zu nutzen, anstatt auf einen Bildschirm zu starren, der die Dunkelheit erleuchtet. Fahrig streiche ich mir übers Gesicht und reibe die Lider.

»Und jetzt? Was machen wir?« Mias Stimme ist so leise, dass sie beinahe ungehört verklingt.

Ich zucke mit den Schultern. Keine Ahnung, was ich erwartet habe. Vermutlich, dass sich die Lösung direkt vor mir auftut. Leider ist das nicht der Fall. Mein Herz klopft wild in meiner Brust und mein Kreislauf macht mir deutlich, dass ihm die Luft im stickigen Museum nicht gefällt. Langsam gehe ich zu der Sitzbank, die im Raum steht, und lasse mich auf die Kante sinken. Einen Moment stütze ich die Ellbogen auf die Oberschenkel und vergrabe das Gesicht in den Händen. Was soll das? Mein Körper kämpft gegen mich. Wahrscheinlich hat meine Mutter recht und ich hätte einige Tage länger im Bett verbringen, mir die Auszeit gönnen sollen – was ich allerdings niemals zugeben werde. Doch wie hätte ich das tun können? Das Leben geht weiter. Ich bin ein Teil davon, muss meinen Weg finden und Chris retten. Die Zukunft liegt vor mir, nur daran darf ich jetzt denken.

Wärme breitet sich über meiner Kopfhaut aus und ich spüre Hände auf dem Haar. »Geht's dir gut?«.

Ich sehe in Mias sorgenvolle Augen. »Nicht wirklich. Mein Kreislauf.«

»Häng deinen Kopf zwischen die Knie, das soll helfen.« Ihre Stimme verliert sich im Rauschen meines Blutes, das lautstark in den Ohren dröhnt. Trotzdem folge ich ihrer Anweisung. Einen Moment glaube ich, den Verstand zu verlieren, dann ebbt der Schmerz in Wellen ab. Erleichterung breitet sich in mir aus und ich versinke lautlos in der Dunkelheit.

Panisch reiße ich die Lider auf. Finsternis umfängt mich. Ich blinzle einige Male, versuche, mich an die Lichtverhältnisse anzupassen und den Nebel aus meinem Hirn zu vertreiben.

Wo bin ich?

Langsam gewöhne ich mich an die Dunkelheit und erkenne Umrisse. In einiger Entfernung schreit ein Kauz durch die Nacht und ich richte mich auf, um die Lage besser einzuschätzen. Unter meinen Handflächen spüre ich Erde, trockene Blätter und Stöckchen stechen hinein.

Nach und nach lichtet sich der Nebel und ich erinnere mich an Mia und die Staatsgalerie.

Scheiße, es hat funktioniert, schießt es mir durch den Kopf. Sofort antwortet der Zweifel: *oder nicht?*

Trotzdem bleibt die Frage nach meinem Aufenthaltsort. Bin ich in der Dunkelheit gefangen? Nein, die Möglichkeit schließe ich aus, denn dann wäre ich sicher längst tot und hätte mich in meine Einzelteile aufgelöst. Wahrscheinlich ist es schlicht und ergreifend spät nachts.

»Chris?«, rufe ich und denke dann an seine Warnung vor Räubern und Dieben. Na ja, irgendwie muss ich ihn finden. Warum hat man nie eine Taschenlampe dabei, wenn man sie braucht? Ich klopfe meine Hosentaschen ab. Kein Handy. Shit, das hatte ich in der Tasche gelassen. Wunderbar. Aber selbst, wenn es hier wäre, würde es mir kaum nützen.

Stehend sieht die Welt weniger erdrückend aus und ich erkenne, dass ich in einem Waldstück gelandet bin. Einige Schritte vor mir mache ich einen Weg aus, zu dem ich gehe. Intuitiv entscheide ich mich, rechts abzubiegen und ihm in diese Richtung zu folgen. Je länger ich das tue, desto mehr kann ich erkennen. Der Mond scheint durch die Blätter und erhellt den Pfad, während sich die Bäume weiter lichten. Steter Schmerz wabert durch meinen Schädel und zwingt mich dazu, immer wieder stehen zu bleiben.

Als ich den Wald verlasse, ist die Qual so groß, dass sie mich in die Knie zwingt. Im wahrsten Sinne des Wortes. An einen Stamm gestützt sinke ich zu Boden und lehne mich gegen die raue Rinde. Die Finger in den Boden gekrallt habe ich das Gefühl, keine Luft zu bekommen, und spüre erneut, wie mich eine Ohnmacht überkommt. O nein, ich kann noch nicht zurückspringen.

»Juli! Juli, wach auf.« Chris' Stimme dringt zu mir und ich öffne blitzschnell die Augen. Grelles Sonnenlicht beißt mich und ich zucke reflexartig zusammen. »Juli, kannst du mich hören?« Ich blinzle, spüre seine Finger an der Wange und bringe meine dazu, sich darüberzulegen. Tränen steigen auf und ich lasse sie ungehindert laufen.

»Ich hab's geschafft, ich bin zurück«, keuche ich und wage einen neuen Versuch. Dieses Mal erwarte ich die Sonnenstrahlen und freue mich, endlich von der Dunkelheit befreit worden zu sein. Chris kniet vor mir und seine blauen Augen zaubern mir ein Lächeln auf die Lippen. Dieses Mal zögere ich nicht. Sanft küsse ich ihn, ignoriere dabei, dass seine Augen immer größer werden, je näher ich ihm komme, und genieße den Moment. Kaum zwei Herzschläge später löse ich mich von ihm und mustere ihn genau. Er wirkt unversehrt. Zum Glück!

»Du bist zurück«, flüstert er und ich nicke. »Wie ist das … du bist gestorben.«

Verwirrt ziehe ich meine Stirn kraus. »Was?«

»Dein Genick, du hast es dir gebrochen bei dem Sturz. Ich habe mich doppelt versichert, dass dein Herz stillgestanden hat und deine

Atemzüge versiegt waren. Wie kann es sein ... Ich habe mich geirrt. O Herr im Himmel, ich habe mich geirrt. Welch Glück.«

Chris umarmt mich stürmisch und ich drücke ihn an mich. Es kommt mir vor, als könnte ich seinen Körper vibrieren spüren. Liebevoll streicht er mir über den Rücken, scheint fühlen zu müssen, was er kaum glauben kann.

»Du hast dich nicht geirrt. Vermutlich bin ich wirklich gestorben. Zumindest in deiner Welt.« Bestimmt schiebe ich ihn von mir, sehe die Unruhe in seinen Pupillen und blicke mich um. »Holy Guacamole«, entweicht es mir. Mein Puls beschleunigt sich und ich springe auf die Füße. Zum Glück ist der Kopfschmerz weg, das wäre mein Todesurteil.

»Wie lange ist das schon so?«, frage ich, während ich mich einmal um mich selbst drehe und den Schaden in seinem ganzen Ausmaß zu erfassen versuche. Fast jede Himmelsrichtung wird von einer schwarzen Wand beendet. Ich sehe keinen Ausweg, nur die Finsternis, die den Boden unter sich auflöst.

Chris stellt sich neben mich und ich greife nach seiner Hand. »Einige Tage nach deinem Tod dachte ich, der Dunkelheit entkommen zu sein. Sie hat sich zurückgezogen und war verschwunden. Vor einigen Stunden hat sie sich wieder vorwärtsgekämpft und seit ich dich gefunden habe, kommt sie in rasantem Tempo näher.«

»Scheiße, keine Fluchtmöglichkeit?«

Chris zuckt mit den Schultern. »Keine Ahnung. Dein Anblick hat die Gedanken daran vertrieben. Ich ... also.«

»Ja, ich hab dich auch vermisst«, sage ich und nehme ihm die Worte damit aus dem Mund. Eine Sekunde lang lächeln wir uns an, scheinen jedem Problem gewachsen, selbst der Finsternis. »Den Spielverderber zu spielen liegt mir nicht, aber wir müssen hier weg.«

Chris stimmt mir zu und zusammen suchen wir einen Ausweg. Die Nebelwand kesselt uns ein, geht unnatürlich weit nach oben und löst selbst den Himmel auf. Jetzt bemerke ich, wie sinnlos all die Gedanken zu den Parallelwelten und der Zeitreise waren. Ich hätte mehr über die Finsternis und ihren Ursprung in Erfahrung bringen sollen. Nur wie? Es ist müßig, sich im Nachhinein Vorwürfe für etwas zu machen, das nun einmal so ist wie es ist. Die Gefahr liegt vor uns und es muss einen Weg raus geben, ganz sicher.

Ich drehe mich zu Chris und lasse die Dunkelheit Dunkelheit sein. »Gut, lass uns logisch vorgehen.« Verwirrt erwidert er meinen Blick und ich erinnere mich, ihn noch gar nicht auf den neusten Stand gebracht zu haben. »Hör zu, ich bin auf keinen Fall in der Zeit gesprungen. Wir können nicht im 18. Jahrhundert sein. Viele Details sind anders. Wäre ich in meiner Welt in der Zeit zurückgereist, würden wir verschiedene Sprachen sprechen. Außerdem: Wo kommt die Dunkelheit her?«

»Das ergibt keinen Sinn«, murmelt Chris und ich sehe seinen zuckenden Muskeln die Tragweite meiner Offenbarung an. Er kämpft mit dem neuen Wissen, scheint es nicht fassen zu können. Wie auch? Selbst ich – mit einem viel fortschrittlicheren Blick auf die Wissenschaft – habe Tage gebraucht, um die Theorien zusammenzubringen, und verstehe dennoch keine einzige davon.

»Vertrau mir«, flüstere ich und küsse seinen Handrücken. Der Drang, ihn zu berühren, seine Haut an meiner zu spüren, ist unerträglich. Leider haben wir dafür keine Zeit. Danke, Schicksal.

Chris nickt und ich fahre fort. »Mia und ich haben mehrere Alternativen diskutiert. Zum einen könnten wir in einem parallelen Universum stecken, dass irgendwann um 1800 stehen geblieben ist. Andererseits halten wir es für möglich, dass wir im Jenseits sind.«

»Jenseits«, echot er und ich drücke seine Hand.

»Die Ägypter glaubten daran, im Schlaf die Tür zur Götterwelt zu übertreten. Wer weiß.«

»Bedeutet das, ich bin tot?« Chris' Augen weiten sich, seine Stirn liegt in Falten.

»Nein, nicht zwangsläufig. Ansonsten wäre ich es ebenfalls.« Stille breitet sich aus, legt sich wie eine schwere Decke über uns. Keine Vögel, die singen, keine Grillen, die zirpen. Die Finsternis nimmt alles mit sich. Selbst der Wind ist verstummt. Alleine die Sonne steht tapfer am Himmel. Dankbar schaue ich zu ihr und lasse mich einen Moment von ihren Strahlen streicheln, während die Dunkelheit unerbittlich näher rückt. Ich wende ihr mein Gesicht zu, beobachte, wie sie Bäume, Wiesen und Büsche in Rauch verwandelt, der schließlich mit ihr verschmilzt. Eine Gänsehaut breitet sich auf meinen Armen aus, während die Angst langsam in den Vordergrund tritt. Werde ich wieder in meiner

Welt erwachen, wenn die Dunkelheit uns verschlingt? Möglich, aber was geschieht mit Chris?

»Es muss also einen Weg raus geben«, sage ich.

»Wo raus?«

»Dieser Welt.«

»Was, wenn es trotzdem meine Welt ist? Was, wenn ich hierhergehöre und bleiben muss, selbst, wenn alles zerstört wird?«

Entschlossen schüttle ich den Kopf. »Das ist keine Option.«

»Juli, es ...«

»Nein, Chris, hör zu: Das kann unmöglich das Ende sein, okay? Nicht für mich und erst recht nicht für dich. Es gibt immer einen Weg, wir müssen ihn nur finden.« Alles andere schließe ich kategorisch aus und verbanne jeden schlechten Gedanken in die hinterste Ecke meines Gehirns.

Einen Herzschlag lang betrachtet Chris mich, dann grinst er mutig. »Dann los. Die Zeit rinnt uns durch die Finger.«

»Was ist der Plan?«

»Das fragst du mich?« Seine Augenbrauen ziehen sich Richtung Nase. »Wie bist du zurückgekommen?«

»Keine Ahnung. Ehrlich. Zuerst bin ich wieder zum Anfang, doch was genau mich hierhergebracht hat, weiß ich nicht.«

»Der Anfang? Du meinst, du warst in Stuttgart?«

»Ja, ich saß in der Staatsgalerie vor dem Gemälde von Caspar David Friedrich und mein Kreislauf ... aua, Chris, du tust mir weh.« Seine Hand krampft sich um meine und alle Farbe weicht aus seinem Gesicht. Der Kontrast zur dunklen Wand hinter ihm ist enorm und er wirkt wirklich kränklich, beinahe wie eine Leiche. »Was ist?«

»Caspar David Friedrich?«

»Ja, das sagte ich bereits.« Verwirrt mustere ich ihn. Sein Augenlid zuckt und der Blick geht ins Leere. »Was ist?«, wiederhole ich.

»Caspar, er ist mein Bruder.«

»Wie bitte?« Meine Finger entgleiten seinen. »Dein Bruder? Aber ... natürlich. Ich bin so ein Idiot. Der Mann, der die Gruppe durch die Staatsgalerie führte, hat es gesagt.« Die Information bringt weitere Fragen mit sich. Ist Chris tot? In meiner Welt ist das der Fall. Das würde bedeuten, dass ich wirklich im Jenseits wäre. Sage ich es ihm? Nein, was hat er im Moment von dem Wissen? Es verkompliziert lediglich alles. Außerdem bringe ich es nicht über mich, ihm davon zu erzählen. Es muss eine andere Möglichkeit geben. Er kann unmöglich tot sein. Ich erinnere mich an seine Worte.

Fühlst du das? Ich bin echt, also bist du es ebenfalls.

Seine Haut strahlt Wärme aus, bringt meine dazu, freudig zu kribbeln und seine Küsse erzeugen einen wohligen Schauer, der jedes Mal aufs Neue meinen Rücken hinunterjagt.

»Die Information ist leider nutzlos. Es spricht nur für die Zeitreise, die du längst ausgeschlossen hast.«

Nein, Chris, es spricht dafür, dass ich mich im Jenseits befinde, denke ich und unterdrücke die Tränen, die aufsteigen. Meine Lippen presse ich fest zusammen, damit kein Wort über sie kommt, indessen pocht mein Herz schmerzhaft und kann die Konsequenzen der Erkenntnis kaum begreifen – will es gar nicht. Trotzdem klammere ich mich an die Hoffnung, etwas falsch zu verstehen, das wichtigste Detail, das die Theorie unsinnig macht, zu übersehen. Er lebt und ist real, so einfach ist das. Deswegen verbanne ich den Gedanken und schließe ihn aus. Wie könnte er jetzt hier bei mir sein, wie könnte ich ihn spüren, wenn er eigentlich tot ist?

Nein.

NEIN.

Chris deutet nach links. »Es spielt keine Rolle. Die Dunkelheit lässt uns keine Wahl, wir müssen hier weg.« Ich sehe den Grund für den Aufruhr in seiner Stimme. Weniger als fünfzig Meter trennen uns von der finsteren Wand, die zu uns aufrückt. Erst mal müssen wir überleben, über alles andere können wir später sprechen. Jedenfalls rede ich mir das ein. Was, wenn Chris wirklich tot ist? Nein, ich darf mich nicht gehen lassen, muss mich auf das Hier und Jetzt konzentrieren. Deswegen stürme ich los, renne in die entgegengesetzte Richtung und ziehe Chris mit mir. Meine Schritte donnern auf den Boden und in ihnen entlädt sich ein Teil der Verzweiflung, die mich beherrscht. Schwer atmend schlage ich einen Bogen. Die Dunkelheit scheint überall zu sein. Sie umzingelt uns. Dennoch renne ich parallel zu ihr weiter, laufe jeden Zentimeter ab und finde trotzdem kein Schlupfloch.

Ich sinke auf die Knie, lasse den Tränen freien Lauf. Es ist sinnlos. Wir werden ihr niemals entkommen, zumindest nicht lebend. »Wir haben keine Chance«, schluchze ich.

Chris kommt zu mir herunter. Er legt seine warmen Finger an meine Wangen und zwingt mich, ihn anzusehen. Ein Lächeln liegt auf seinen Lippen und ich sehe ihn irritiert an. »Doch, das haben wir«, sagt er und küsst mich. Das Kribbeln ergreift sofort Besitz von mir und jede Faser meines Körpers vibriert. Nachdem er mich wieder freigegeben hat, erinnere ich mich an seine Worte und präge mir abwartend sein Gesicht ein. Ich will nicht sterben, auf keinen Fall. Mein Puls beschleunigt sich. Chris küsst mich! Ganz sanft spüre ich seinen Mund an meinem, nehme die Wärme wahr und sauge sie in mich, möchte diesen Moment niemals vergessen.

»Wir müssen sterben«, erklärt er, nachdem er sich von mir gelöst hat.

Überrascht ziehe ich meine Augenbrauen nach oben. »Wie bitte?«

»Denk nach, Juli. Das letzte Mal, als du gestorben bist, wachtest du in deiner Welt auf, oder?« In seinen Ohren muss das logisch klingen.

»Und du? Wo wirst du aufwachen?« Eine Frage, die er mir wohl kaum beantworten kann, die für mich aber essentiell ist.

»Zu Hause«, antwortet er voller Überzeugung und bringt mich beinahe dazu, ihm zu glauben. Traurig senke ich den Kopf, dann breitet sich Hoffnung in mir aus. Vielleicht wird er das wirklich? Ich habe keinerlei Beweise, dass er tot ist. Wir wissen nicht, wo wir sind oder in welcher Zeit wir uns befinden. Bisher sind alles nur Vermutungen. Möglicherweise sitzen wir in einem parallelen Universum, das das Jenseits ist. Und dann könnte es sein, dass Zeit keine Rolle spielt. Was wiederum bedeutet, Chris könnte im 18. Jahrhundert aufwachen. Dann würden wir uns allerdings nie wiedersehen. So muss es sein. Er wird aufwachen – zu Hause. Die Tatsache, dass er tot sein könnte, verbanne ich in die hinterste Ecke meines Geistes und schließe sie aus. Es darf einfach nicht sein. Was wäre das sonst für eine Liebesgeschichte? Ein Happy End muss möglich sein, auch für uns.

Wir sterben, um zu leben, klingt irgendwie ironisch, aber es ist unsere letzte Chance. Ansonsten sind wir Fischfutter für die Dunkelheit. Ob das Schicksal gerade irgendwo sitzt, Popcorn in der Hand, und dieses

Drama genießt? *Wir werden dich überraschen, verlass dich drauf,* denke ich und straffe meine Schultern. Neuer Mut packt mich.

Ich blicke auf. »Versprich mir eins: Halt dich von Seen, Flüssen und jeglicher Art von Gewässern fern, ja? Und sag deinem Bruder Caspar das gleiche.«

Chris zieht seine Stirn kraus. »Wieso?«

Ich wünsche, ich könnte es ihm sagen. Jedoch verbietet es mir mein Herz. »Wasser ist gefährlich. In meiner Zeit halten sich alle davon fern. Tu es einfach, okay?« Meine Finger schließen sich um seine und ich ziehe sie von meinen Wangen, führe sie nacheinander an die Lippen. »Versprich es, Christoffer.«

»Ja, ich verspreche es.«

»Gut, dann können wir jetzt über unseren Tod diskutieren.«

Chris verzieht das Gesicht. »Aus deinem Mund klingt es, als würdest du diesen Satz täglich mindestens einmal sagen.«

»Ich werde dich vermissen.«

»Wir werden uns finden, daran glaube ich fest.«

Das wäre zu schön. Aber selbst, wenn wir wirklich in unseren Welten erwachen, trennen uns Jahrhunderte. »Ich will dich nicht verlieren, jetzt, wo wir uns gerade erst gefunden haben. Es fühlt sich an, als hättest du immer gefehlt und ich wäre erst vollständig, wenn wir zusammen sind. Ohne dich bin ich nur eine Hälfte, die niemals ganz werden kann.«

»Ich finde dich, Juli«, verspricht er und ich sehe in seinen Augen, dass er die Worte glaubt.

Deswegen nicke ich. »Versprichst du mir etwas?«

»Alles.«

»Suche nicht nach mir. Werde glücklich. Und verdammt noch mal, halte dich um alles in der Welt von Wasser fern.« Mit tränenverschleierter Sicht wird mir klar, dass er die Wahrheit keinesfalls wissen darf, aber die Notwendigkeit meiner Bitte trotzdem ernst nehmen muss. »Es ist wichtig, es geht um Leben und Tod.«

Abermals legt Chris seine Hand auf meine heiße Haut. Mittlerweile fühlt sich mein Hirn an, als würde er im nächsten Moment explodieren. Gleichzeitig scheine ich mich leer geweint zu haben. Die Trauer und Hoffnungslosigkeit bleiben jedoch.

»Juli, was weißt du?«

Ich wende mich ab, bringe es nicht übers Herz, es ihm zu verraten. »Bitte«, flüstere ich flehend. »Es ist ... ich ...« Nein, es ist unmöglich.

»Juli, du musst es mir sagen.« Wieder schüttle ich den Kopf. »Bitte«, flüstert Chris dieses Mal. Ich sehe ihm fest in die Augen, sehe die Bitte und wäge meine Möglichkeiten ab. Tausend Gedanken und Alternativen schießen mir durch den Kopf und ich fühle mich ein bisschen wie Doctor Strange, der verschiedene Szenarien der Zukunft durchgeht.

»Juli«, haucht Chris kaum hörbar, streicht meine Wange entlang und hinterlässt eine Gänsehaut. Es muss sein. Er muss es wissen.

»Du wirst sterben.«

»Das werden wir vermutlich beide.«

»Nein, nicht jetzt, nicht hier. In deiner eigenen Zeit. Ich weiß, wer du bist, Chris. Du hast Jahrhunderte vor mir gelebt und bist bei dem Versuch, deinen Bruder aus einem See zu ziehen, ums Leben gekommen.« Die Worte kämpfen sich nur schleppend aus meinem Mund, als würden sie Chris eigenhändig das Leben aushauchen.

Entsetzen breitet sich auf seinen Zügen aus. »Unmöglich. Das ... wie ...?«

Das Licht der Hoffnung verliert an Intensität und droht zu erlöschen. Nein, das kann ich nicht zulassen. Damit hätte die Wahrheit genau das Gegenteil von dem erreicht, was sie hätte sollen. »Aber jetzt, da du weißt, was passieren wird, kannst du es ändern.« Ich nehme eine blonde Strähne und spiele mit ihr. »Du kannst leben.« Chris senkt die Lider, blickt auf meine Finger, die mit seinem Haar spielen.

»Wir werden uns nie wiedersehen.«

Die unausweichliche Tatsache ausgesprochen zu hören, macht sie nur noch schmerzlicher. Trotzdem nicke ich. »So scheint es.«

Die Erkenntnis, dass wir keine andere Wahl haben, lässt kaum zwei Sekunden auf sich warten. Eine Träne kämpft sich aus Chris' Augenwinkel. Ich wische sie mit dem Daumen weg, atme tief durch und richte mich auf. Ein letztes Mal drehe ich mich um mich selbst, betrachte die Dunkelheit, die uns eingekesselt hat und unaufhörlich näher rückt. Egal, was sich ihr in den Weg stellt, sie löst es in Rauch auf und lässt es verschwinden. Sogar die Sonne ist verblasst und existiert nur noch zur Hälfte. Ein Sinnbild meiner Seele, sobald ich in meine Zeit zurückgekehrt bin. Trotzdem strahlt sie tapfer vom Himmel und schenkt Wärme und Hoffnung. Genau wie sie müssen wir stark sein. Die Geschichte muss hier nicht enden. Zumindest nicht für uns beide.

»Wir haben keine Wahl«, sage ich und sehe zu Chris, der noch auf dem Boden kniet. »Es ist unsere einzige Chance, lebend aus der Sache zu kommen.«

»Aber ...«

»Nein, wir müssen zurück. Wir können nicht einfach alles hinter uns lassen. Es gibt Menschen, die auf uns zählen, darauf warten, dass wir zurückkehren. Ohne dich ertrinkt Caspar ... willst du das?« Ich appelliere an Chris' Sinn, das Richtige zu tun, werde auf keinen Fall zulassen, dass er hier stirbt. Um meinen Schmerz und die Trauer kann ich mich später kümmern.

»Du hast recht«, flüstert er und erhebt sich. Ich drehe mich weg und verschränke die Arme, um mich zusammenzureißen. Eisern drücke ich die Hände gegen die Rippen und beiße auf meine Lippe. Einige Sekunden später spüre ich Chris' Körper, der sich an meinen schmiegt. Er drückt mich fest gegen seinen Brustkorb und bricht damit die Barriere. Ich kann nichts gegen die neuen Tränen tun.

Im Angesicht des Todes sollte es uns vergönnt sein, einige Minuten zu zweifeln und um das zu weinen, was wir verlieren.

Die Chance zu betrauern, die sich durch unsere Liebe aufgetan hätte.

Die Familie zu vermissen, die wir nie miteinander haben werden.

Lediglich das Gefühl, zum ersten Mal im Leben mit ganzer Seele verstanden worden zu sein, wird bleiben.

Und der Kummer.

Für immer.

Ich genieße Chris' Wärme und lehne mich zurück. Er streicht mit der Wange über mein Haar, liebkost es. Träumerisch schließe ich die Augen und stelle mir vor, was hätte sein können und niemals sein wird. Sehe uns in einem Haus mit zwei Hunden und fünf Katzen. Vielleicht hätten wir Kinder.

»Dieser Moment, er wird nie vergehen. Wir tragen ihn für immer im Herzen«, flüstert Chris in mein Ohr. Trost streichelt mein gebrochenes

Herz, schnippt dann mit dem Finger dagegen und bricht es endgültig in tausend Teile.

Alles, was bleibt, sind diese letzten Sekunden. Ich drehe mich in Chris' Armen, bette mein Kopf an seiner Brust und drücke meine Lider fest zu.

Bitte, lieber Gott, bitte. Hilf uns. Es muss eine Möglichkeit geben. Irgendwie. Selbst wenn ich im Augenblick nicht weiß, ob eine Beziehung zwischen uns funktioniert hätte, verliere ich den besten Freund, den ich auf dieser Seite der Welt habe. Er stand bei mir in den schwersten Stunden des Lebens, hat niemals auch nur eine Sekunde an mir gezweifelt. Es schmerzt, jemanden derart Besonderes zu verlieren.

»Juli, es wird Zeit. Die Finsternis ist nah.«

Widerwillig löse ich mich von Chris, umklammere fest seine Hand und werde sie um keinen Preis loslassen. Nicht, bis es vorbei ist. »Wir könnten einfach abwarten. Irgendwann verschlingt sie uns«, sage ich und deute auf die dunkle Wand.

»Nein, wir wissen nicht, was geschieht. Möglicherweise lösen wir uns auf, leiden Höllenqualen.« Ich wusste, dass er das sagen wird. Es war lediglich ein weiterer kümmerlicher Versuch, dem Unvermeidbaren aus dem Weg zu gehen.

»Und was dann? Ich werde dich nie im Leben verletzen«, stelle ich klar.

Chris zieht etwas aus seiner Tasche und beinahe erwarte ich eine Pistole oder etwas Ähnliches. In seiner Hand liegt eine kleine Phiole, die mich an flüssiges Glück aus den Harry-Potter-Büchern erinnert. Was würde ich jetzt dafür geben, alles zu schaffen, was ich mir vornehme? Mein Leben, denn genau darum geht es.

Verwirrt ziehe ich die Stirn kraus. »Nein, danke, ich habe keinen Durst.«

Chris lacht. »Das werde ich vermissen. Das ist kein einfaches Getränk. Es wird uns umbringen.«

»Bist du sicher?«, frage ich skeptisch. Der Inhalt des kleinen Glasfläschchens wirkt unscheinbar, geradezu neutral. Wie Traubensaft.

»Ja, es handelt sich um den Saft der schwarzen Tollkirsche. Ich hoffe nur, dass es schnell gehen wird.«

Tollkirsche – der Begriff sagt mir etwas, aber ich kann mich nicht erinnern, wo ich ihn schon einmal gehört habe. Es spielt keine Rolle.

Im schlimmsten Fall wird sie uns umbringen und das ist genau das, was wir erwarten.

»Na dann, auf geht's«, sage ich.

Chris zieht das Fläschchen weg, als ich danach greifen will. »Warte.« Er überbrückt den letzten Schritt zwischen uns und umarmt mich fest. »Es gibt vieles, das ich dir sagen möchte.«

Ich weiß genau, was er meint. Mein Herz schreit danach, ihn für immer festzuhalten, auch wenn es das Letzte ist, was ich tue – und das wird es sein.

Er drückt mir einen Kuss auf den Scheitel. »Ich werde dich bis ans Ende meiner Tage lieben, vergiss das niemals.«

Mein Puls beschleunigt sich und droht, das lebenswichtige Organ aus meiner Brust zu schleudern.

»Niemals! Ich liebe dich.« Die Worte kommen mir leichter über die Lippen, als gedacht. Es ist die Wahrheit. Ich habe mich in Chris verliebt. In sein Lachen, seine Weisheit und seinen unerschütterlichen Glauben an mich.

Chris schiebt mich ein kleines Stück von sich und küsst mich beinahe um den Verstand. Er muss nichts weiter sagen. Ich spüre ihn, seine Empfindungen mit jeder Faser meines Körpers. Einige Sekunden länger und ich hätte vergessen, wo wir sind und was wir vorhaben.

Nicht daran denken, ermahne ich mich. *Vergiss die Konsequenzen, Juli. Nur für einen Moment.*

Ich muss die Gedanken zurückdrängen, ansonsten zerbreche ich. Und dafür haben wir keine Zeit. Die Dunkelheit prescht voran, scheint von Nahem genauso undurchdringlich wie in der Ferne. Sie ist keine zehn Meter entfernt und Panik breitet sich in mir aus.

Aufmunternd lächelt Chris mich an. »Alles wird gut.« Seine Stimme zittert und ich greife nach der Phiole, die er mir entgegenhält. Hoffentlich wirkt die Flüssigkeit schnell, ich will auf keinen Fall sehen müssen, wie Chris direkt vor mir stirbt. Erneut bitte ich das Schicksal, uns beide unbeschadet in unsere eigene Welt zurückzuschicken, dann schaue ich Chris in die Augen und nicke.

»Los.« Trotz meiner Worte halten wir einen Moment inne, schauen uns an und verankern uns im Herzen des anderen. Unsere Geschichte ist untrennbar verbunden, auch wenn sie hier endet. Wir werden einander nie vergessen, jede weitere Entscheidung wird durch unsere Erfahrungen zusammen in dieser Welt beeinflusst werden. Es gibt keine Zukunft ohne Vergangenheit, egal, wie diese ausgesehen hat. Gestern und heute sind die Basis für morgen. Das Wissen, dass es dem anderen gut geht, wird uns über Wasser halten.

»Chris.« Ein letztes Mal – das schwöre ich mir – fahre ich mit meinen Fingern über seine Wange. »Pass auf dich auf.«

»Das werde ich, weil ich weiß, dass du lebst, egal, wo.«

Die Zeit ist gekommen. Ich sehe das Gebräu in dem Fläschchen an, als wäre es giftig – was es ist – und schließe die Augen.

Manchmal träume ich, wie ich sterbe. Diese Variante war nie dabei. Wer denkt auch daran, sich selbst zu vergiften?

»Stopp«, hallt es durch die Dunkelheit und ich reiße meine Lider auf.

Was war das?

DAS MIT DER WAHRHEIT IST SO EINE SACHE …

Chris steht immer noch neben mir, er ist es nicht gewesen, der gerufen hat. Er hat die Augenbrauen zusammengezogen und die Stirn in Falten gelegt. Verwirrt blicke ich mich um. Die Stimme kam von überall, zumindest schien es so.

Vor uns teilt sich die Dunkelheit. Karge Erde erscheint und ein endloser Weg öffnet sich. Sollen wir ihm folgen? Augenblicke vergehen, ziehen sich zu einer kleinen Unendlichkeit, die wir unschlüssig vor der Öffnung stehen. Die Finsternis hat angehalten. Offenbar sind wir nicht länger Teil ihres Speiseplans.

»Was sollen wir tun?«, frage ich und meine Worte versinken ungehört in der Erde. Stille liegt über uns und ich schaue zu Chris. Wie versteinert hält er meine Hand. Seine Finger klammern sich um meine und drücken mir das Blut ab. Ich folge Chris' Blick und sehe – rein gar nichts.

»Chris?« Er reagiert kein bisschen und ich bekomme es mit der Angst zu tun. Schweiß bricht mir aus und ich blinzle mehrere Male, weil schwarze Punkte meine Sicht behindern. Habe ich Chris verloren? Nein, seine Brust hebt und senkt sich. Irgendetwas fesselt ihn, nur was?

»Er kommt«, flüstert Chris und ich erschrecke mich zu Tode, weil seine Stimme nahezu tonlos und leer klingt.

»Wer?«

»Spürst du es nicht?«

Einen Moment horche ich in mich, versuche zu ermitteln, was Chris fühlt, das mir verborgen bleibt. »Nein?«

Ich verenge die Augen zu Schlitzen und versuche, etwas in der Ferne zu erkennen. Der Druck um meine Finger nimmt weiterhin zu und ich kneife die Lider zusammen. Nachdem ich sie wieder geöffnet habe, offenbart sich mir immer noch dasselbe: ein endloser leerer Weg.

Nein, halt.

Eine Kleinigkeit jedoch passt nicht, zerstört das Bild der ewigen Leere. Keine zehn Meter vor uns bewegt sich die Luft. Es scheint, als gäbe es eine Störung. Als würden sich zwei identische Wirklichkeiten übereinanderlegen. Ich blinzle, vermute eine optische Täuschung, doch je näher das Wesen kommt, desto mehr spüre ich eine Präsenz, die mir die Nackenhaare aufstellt. Das Gefühl lässt sich kaum beschreiben. Aber manchmal, wenn man durch eine Menschenmenge geht, weicht man aus, ohne zu wissen, wieso. Genau so geht es mir. Ich will zurückweichen, wegrennen und vor etwas fliehen, das mir verborgen bleibt.

Was ist das? Gott?

»Nicht ganz, Schätzchen«, hallt es abermals durch die Finsternis. Je näher sie kommt, desto mehr verdichtet sich die Luft, wird zu Nebel und schließlich zu Rauch. In der Mitte des Weges materialisiert sich ein fliegender schwarzer Umhang, der bis zum Boden reicht und eine unsichtbare Gestalt umhüllt.

Chris bewegt sich einen Schritt auf die Präsenz zu und lässt meine Hand los. »Caspar?«

»Caspar?«, echoe ich.

Ein Lächeln ziert Chris' Gesicht und er wirkt unglaublich glücklich. »Du bist gekommen, um uns zu retten.«

»Was geht hier vor?« Jetzt fasse ich Chris am Ärmel und halte ihn zurück. Offenbar sieht er etwas vollkommen anderes als ich.

»Ist schon gut, Juli. Das ist mein Bruder.«

Verwirrt fahre ich mir mit den Händen über die Augen. Noch immer sehe ich lediglich den Umhang, der vor uns schwebt. »Was bist du? Was willst du?«, schreie ich beinahe. Panik schlägt ihre Krallen in mich und ich klammere mich an Chris.

»Kannst du es nicht erraten?« Die Worte kommen von überall, umgeben mich und schließen sich um mich wie eine nasse Decke. Ich schaudere.

»Raten? Es wäre einfacher, würdest du uns deinen Namen direkt verraten.«

»Einfacher? Vielleicht. Aber wo bliebe da der Spaß?«

»Spaß?« Entrüstung tropft von meinem Ausruf. Wut kocht in mir hoch.

»Caspar?« Chris klingt unsicher.

Das Cape schwebt näher und ich weiche einen Schritt zurück, ziehe Chris mit mir.

»Nein, ich bin nicht Caspar, gleichwohl ich für dich so aussehe.«

Irritiert mustere ich den Umhang. »Und für mich bist du eine schlechte Kopie von Doctor Stranges Cape? Verstecken sich die Avengers irgendwo in der Finsternis?«

»Du siehst zu viel Fernsehen, Juliane. Nun gut, das führt uns wohl kaum weiter. Ich gestatte euch drei Fragen«, echot es und ich lache.

»Wie großmütig.«

»Ja, ich weiß.«

Na, super. Wer auch immer vor uns steht, an Ego mangelt es ihm kein bisschen.

Der Umhang flattert. »Drei Fragen.«

»Wieso siehst du wie mein Bruder aus?« Chris' Arm hat wieder Gefühl bekommen, liegt nicht länger bewegungslos in meiner Umklammerung. Entschuldigend sieht er mich an. Wir hätten uns absprechen sollen. Trotzdem verstehe ich, dass er eine Antwort braucht. Würde meine Mutter vor mir stehen, ginge es mir genauso.

»Es steht mir nicht zu, das zu beantworten. Die Antwort findest du in dir.«

Ich schnaube. »Geht das die ganze Zeit so? Dann bring uns besser direkt um.«

»Von Anfang an mochte ich dich, Juliane. Dein Humor, deine Schlagfertigkeit, die Kraft, mit der du Probleme löst, und vor allem dein unerschütterlicher Glaube an das Gute und deine Hoffnung, die niemals versiegt.«

Die Worte lassen mich hellhörig werden. Das Wesen behauptet, kein Gott zu sein. Woher kennt es mich also?

»Ist das deine Frage?«, hallt es durch die Umgebung und ich schrecke auf. Mit hochgezogenen Augenbrauen sehe ich zu Chris, der so ratlos aussieht, wie ich mich fühle.

»Du hörst Gedanken?«, will ich wissen, ohne mich dem Wesen zuzuwenden.

»Ist das nun eine Frage? Denkt daran, ihr habt lediglich drei. Wählt weise.«

Wie soll man weise wählen, wenn man weder etwas über sein Gegenüber noch dessen Absichten weiß? Es macht keinen Sinn, länger darüber zu philosophieren. Alles kann uns weiterbringen – oder nichts. Diese Frage ist genauso gut wie jede andere, deswegen nicke ich. Gleich darauf schüttle ich den Kopf. »Halt.« Ich kann mir die Antwort selbst geben.

»Kluge Entscheidung.«

Gerade noch mal die Kurve gekriegt.

»Du liest unsere Gedanken«, spreche ich das Unglaubliche aus. Leider wird es dadurch nicht greifbarer. »Da wir meine Intelligenz damit geklärt hätten: Wo sind wir?«

Chris schweigt eisern. Er scheint mit der Tatsache zu kämpfen, dass sein Bruder – oder eben nicht – vor ihm steht. So würde es jedem gehen. Trotzdem brauche ich ihn.

»Alles gut?«, flüstere ich, obwohl ich weiß, wie sinnlos das ist. Das Wesen hört uns so oder so. *Gedankenlesen ist echt fies,* denke ich extra für ihn.

»Aber nützlich«, lacht die Luft, während Chris etwas murmelt, das mich wahrscheinlich beruhigen soll. Er schenkt mir ein unsicheres Lächeln und ich streiche ihm mit dem Daumen über den Handrücken.

»Was glaubst du, wo ihr seid?«

»Ernsthaft? Du beantwortest das mit einer Gegenfrage?« Wut breitet sich in mir aus, vertreibt die Angst und würde den Umhang am liebsten in die Waschmaschine stecken, nur um den Schleudergang unendlich lange laufen zu lassen.

»Nette Idee, aber ich lehne ab.«

»Raus aus meinem Schädel«, kreische ich.

Das Cape schwebt näher. »Nah dran, Christoffer, nur nicht ganz.«
Mein Kopf ruckt rum. »Was hast du gedacht?«
»Ich bin deine Theorien durchgegangen.«
»Das Jenseits«, mutmaße ich und Chris brummt bestätigend. »Wie kann man nur halb im Jenseits sein?«
»Du musst lernen, besser zuzuhören, Juliane. Ich sagte: nah dran.«
Ich verdrehe die Augen. »Das hab ich schon verstanden.«
»Juli, es bringt nichts. Wir müssen dieses Spiel mitspielen. Ob wir wollen oder nicht. Es scheint mir eine bessere Möglichkeit zu sein, hier rauszukommen, als das Gift.«

Chris hat recht. »Nun gut. Das Jenseits können wir ausschließen. Aber es muss etwas Ähnliches sein. Der Himmel?«
»Wäre das nicht das Jenseits?«, echot es amüsiert und ich kann meine Wut kaum mehr kontrollieren. Mein Mund ist schneller als mein Verstand und die Worte sprudeln über meine Lippen.

»Weißt du, ich finde es ziemlich ungerecht, dass ich mich mit einem Umhang unterhalten muss, während du genau weißt, wer vor dir steht.« Hoffentlich erinnert sich das Wesen daran, dass es meine Art vor wenigen Minuten noch gerühmt hat. Etwas sagt mir, es bräuchte nur ein Fingerschnippen von ihm und ich wäre Geschichte.

»Meine Erscheinungsform wird von anderen gewählt. In deinem Fall existiere ich allerdings nicht. Du siehst mich lediglich, weil ich das wünsche. Trotzdem hast du recht, ich bin unhöflich. Deswegen gebe ich dir einen Tipp.« Anscheinend hat er sein Drei-Fragen-Konzept aufgegeben. Vielleicht kann er aber auch nur unsere Unwissenheit keine Sekunde länger ertragen.

Vor mir verschwindet das Cape und eine Gestalt in schwarzem Anzug steigt aus einer Rauchwolke.

Einen Moment stockt mir der Atem und jedes Wort bleibt im Hals stecken. »Brad Pitt?«, krächze ich.

»Juliane, du enttäuschst mich«, sagt Brad Pitt in seiner betörenden Stimme und ich zweifle an meinem Verstand. Schon wieder.

»Siehst du weiterhin deinen Bruder?«, frage ich Chris und er bejaht. Vertrackt.

Brad Pitt kommt auf uns zu, schnippt mit den Fingern – tut er das nur, weil ich vorhin daran dachte, wie er mich schnippend verschwinden lässt? – und die Dunkelheit löst sich auf. Chris' wunderschöne Welt kommt zum Vorschein und mit ihr all die Geräusche und Empfindungen. Die Vögel zwitschern, während der Wind durch die Blätter fegt, und sogar einen Bach höre ich in einiger Entfernung plätschern. Erst jetzt wird mir bewusst, wie furchtbar still es die letzten Minuten gewesen ist.

Eine Last fällt mir von den Schultern. Leider ist Brad Pitt direkt zur Stelle und setzt sich stattdessen darauf. Metaphorisch, versteht sich.

Metaphorik – natürlich.

Joe Black.

»Der Tod«, entfährt es mir. Ehrfürchtig trete ich einen Schritt zurück und würde am liebsten ein ganzes Leben Abstand zwischen uns und Brad Pitt bringen.

»Ding-ding-ding, du hast tausend Punkte.«

»Der Tod?« Chris entgleiten seine Gesichtszüge. »Wieso erscheinst du mir als mein Bruder? Das macht ... o nein, er ist tot.«

»War das eure letzte Frage?«

Mist, offensichtlich hatte ich unrecht und er hält weiter an seinem Konzept fest.

Mein Hirn arbeitet auf Hochtouren, versucht die Dinge, die wir erfahren haben, zusammenzubringen und schlau daraus zu werden. Leider resultieren aus jeder Antwort Millionen neue Probleme, die einer Lösung bedürfen.

»Nein«, sage ich schnell. »Tut mir leid, Chris. Wir müssen zuerst mehr über unsere Situation herausfinden.« Chris nickt und ich hoffe, er verzeiht mir, dass wir diese Frage nicht stellen können. Im Moment bin ich froh über seine warme Haut an meiner. »Im Übrigen bist du uns eine Antwort schuldig. Wo sind wir? Wir sind nicht im Jenseits, obwohl du der Tod bist und es daher deine Aufgabe wäre, uns genau dorthin zu bringen.«

»Das ist korrekt. Zumindest im Ansatz. Ich mag wirklich, was du aus meinem Reich gemacht hast, Chris. Es ist friedlich und beinahe idyllisch.«

Sein Reich? Ach du große Güte. Wo zur Hölle befinden wir uns? Nein ... in der Hölle?

»Sehe ich aus wie der Teufel?« Brad dreht sich empört zu mir um und funkelt mich an.

»Keine Ahnung, ich weiß nicht, wie du aussiehst. Jedenfalls nicht wirklich.«

Der Tod nickt und ein Gefühl der Beklemmung breitet sich in mir aus. Als wäre ich gefangen, eingesperrt in einem Käfig, dem ich niemals entkommen kann. Ich muss an *Supernatural* denken, wie oft Dean dem Tod oder Toden gegenüberstand und trotzdem überlebt hat. Wir schaffen das. Das müssen wir.

Chris geht einen Schritt auf den Tod zu und ich sehe, wie dessen Gestalt sich verändert. Die dunkelhäutige weibliche Inkarnation des Todes aus der Serie, an die ich gerade gedacht habe, steht vor mir. Er liest demnach nicht nur meine Gedanken, sondern setzt sie um und wird dadurch beeinflusst. Mist, das bedeutet, ich muss aufpassen, was ich denke. Doch wie soll das funktionieren? Es erscheint mir unmöglich.

»Dein Reich?« Chris' Stimme ist fest und hat ihren Ton wiedergefunden. Erleichtert atme ich auf. Zum Glück ist der Tod inkonsequent und scheint Folgefragen, die sich aus unseren ursprünglichen Fragen ergeben, zu beantworten. Halleluja.

Der Tod streckt seine Arme seitlich in die Luft und dreht sich einmal um die eigene Achse. »Willkommen im Reich der Dunkelheit.«

Nie davon gehört.

»Du könntest wenigstens Ehrfurcht vortäuschen. Es ist unhöflich, die Arbeit anderer kaum zu honorieren.«

Schmollt der Tod gerade? Die Frau hat sich abgewandt und blickt auf die Ebene, die sich vor uns erstreckt.

»Tut mir leid«, sage ich und meine es ehrlich.

Nickend nimmt sie meine Worte zur Kenntnis. »Dieser Ort ist eine Art Wartezimmer, wenn ihr so wollt.«

Ein Hase hoppelt über die Wiese. Er ignoriert uns vollkommen und ich frage mich, ob er uns überhaupt wahrnimmt. »Wofür?«, fragt Chris schließlich.

»Rastlose und wartende Seelen.«

Ich fahre mir durchs Haar. Langsam überrennen mich die Informationen und ich bin mir nicht sicher, ob das Gift die schlechtere Wahl gewesen wäre. Sofort ermahne ich mich. Immerhin leben wir. Wir beide. »Tote?«

Der Tod nickt. »Wie kommen wir dann hierher?«

Die Erkenntnis glüht wie eine helle Glühbirne in mir und ich schließe die Lider. Dränge sie zurück. Nein. Das will ich nicht hören.

»Ja, Juliane, so ist es«, flüstert der Tod und ich bilde mir ein, Mitleid in seiner Stimme zu hören. Die Gewissheit, dass unser Suizid vermutlich umsonst gewesen wäre – zumindest für Chris – überrollt mich mit aller Macht. Ich habe es die ganze Zeit geahnt, wollte es aber unter keinen Umständen wahrhaben. Wieso muss unbedingt dieses eine Detail wahr sein? Mia und ich hatten so viele Theorien und diese eine, die mir das Herz unweigerlich brechen wird, ist wahr. Wieso? Es muss ein Irrtum sein. Tod hin oder her, das Wesen, das vor uns steht, irrt sich.

»Nein, das akzeptiere ich nicht.«

»Du hast keine Wahl.«

Chris drückt meine Finger. »Was ist denn?«

Ich schüttle den Kopf und senke ihn gleichzeitig gen Boden.

»Möchtest du es ihm sagen?« Der Tod überlässt mir die Entscheidung und ich öffne die Augen.

»Nein, du hast unrecht. Es ergibt keinen Sinn. Da sind zu viele Variablen, die nicht passen«, bemerke ich. Eine andere Lösung muss her. Diese will ich keinesfalls hinnehmen. Alleine der Gedanke reißt mich in Stücke. Mein Hirn verschließt sich komplett vor der Tatsache, die mittlerweile beinahe offensichtlich ist. Trotzdem ist der Schmerz zu groß, deswegen kann ich es weder bewusst noch unbewusst begreifen. Chris muss leben!

Der Tod kommt näher und Chris blickt mich fragend an. »Welche Variablen?«

»Mich. Was soll ich hier? Wie komme ich an diesen Ort?«

Die Hand des Tods legt sich an meine Wange. Es geht keine Wärme von ihr aus. Viel eher eine Art Energie. Ich spüre die Präsenz, aber keine Haut. »Mein armes Kind. Es hängt alles an ihm. Du bist seinetwegen in meinem Reich.«

Ich sehe Chris an, weiß, dass ich den Moment des Chaos nur hinauszögern, aber wohl kaum verhindern kann. Er muss es erfahren. Der Wind spielt mit meinem Haar, zerrt an der Kleidung und passt sich dem Sturm in meinem Inneren an.

Der Tod wendet sich Chris zu. Ihm legt er die Finger nicht an die Wange, sondern auf die Brust, direkt über sein Herz. »Die Wahrheit ist nie leicht zu akzeptieren, vor allem, wenn sie schon eine halbe Ewigkeit ungehört in einem ruht.«

Ein Kokon aus glitzerndem Licht umfängt Chris und seine Lider flattern. Die Luft surrt und scheint zu erzittern. Chris sinkt auf die Knie und zieht mich mit sich. Bevor er mit dem Gesicht im Dreck landet, greife ich nach seiner Schulter und bugsiere ihn in meine Arme. Seine Stirn liegt an meiner Brust und ich spüre seinen heftig schlagenden Puls.

»Was hast du getan?«, kreische ich.

Die Frau kniet sich zu uns und wir müssen ein seltsames Bild abgeben. »Ich habe die Tür geöffnet.«

»Wozu?«

»Seinen Erinnerungen. Er hat sie in eine dunkle Kammer gesperrt und sich hier eine neue Welt erschaffen.«

»Juli«, flüstert Chris und ich sehe zu ihm. Erleichtert küsse ich ihn auf die Stirn und drücke ihn fester an mich. »Juli, ich bin tot.«

»Ich weiß«, wispere ich und lasse endlich den Gedanken zu. Tränen laufen mir über die Haut und nur das Schicksal weiß, wo die noch herkommen, nach all denen, die ich bereits vergossen habe. »Es tut mir so leid.«

»Ich bin tot«, wiederholt Chris. »Gestorben. Vor Jahrhunderten.« Er ist in seiner eigenen Welt und ich will ihn dieser nicht entreißen. Eine derartige Offenbarung verdaut man keineswegs innerhalb eines Wimpernschlags, das braucht Zeit.

»Wieso hast du ihn nie ins Jenseits gebracht?«, frage ich den Tod und hoffe, dass wir das Drei-Fragen-Spiel hinter uns gelassen haben. Anscheinend habe ich Glück.

Sie – oder er? Wieso gibt es eigentlich keine weibliche Form des Tods? Ziemlich diskriminierend – fährt über Chris' Arm. »Ich konnte nicht. Er wollte bleiben.«

»Da hast du ihn einfach zurückgelassen?« Empört funkle ich sie an.

»Das musste ich. Es gibt Regeln. Wir sind verpflichtet, sie einzuhalten, ansonsten … Wir müssen sie einhalten.« Beinahe bedauernd sieht sie mich an und ich glaube ihr, habe keine andere Wahl.

Es kostet mich meine ganze Beherrschung, dem Tod nicht direkt ins Wort zu fallen und zu fragen, wen sie mit *wir* meint. Aber dieser Moment gehört Chris, das spüre ich.

»Ich hatte Angst vor dir und war verwirrt«, erklärt er und ich streiche ihm eine Strähne aus dem Gesicht.

Der Tod nickt. »Tote zu holen, die etwas Traumatisches erlebt haben, ist schwierig. Du bist weggerannt, um deinen Bruder zu suchen.«

»Und ich habe ihn gefunden. Jahrelang hing ich an ihm, hatte das Gefühl, ihn durch meine Anwesenheit beschützen zu können.«

»Das hast du«, bemerke ich. »Aus Briefen geht hervor, dass dein Tod ihn beeinflusste, und wahrscheinlich wäre er ohne dich niemals ein derart großer und bedeutender Künstler geworden.«

Der Tod stimmt mir zu. »Es ist wahr. Caspar hat dich nie vergessen. In jedem Gemälde steckt die Übermacht der Natur, die dich getötet hat. Er hat dich in jedem Kunstwerk verewigt. Nach seinem Tod hattest du keinen Grund, in der Welt der Menschen zu bleiben. Deswegen heftetest du dich an das erste Gemälde, das du finden konntest, und hast meine Wartehalle betreten. Hier hast du dir deine eigene Welt erschaffen. Unglaublich übrigens. Nie hat eine Seele länger in meinem Reich verweilt als du. Ich brachte es nicht über mich, deine Welt zu zerstören. Bis …« Der Tod stockt und blickt mich an.

»Bis ich kam«, vollende ich den Satz und die Frau nickt. »Wie ist das möglich? Ich lebe, oder? Und wie kann es sein, dass er gleichzeitig an dem Bild haftete und in deiner Welt ist? Wieso hast du solange damit gewartet, ihn ins Jenseits zu bringen?«

»Ganz schön viele Fragen.«

»Und es folgen tausend weitere.«

»Das glaube ich sofort«, lacht der Tod und ich komme kaum umhin, die Skurrilität der Szene zu bemerken. Wir sitzen zusammen mit dem Sensenmann – oder im Moment eher Sensenfrau – auf dem Boden im Reich der Dunkelheit, dem wir vor wenigen Minuten noch versucht haben zu entkommen.

»Zuerst: Du bist nicht tot.«

Erleichtert atme ich auf, gleich danach überkommt mich die Traurigkeit. Ich wünsche, der Tod könnte mir sagen, dass auch Chris leben kann.

»Außerdem sagte ich bereits, dass es Regeln gibt, die es einzuhalten gilt.

Mein Reich verfolgt einen bestimmten Zweck. Seelen, die nach ihrem Tod nicht mit mir kommen wollen, müssen warten. Sie hatten ihre Chance. Ich und meine Todesfeen können uns keineswegs vierteilen. Zwar sind wir mächtig, können die Zeit und das Bewusstsein beeinflussen, dennoch gibt es einen Plan, dem wir folgen müssen. Zu deiner nächsten Frage: Du stellst dir das Reich der Dunkelheit als Platz vor, der an einen bestimmten Ort gebunden ist. Doch das ist falsch. Es kann überall auftauchen.«

Okay, das verstehe ich, irgendwie jedenfalls. Chris schmiegt sich weiterhin an mich und lauscht den Ausführungen des Todes genauso gespannt wie ich. »Soweit komme ich mit, nur wieso ist es überhaupt ein Ort, der auf der Erde existiert? Denn würde er das nicht, wäre ich wohl kaum hier.«

»Gut kombiniert, Sherlock«, sagt der Tod und strahlt mich an. Ob er sich an die Sympathiepunkte, die ich offensichtlich gerade sammle, noch erinnert, wenn er mich eines Tages holen kommt? Hoffentlich. »Tote Seelen sind Zwischenwesen. Sie gehören weder zu den Lebenden noch wurden sie ins Jenseits gebracht. Das bedeutet, sie schwimmen im Nichts. Fühlen sich nirgends zugehörig. Deswegen klammern sie sich an das, was sie kennen. Eure Welt. Meist begleiten sie einen Menschen, den sie lieben. Stirbt dieser, binden sie sich an einen Gegenstand. Daran gebunden betreten sie mein Reich, weil die Menschenwelt ihnen in dem Sinne nichts mehr zu bieten hat. Trotzdem hängt ein Teil fest, bis sie von uns ins Jenseits geleitet werden.«

Vor meinem inneren Auge sehe ich mein Gehirn explodieren, als wäre eine Bombe eingeschlagen.

Der Tod räuspert sich. »Das ist viel und für die Dimensionen, in denen du sonst denkst, unvorstellbar. Ich habe es so vereinfacht dargestellt wie möglich. Glaub mir, wenn ich dir versichere, es ging ihm keinesfalls schlecht, während er hier war.«

Chris bewegt sich in meiner Umarmung, richtet sich auf und sofort fehlt mir seine Wärme. »Es stimmt. Ich hatte alles vergessen, deswegen habe ich nichts vermisst.«

»Die Wesen!«, entfährt es mir. »Sie haben wirklich keine Seele. Du hast sie dir ausgedacht, Chris. Das ist der Grund, wieso ihre Iriden für mich schwarz waren, während du sie normal sehen konntest.«

»Ja. Sobald du Chris' Welt betreten hast, konntest du sie ebenfalls beeinflussen.«

Überrascht ziehe ich die Augenbrauen nach oben. »Wieso?«
»Seinetwegen.« Mit einer Hand zeigt der Tod auf Chris.
Die Wut kocht erneut hoch. »Bitte, kannst du etwas genauer werden? Langsam habe ich genug von den Rätseln.«
Der Tod sieht mich lange an, dann nickt sie. »Chris ist dein Seelenverwandter.«
Ich breche in Gelächter aus. Leider findet den Witz niemand außer mir lustig. Ernsthaftigkeit strahlt aus den dunklen Augen, die mich mustern. »Echt jetzt? Das ist doch lediglich ein Hirngespinst der Dichter, Autoren und Musiker aller Zeiten.«
»Weit gefehlt, Juliane. Du befindest dich im Reich des Todes und zweifelst daran, dass es Seelenpartner gibt?«
Okay, wenn man es so ausdrückt ...
Ich blicke zu Chris, endlich fügt sich alles zusammen. Von Anfang an hatte ich das Gefühl, dass er mir bis auf den Grund meines Inneren sehen kann und jeden Winkel, der sich ihm offenbart, versteht. Er hat an mich geglaubt, mir Kraft gegeben und stand an meiner Seite. Aber Seelenverwandte? Das klingt endgültig und ... abwegig.
Chris mustert mich ebenfalls. Für ihn scheint das ganze plausibel zu klingen, seine Mimik strahlt weder Verwirrung noch Unglaube aus, eher ... keine Ahnung, vielleicht Zufriedenheit? Sanft berührt er meinen Arm und ich reagiere sofort. Eine Gänsehaut breitet sich über meinen Körper hinweg aus.
»Du glaubst mir nicht, obwohl du es fühlen kannst«, stellt der Tod fest. »Ihr Kinder des 21. Jahrhunderts führt einen Kampf gegen euch selbst. Es ist die schlimmste Art des Zweifels, denn der Keim steckt in eurem Inneren. Dabei seid ihr das fortschrittlichste und intelligenteste Volk, das die Erde bisher gesehen hat.«
»Ist es so abwegig? Wir gehören zusammen. Ich wusste es von der ersten Sekunde an, in der ich dich gesehen habe«, flüstert Chris. Vorsichtig fahre ich ihm über die Wange, streiche eine blonde Strähne aus seinem Gesicht und gönne mir einen Moment, um meine Gedanken zu sortieren.
»Das bedeutet, ich bin seinetwegen hier«, sage ich und erinnere mich im gleichen Augenblick, dass der Tod genau diese Worte vor einigen Minuten zu mir gesagt hat. Allerdings haben sie da noch keinen Sinn ergeben.

»Ja, er hat deine Seele – unerlaubterweise übrigens – zu sich gezogen.«

»Wie ist das möglich?«, entfährt es mir und ich ziehe die Augenbrauen nach oben. Wenn der Tod die Wahrheit sagt – und davon gehe ich aus – heißt das, dass mein Leib im Moment ohne Seele ist. Was wiederum das eigenartige Koma erklärt.

Der Tod nickt. »So ist es. Du bist im Moment im wahrsten Sinne des Wortes zwiegespalten.« Wirklich lustig. Der Tod fährt grinsend fort. »Beim ersten Mal war deine Seele zersplittert, angreifbar durch die Dinge, die du Tage und Wochen zuvor erleben musstest. Die Scheidung deiner Eltern, die Trennung von Mauro, deine beste Freundin, die dich aus dem Haus schmeißt. Obwohl du es nicht zugeben wolltest, hat es dich sehr belastet. Chris hätte dich so oder so gespürt, immerhin sind eure Seelen aus derselben Essenz. Ihr versteht euch ohne Worte, ohne dieselbe Sprache sprechen zu müssen, findet immer wieder zueinander. Oder was glaubst du, wie ihr euch verständigt habt? Intuitiv. Die meisten Worte aus deiner Zeit kennt Chris nicht, trotzdem habt ihr euch fast immer verständigen können. Eure Seelen haben für euch übersetzt und gefiltert. Ganz automatisch. Weil ihr zusammengehört.« Einige Augenblicke ist es still und ich denke über das Gesagte nach. Es macht Sinn. »Als er deine Schwingungen empfangen hat, hat er unterbewusst versucht, die Risse in deinem Inneren zu kitten. Dabei hat er dich angezogen und du bist ihm förmlich entgegengeflogen und in seiner beziehungsweise meiner Welt gelandet.«

Verwirrt schüttle ich den Kopf. Die Worte des Todes klingen surreal. Chris ist mein Seelenverwandter und er hat mich aus Mitleid zu sich gezogen.

Die Frau erhebt sich, verschränkt die Arme und wendet sich ab. »Dein Eindringen hat gegen die Gesetze meiner Welt verstoßen und so zerstörte sie Chris' Traum und verwandelte sich zurück zu dem, was sie eigentlich ist.«

Chris gibt meine Finger frei, steht auf und hilft mir auf die Beine. »Dunkelheit.«

Die schwarzen Locken wippen auf und ab, als der Tod nickt.

»Juli ist meine Rettung und mein Verderben zugleich.«

Bei so viel Ironie des Schicksals schleicht sich mir ein Lächeln auf die Lippen. »Shakespeare wäre stolz auf uns.«

Chris stimmt mir zu und mir wird klar, dass wir vorhin beinahe wie Romeo und Julia geendet wären.

Der Tod dreht sich zu uns. »Juliane, es wird Zeit. Du musst zurück.«

»Was? Nein! Es gibt tausend Fragen, die ungeklärt sind.«

»Es ist Zeit«, wiederholt der Tod und ich höre den Ernst hinter den Worten. Es wird keinen Aufschub mehr geben. Ich rücke ein Stück näher an Chris, schmiege meinen Kopf an seine Schulter, während er mich an sich drückt.

»Wie wird es weitergehen?«, frage ich. Chris drückt mich fest an sich und ich sauge jeden Moment auf, speichere jedes Detail in meiner Erinnerung und möchte nichts davon vergessen.

»Du kehrst zurück in deinen Körper.« Die Stimme des Todes ist direkt hinter mir und ich fahre zusammen.

»Das meinte ich nicht. Was passiert mit Chris?«

Er streicht mir übers Haar. »Mach dir keine Sorgen. Tot bin ich bereits, was soll Schlimmes passieren?«

Überrascht löse ich mich ein Stück von ihm und schaue ihn an. Seine Mundwinkel sind nach oben gezogen. »War das gerade der Versuch, einen Witz zu reißen?«

»Vielleicht«, lacht er und mir wird schmerzlich bewusst, wie sehr ich ihn vermissen werde. Es beginnt bereits jetzt, mir das Herz zu zerreißen. »Ich hab bei der Besten gelernt.«

»Du wirst mir fehlen«, gestehe ich.

»Eines Tages sehen wir uns wieder.«

Seine Worte reichen nicht. Ich muss es wissen. »Du wirst ihn ins Jenseits bringen?«

Der Tod nickt. »Das werde ich, höchstpersönlich.«

»Versprich es.«

»Ich verspreche niemals etwas. Aber du kannst mir vertrauen.« Wahrheit steht in den dunklen Augen und ich drehe mich zu Chris, küsse ihn, liebkose die Mundwinkel und fahre mit den Händen durch sein Haar. »Alles wird seinen Gang gehen.«

Mehr als ein Brummen bringe ich kaum zustande. Sanft lege ich meine Stirn gegen Chris' Kinn. »Wir werden uns wiedersehen.«

»Versprochen«, flüstert er.

15

**ZEIT HEILT KEINE WUNDEN.
SIE LEHRT UNS LEDIGLICH,
MIT DEM SCHMERZ UMZUGEHEN UND
AN IHM ZU WACHSEN**

»Juli, kommst du?«, schreit Mia aus dem Wintergarten. Ein letztes Mal stelle ich mir sein Gesicht vor. Das blonde Haar umspielt die Wangenknochen und bringt seine wunderschönen blauen Augen zum Leuchten. Chris grinst mich liebevoll an und meine Mundwinkel kämpfen sich nach oben. Selbst nach Monaten, die ich ihn nicht mehr gesehen habe, erscheint mir sein Bild beinahe real. Als müsste ich lediglich die Finger nach seiner warmen Haut ausstrecken, um sie darunter zu spüren. Der Tod hat Recht behalten. Nachdem er geschnippt hatte, bin ich in meiner eigenen Welt aufgewacht, nur Sekunden, nachdem man mich in den Krankenwagen geschoben hatte. Offensichtlich sind die Gesetze der Zeit auch im Reich der Dunkelheit außer Kraft gesetzt. Ansonsten hätte ich wohl kaum mehrere Stunden mit Chris verbringen können, während ich in meiner Welt weniger als eine halbe Stunde ohnmächtig gewesen war. Was auch schon zu meinem ersten Besuch passt, bei dem ich viel weniger Zeit mit Chris hatte, als Tage in meiner Welt vergangen waren. Oder der Tod wollte, dass ich genau in dem Moment aufwache. Wer weiß.

Ich verschränke die Arme vor der Brust und ziehe gleichzeitig meine dicke Wolljacke enger um mich. Trotzdem kriecht die Kälte zwischen den Fäden hindurch und legt sich auf meine Haut. Schneeflocken landen auf meinem Haar und ich strecke mein Gesicht Richtung Himmel. Der Wettergott ist uns wohlgesonnen und eine weiße Schicht überzieht die Stadt, schenkt ihr Friedlichkeit und Ruhe.

Wie das Jenseits aussehen mag? Hat es Ähnlichkeit mit der Erde? Oder eher dem Reich der Dunkelheit? Es ist ein schöner Ort, daran glaube ich fest. Seelen verbringen den Rest ihrer Existenz dort. Vereint mit ihren Partnern und anderen geliebten Wesen. Wie könnte ein solcher Ort etwas anderes als wunderschön sein?

Meine Glieder beginnen zu zittern und ich fahre mit den Händen wärmend über die Oberarme. Hinter mir höre ich Schritte und schließe die Lider. Eine Decke wird über meine Schultern gelegt und jemand zieht mich in eine Umarmung.

»Geht's dir gut?« Mia flüstert die Worte in mein Ohr und ich bin mir sicher, dass sie sich dazu auf die Zehenspitzen stellen muss. Ihre langen blonden Haare kitzeln mich und ich öffne die Augen.

»Es geht«, antworte ich wahrheitsgemäß und bin froh, mich nicht verstellen zu müssen. Mia weiß Bescheid, kennt jedes Detail und war die letzten Wochen stets an meiner Seite, hat mich und mein Verhalten verteidigt. Mia half mir, die Trauer und schlechte Laune auf das Koma zu schieben. Während Mama weiterhin daran festhielt, dass ich mich psychologisch betreuen lassen sollte, stärkte mein Vater mir den Rücken. Letztendlich konnten wir sie davon überzeugen, dass es mir den Umständen entsprechend gut geht, und anscheinend ist ihre Phase, in der sie vor meinem Koma steckte, vorbei. Sie ist wieder die Person, die sie vor der Scheidung war, lediglich ernährungsbewusster. Zum Glück hat sie aber einen Smoothie-Kurs – so etwas gibt es in der Tat – belegt und schmeißt nicht länger wahllos Gemüse in den Mixer. Halleluja.

»Auf einer Skala von eins bis zehn …«, beginnt Mia und ich unterbreche sie, weil ich weiß, was kommt. Am Anfang war es bitterer Ernst, half mir, meinen Schmerz in Worte zu fassen, mittlerweile ist es ein Running Gag. »Eine Elf.« Die Zahl beschreibt, wie sehr ich Chris vermisse. Wie sehr sich alles in mir nach ihm sehnt und wie sehr ich darunter leide, ihn verloren zu haben.

»Hey, das ist eine Verbesserung um hundert Prozent. Gestern war's eine Zwölf.«

Ich lache. »Fürs Mathe-Abi solltest du noch mal lernen.«
»Alles unter zwölf ist besser als zwölf und damit um hundert Prozent ...«
Abermals falle ich ihr ins Wort: »Lassen wir das.« Ich nehme Mias Hände in meine und drücke sie fest an mich. Ich spüre ihre Brust an meinem Rücken. »Danke. Für alles.«
»Immer.«
Einige Augenblicke stehen wir auf der Terrasse von Bellas Elternhaus, dann küsst Mia meine Wange. »Wir sollten reingehen, sie warten auf uns.«
Ich nicke. »Gib mir noch einen Moment.«
»Gut.«
Mias Wärme verschwindet und sofort fröstle ich. Unwillkürlich lassen meine Gedanken die letzten Wochen Revue passieren. Sie gleichen einer Achterbahnfahrt und ich bin froh, sie überstanden zu haben. Der Tod verfolgt mich weiterhin in meinen Träumen und lässt mich jede Nacht aus dem Bett steigen und schlafwandeln. Was längst der Vergangenheit angehörte, ist erneut bitterer Ernst. Meine Seele sucht Chris' verzweifelt und muss jeden Morgen unverrichteter Dinge zurückkehren. Zumindest, wenn man Mias Theorie nach ägyptischem Vorbild Glauben schenkt. Am Grad meiner Müdigkeit gemessen könnte sie recht haben, wobei ich auch vorher kein Morgenmensch war. Es tut gut, mit einem Menschen über die Wahrheit sprechen zu können. Hätte Mia nicht direkt, nachdem ich aufgewacht war, die Verzweiflung in meinen Augen gesehen, hätte sie mir wahrscheinlich keinesfalls geglaubt. Ich habe den ganzen Weg ins Krankenhaus geweint, geschluchzt und den Verstand verloren. Irgendwann musste der Notarzt mir etwas spritzen, weil er Angst hatte, dass mein Kreislauf versagen würde.
Danach war ich wie in Trance. Schwebte in einem Zustand zwischen Traum und Wirklichkeit. In schwachen Momenten wünsche ich ihn mir zurück, denn ich war mit Chris vereint. Andererseits muss das Leben weitergehen, das weiß ich. Ich bin es Chris schuldig. Ab einem gewissen Zeitpunkt musste ich meinen Blick in die Zukunft richten, durfte nicht länger in der Vergangenheit leben. Und eins habe ich gelernt: Egal, wie groß die Probleme sein mögen, egal, wie schwer der Dämon ist, der auf deiner Schulter lastet, die Welt dreht sich weiter. Man hört nicht auf zu atmen, nur weil man es sich wünscht. Alleine für den Gedanken schelte

ich mich. Es gibt viele Menschen, die aus ihren Familien gerissen werden, obwohl ihre Tage voller Leben steckten. Sei es durch einen Unfall, eine Krankheit oder etwas anderes. Wer bin ich, meine Zeit auf der Erde zu vergeuden, während ein Kind, ein Vater, ein Zwilling sterben muss, ohne es zu wollen? Nein, ich bin es Chris – der viel zu früh Lebewohl sagte – schuldig, jede Minute, jeden Atemzug zu genießen. Und das tue ich. Zumindest versuche ich es. Manchmal streckt die dunkle Trauer ihre Finger nach mir aus, aber ich bemühe mich, sie abzuschütteln.

»*Jesus Christ*, Juliane Gothe. Beweg deinen Arsch endlich zu uns«, schreit Nils von innen und meine Mundwinkel verziehen sich zu einem Lächeln. Ich drehe mich um und gehe durch die Terrassentür hinein. Wärme schlägt mir entgegen und ich nehme die Decke runter, lege sie im Wintergarten auf einen Stuhl. Nils wartet am Übergang zum Wohnzimmer auf mich und legt seinen Arm um mich, sobald ich neben ihm angekommen bin. Lächelnd drückt er mich einige Sekunden an sich, bevor wir zusammen in die Küche gehen. Sein blondes Haar ist ein Stückchen gewachsen und ich wuschle hindurch.

»Es ist schön, dass wir alle zusammen sind«, flüstere ich und mein Herz quillt vor lauter Freude und Glück über, als wir die Küche betreten. Ich liebe jeden einzelnen Menschen in diesem Raum und bin glücklich, sie an meiner Seite zu haben. Auch wenn wir unseren Weg nur eine Weile gemeinsam beschreiten sollten, sind es die Erinnerungen, die für immer bleiben. Die Erfahrungen, die uns ein Leben lang prägen, und die guten Minuten – wie diese –, die uns in dunklen Zeiten über Wasser halten.

Das pure Chaos herrscht im Zimmer und ich frage mich, ob es eine gute Idee war, Bella kochen zu lassen.

»Juli, du musst etwas tun«, sagt Sasa etwas zu schrill und alle brechen in Gelächter aus. Verwirrt blickt Sasa in die Runde.

»Ich bin so ziemlich die schlechteste Köchin von uns allen«, gestehe ich und Sasa ringt gespielt verzweifelt die Hände.

»Dann ist unser Schicksal besiegelt. Die Chancen stehen gut, dass Bella und Mia uns vergiften.«

Einen Augenblick muss ich an den Tollkirschensaft denken, mit dem wir uns beinahe wirklich auf diese Art in den Tod gestürzt hätten. Ob es nun funktioniert hätte oder nicht, sei mal dahingestellt.

»Hey«, ruft Mia empört und legt ihre Hände auf Sasas Hüften. »Ich bin bezaubernd, egal, was ich tue.«

Sasa lacht und küsst ihre Freundin auf die Nasenspitze. »Na klar.«

Ich schiebe die dunklen Gedanken beiseite und lasse mich von der Liebe, die durch die Luft wabert, erfüllen. Das hier ist, was zählt. Für heute und immer. Diese Momente sind es, für die ich lebe und atme.

»Nehmt euch ein Zimmer«, meint Mauro und schielt dreckig lachend zu Mia und Mona, die sich küssen.

»Neidisch?«, fragt Sasa neckend und Mauro zuckt mit den Schultern.

»Ihr könnt mich gerne mitnehmen.«

»Träum weiter«, lacht Mia und löst sich von Mona, um zurück zu Bella zu gehen.

Ich knuffe Mauro in die Seite und kassiere eine herausgestreckte Zunge. Im Hintergrund dudelt Weihnachtsmusik und Mauro schmettert den Refrain von »Last Christmas« mit einem gefakten italienischen Akzent. Lächelnd schüttle ich den Kopf und bin unbeschreiblich froh, dass wir wieder miteinander reden und die Situation zwischen uns geklärt haben. Natürlich ist nicht alles Friede, Freude, Eierkuchen, aber das habe ich nicht erwartet. Mauro hat weiterhin Gefühle für mich, die ich nicht erwidere. Damit müssen wir umgehen. Mittlerweile klappt es gut und ich gehe so weit zu sagen, dass wir irgendwann wieder beste Freunde sein können.

Für einige Herzschläge betrachte ich meine Freunde und die hässlichen Weihnachtspullis, die Bella besorgt hat. Die lustigen Elfenmützen, die sie tragen. Es ist ihre Idee gewesen, dieses Jahr den ersten Weihnachtsfeiertag zusammen zu verbringen. Die Zeit, die ich im Koma lag, hat sie nachdenklich werden lassen und ich glaube, uns allen ist dadurch bewusst geworden, was wirklich zählt. Was wichtig ist.

Sasa baut sich vor Mauro und Nils auf. Die Jungs versuchen, sich gegenseitig zu übertrumpfen und die schlechteste Imitation von *Wham!* zu liefern. Beide leisten einen hervorragenden Job und ich gehe beinahe in die Knie vor Lachen.

»Genug.« Monas Stimme lässt keinen Widerspruch zu. Ab und an jagt sie mir immer noch Angst ein. Einige Dinge ändern sich eben nie und das ist gut so. »Macht euch nützlich und deckt den Tisch. Falls die beiden nicht die Küche abfackeln, gibt's sicher bald Essen.«

»Scheiße«, ruft Bella und sieht entsetzt auf den Ofen. Wir folgen ihrem Fingerzeig und ich muss erneut Grinsen. »Wir haben vergessen, den Ofen anzustellen. Dabei braucht der Vogel da drin zwei Stunden.«

Lachen erfüllt die Luft und Bella sieht aus, als wüsste sie nicht, ob sie miteinsteigen oder weinen soll. Ich gehe zu ihr, schließe sie in die Arme und flüstere ihr ins Ohr, dass alles nur halb so schlimm ist.

»Ist vielleicht sowieso besser. Wahrscheinlich hätte uns die Pute am Ende wirklich gekillt«, meint Nils und erneut wird Gelächter laut. Dieses Mal höre ich sogar Bellas glockenhelle Nuance raus.

»Wahrscheinlich«, wiederholt sie.

Ich ziehe mein Handy aus der Tasche und rufe die Lieferservice-App auf. »Was haltet ihr von Pizza?«

Begeisterung macht sich breit und Bella zieht ihre Schürze aus. »Damit ist mein Plan B, nach gescheitertem Abi Koch zu werden, wohl Geschichte.«

»Mach dir nichts draus, wir können immer noch Müllfahrer werden«, muntere ich sie auf.

Mauro läuft mit den Tellern ins Wohnzimmer. »Dann können wir wenigstens vor dem Fernseher essen.«

Wir schicken die Bestellung ab und suchen in der Wartezeit einen Film aus. Etwas, das Mia und ich jedes Jahr nach Weihnachten zusammen sehen. Es ist sozusagen Tradition, und dieses Mal entscheiden wir uns dazu, all unsere Freunde daran teilhaben zu lassen.

Nils fährt sich durchs Haar. »*Charlie und die Schokoladenfabrik?* Den habe ich das letzte Mal vor ... keine Ahnung, Jahren gesehen.«

Das große Sofa reicht nicht für uns und deswegen sitzen Bella und ich auf dem Boden, während der Rest sich auf die Sitzfläche drängt. Nur das Essen fehlt. Um die Zeit zu überbrücken und meinen knurrenden Magen zu ignorieren, spiele ich mit meinem Smartphone rum. WhatsApp zeigt mehrere Nachrichten an und ich öffne die erste. Sie ist von meiner Mutter. Mama teilt mir mit, dass sie und Papa gut in Wien angekommen sind, und fragt mich, wie mein Abend läuft. Ich mache ein Selfie von meinen Freunden und mir und schicke es ihr. Einige Wochen nach dem Klinikaufenthalt in Stuttgart ist Papa wieder bei uns eingezogen. Meine Eltern haben ihre Differenzen und mein Vater seine Affäre über Bord geworfen.

Auf der einen Seite macht es mich glücklich, meine Eltern zusammen zu sehen, andererseits bin ich skeptisch. Papa hat Mama verletzt und ich sehe an mir selbst, wie lange Wunden brauchen, um zu heilen. Egal, wie es weitergehen wird, ich stehe ihnen keinesfalls im Weg. Sie müssen tun, was sie für richtig halten – das müssen wir alle.

Die nächste Nachricht ist von Louis. Er wünscht mir fröhliche Weihnachtsfeiertage. Erneut schicke ich das Bild von uns mit Weihnachtsmützen und in den hässlichen Weihnachtspullis. Mittlerweile ist Louis ein fester Bestandteil meines Lebens. Nach unserem Treffen und der erneuten Rückkehr aus dem Reich der Dunkelheit haben wir uns gegenseitig geholfen, durch die Tage zu kommen. Seine unerwiderten Gefühle lasten ihm schwer auf den Schultern und ich verstehe ihn gut, denn auch ich sehne mich nach jemandem, den ich nicht haben kann.

Es ist unglaublich, wie schnell sich die Dinge ändern können. Wie schnell sich eine chaotische Melodie in eine harmonische Oper verwandeln kann.

Die Klingel reißt uns aus der hungrigen Versenkung und beinahe gleichzeitig stürmen wir zur Tür. Die Pizzabotin schaut uns verwirrt an und scheint sich unsicher zu sein, ob sie beim Irrenhaus geklingelt hat.

Nahe dran, denke ich. Lächelnd nehme ich ihr die Hälfte der Kartons ab, während Bella die andere ins Innere trägt. Mia bezahlt mit dem Geld, das wir zusammengelegt haben, und gesellt sich dann zu uns ins Wohnzimmer.

Der Duft von frischem Brot und gebackenem Käse breitet sich aus und mir läuft das Wasser im Mund zusammen. Während die ersten Bilder von *Charlie und die Schokoladenfabrik* über den Bildschirm laufen, beiße ich in meine Pizza Hawaii und fühle mich rundum glücklich. Ja, ich vermisse Chris in diesem Moment und verdammt noch mal, ja, ich hätte ihn gerne neben mir. Leider ist das unmöglich. Es ist eine Tatsache, die ich nicht ändern kann. Ich kann lediglich darüber entscheiden, wie ich mit ihr umgehe. Und ich werde mich niemals von der Trauer beherrschen lassen. Sie darf ein Teil von mir sein, mich beeinflussen, aber keineswegs mein Leben übernehmen. Das werde ich nicht zulassen.

»Leute, ich liebe euch.« Bellas Stimme übertönt die singenden Oompa Loompas und ich blicke zu meiner Freundin. Sie streicht sich das rötliche Haar hinters Ohr und ich sehe eine Träne in ihrem Augenwinkel glitzern. Besorgt greife ich nach ihrer Hand und stelle den Teller mit meinem angebissenen Stück Pizza zur Seite – ja, ich liebe dieses Mädchen wirklich, würde ich sonst meine Pizza wegstellen?

»Alles okay?«, frage ich, während Mia den Film stoppt und Mauro sich gegen Bella lehnt, um ihr Sicherheit zu geben.

»Ja, alles ist gut. Ich ... keine Ahnung. Dieses Jahr hat grauenvoll angefangen und ich hatte das Gefühl, wir brechen auseinander. Zuerst haben Juli und Mauro Schluss gemacht, dann hat Mia Juli gemieden und irgendwie standen Nils und ich immer zwischen euch. Es fühlte sich an wie ein Ende. Und zuletzt dachten wir, wir würden dich verlieren, Juli.«

Eine Träne kämpft sich schließlich frei und läuft Bella übers Gesicht, bis sie im Mundwinkel verschwindet.

»Es scheint mir, als wäre ich die Variable, die immer für Ärger sorgt«, sage ich und strecke Bella die Zunge raus. Mein Witz kommt an und sie verzieht die Lippen zu der Andeutung eines Lächelns.

»Mach so etwas nie wieder«, bittet Nils und ich und mustere ihn. Selten habe ich meinen Freund so ernst dreinblicken sehen. Mir war bisher nicht bewusst, wie sehr das Koma auf ihnen lastet. »Wir hatten wirklich Angst, du könntest sterben.«

Sasa lehnt sich ein Stück nach vorne. »Oder, dass du uns in der Zeit danach entgleitest.« Selbst sie hatte Angst um mich.

Ich senke die Lider. »Es tut mir leid.«

»Nein«, wirft Sasa sofort ein. »Entschuldige dich niemals für schlechte Zeiten. Versprich einfach, uns kein weiteres Mal auszuschließen. Ich weiß, wir hatten keinen guten Start und ich gehöre erst seit einigen Wochen zu dieser Clique, trotzdem möchte ich keinen Einzelnen von euch missen.«

»Ich verspreche es«, schwöre ich und drücke Bella fest an mich. »Es tut mir leid, dass ich euch nicht miteinbeziehen konnte. Manchmal muss man Dinge mit sich selbst ausmachen, bevor man sie in die Welt tragen kann.«

»Vergiss nie, wir sind immer für dich da«, sagt Mia und zwinkert mir zu.

Ich löse mich von Bella und betrachte jeden meiner Freunde genau. »Und ich für euch.«

»Hab ich jetzt die Stimmung gekillt?«, fragt Bella schüchtern und ich lächle sie an.

»Im Gegenteil. Die Luft ist erfüllt von Liebe und das an Weihnachten. Gibt es etwas Schöneres?«

Mauro gibt leise Würgegeräusche von sich. »Gleich kommt mir meine Pizza wieder hoch. Hier ist heute eindeutig zu viel Östrogen anwesend.«

»Hast du etwa einmal in Bio aufgepasst und musst nun dein gesamtes Wissen einbringen?«, gibt Mia zurück und ich lache.

»Oder fühlst du dich in deiner männlichen Ehre angegriffen, weil ihr in der Unterzahl seid?«, schiebt Sasa hinterher.

Bella küsst meine Wange und kuschelt sich an mich, während Nils den Film wieder einschaltet und lauter stellt, weil die drei anderen sich weiterhin kabbeln.

Das Gefühl von Heimat breitet sich in mir aus. Hier gehöre ich hin, hier will ich sein. Das ist mein Platz im Leben und irgendwann, das weiß ich, werde ich meinen Seelenpartner wiederfinden. Wenn nicht in diesem Leben, dann im nächsten.

Danach

CHRIS

Juli verpufft. Sie verschwindet einfach, löst sich nicht in ihre Bestandteile auf oder verblasst, nein, ist einfach weg, als wäre sie nie dagewesen.

»Du liebst sie«, flüstert der Tod.

»Tun das nicht alle Seelenpartner?«

Traurig schüttelt er den Kopf. »Ihr seid etwas Besonderes.«

Ich mustere die Gestalt traurig. »Nicht besonders genug, um zusammenzubleiben.« Der Schmerz überwältigt mich und lässt mich zusammensinken. Ich kralle meine Finger ins Gras und versuche, mich daran festzuhalten. Es funktioniert kein bisschen. Ein Teil von mir fehlt, scheint unwiederbringlich verloren.

»Doch, ihr findet euch immer … bisher habt ihr das jedenfalls.«

Was soll das bedeuten? Zuerst sind jedoch andere Fragen wichtiger, zumal ich vermute, dass der Tod mir diese keineswegs beantworten wird. Deswegen stelle ich eine andere. »Wieso hast du mich derart lange in deiner Welt gelassen?«

Der Tod, der verwirrenderweise immer noch aussieht wie mein Bruder, erhebt sich, läuft vor mir auf und ab und ich bin mir unsicher, ob er mir antworten wird. Vielleicht weiß er das selbst nicht genau. Seine Lauferei macht die Situation kaum besser und ich lege den Kopf auf meine Knie, um mich zu beherrschen. Dann presse ich die Lippen fest zusammen. Um die Vergangenheit zu weinen ist sinnlos.

»Zu Beginn hatte ich keine Zeit«, beginnt der Tod und ich sehe auf. Er steht direkt vor mir und reicht mir die Hand. »Lass uns ein paar Schritte gehen. Ich will deine Welt noch einige Minuten genießen.«

Unsicher nehme ich die dargebotenen Finger. Es ist seltsam, meinen Bruder vor mir zu haben und gleichzeitig zu wissen, dass er es nicht ist. Es gar nicht sein kann, weil er vor Jahrhunderten gestorben ist. Genau wie ich. Die Erkenntnis bereitet mir keine Angst. Das Sterben habe ich hinter mir. Es war qualvoll, ich sehe die Schwärze, spüre die Angst, als wäre es gestern gewesen. Das Einzige, das mich schmerzt, ist, Juli hinter mir zu lassen und zu wissen, dass jeder Mensch, den ich geliebt habe, tot ist. Zugleich macht die letzte Tatsache die Situation erträglich. Sie werden auf mich warten, wo auch immer ich hingehe, dessen bin ich mir sicher. Unterbewusst habe ich meine Mutter, meinen Vater, all meine Geschwister und vor allem Casper die letzten Jahrhunderte unendlich vermisst. Deswegen glich Julis Eintreffen einer Erlösung. Sie beendete meine Einsamkeit, rief ein Gefühl in mir wach, das ich längst verloren glaubte.

»Sage ich doch, ihr seid etwas Besonderes.« Der Tod schreitet neben mir her und am liebsten würde ich einfach abhauen, ihn zurücklassen und seine Anwesenheit weiterhin ignorieren. Er hat meine heile Welt zerstört, mir genommen, was wichtig war.

»Christoffer. Wir wissen beide, dass du dich belügst. Juli musste zurück. Sie konnte auf keinen Fall hierbleiben oder mit dir gehen.«

Die Tatsache, dass er recht hat, macht mich wütend. Und hilflos. Ich balle die Hände zu Fäusten, wanke über den Rasen und kann die Schönheit, die ich selbst erschaffen habe, nicht länger würdigen. Es ist, als wäre meine Welt schwarz-weiß geworden. Sie hat ihren Glanz eingebüßt.

»Zurück zu deiner Frage. Ich konnte dich nicht ins Jenseits bringen.« Mit hochgezogenen Augenbrauen wende ich mich leicht nach links und mustere den Tod. Lügt er? Scheu schaut er zu Boden. »Es ist die Wahrheit. Du musst es mir nicht glauben, aber so war es. Erinnerst du dich, dass ich sagte, keine Seele wäre länger hiergewesen? Bisher hat es noch niemand geschafft, mich mehr zu beeindrucken als du.«

»Wie bitte?« Ich bleibe stehen, glaube kaum, was ich gehört habe. »Das macht keinen Sinn. Womit habe ich es geschafft, den Tod zu beeindrucken?«

»Dem hier.« Caspar streckt einen Arm aus und zeigt von links nach rechts. »Diese Welt sollte aus Dunkelheit und Schatten bestehen. Höchstens Erinnerungen blitzen immer wieder auf, machen die Wartezeit angenehmer oder verursachen noch mehr Leid. Aber du, du hast deine eigene Welt erschaffen.«

»Das ist unmöglich.« Auch wenn ich diese Information bereits einmal gehört habe, kommt sie jetzt erst in meinem Gehirn an. Ich bin für das hier verantwortlich, ich habe das erschaffen. Nur wie? Es erscheint mir in der Tat *unmöglich*.

»Findest du?«

Ich nehme unseren Spaziergang wieder auf, ertrage es keine Sekunde länger, in sein Gesicht zu sehen.

»Du bist wütend auf mich«, stellt der Tod fest.

»Hättest du mich nicht so lange hier festgehalten, wäre ich Juli in diesem Leben nicht begegnet. Hätte ihr all den Schmerz ersparen können.«

»Wäre dir das wirklich lieber gewesen?«

Ich schüttle den Kopf. »Nein, ich bin keineswegs so selbstlos, wie ich es gerne wäre.«

Wir gelangen an den Rand des Waldes. Die Bäume stehen dicht beieinander und Blätter rascheln im Wind. Der Tod hält an, stemmt die Arme in die Hüfte und betrachtet die Landschaft.

Die letzten Tage waren die schönsten seit Langem. Ich habe mich vollständig gefühlt, verstanden und angenommen. Selbst zu Lebzeiten habe ich das nie erlebt. Natürlich liebte mich meine Familie, aber mit Juli fühlte es sich anders an. Als wäre sie mein Gegenstück, was sie laut Tod auch wahrhaftig ist.

»Ich muss sie wiedersehen, hierbleiben und auf sie warten«, flüstere ich.

»Nein, es ist zu Ende«, sagt der Tod und ich höre ein Zittern in seiner Stimme, das er durch den undurchdringlichen Blick, mit dem er mich ansieht, zu verbergen versucht.

»Es war nach dem Tod nicht mein Ende, wieso jetzt? Wieso genau dann, wenn ich etwas habe, für das es sich zu leben und zu kämpfen lohnt?«

Der Tod wirkt aufgebracht, beinahe wütend. »Weil alles im Gleichgewicht steht. Ich kann nicht tun und lassen was ich will. Du bist tot, das ist eine Tatsache. Würde ich dich wiederbeleben, würde mein Handeln die Welten aus der Fassung bringen, sie womöglich sogar zerstören.« Echtes Bedauern spricht aus den Worten und ich lausche dem

Lied eines Vogels, es klingt grauenvoll und sofort schlägt er ein anderes an. Wie konnte mir das entgehen? Warum habe ich nie gemerkt, dass ich die Macht besitze, Dinge zu verändern?

Weil ich es nicht wollte, ganz einfach. Aber das, eine weitere Tür, die mich zu Juli bringt, das will ich. Und dafür werde ich kämpfen.

»Du bist der Tod. Willst du mir erzählen, dass du keine Gewalt über Leben und Sterben hast?«

»In der Tat, das will ich. Wie jede andere Figur auf dem Feld führt mich ein Spieler, der mir vorgibt, was zu tun ist. Natürlich bin ich mächtiger als die kleinen Bauern, aber die Königin bin ich nicht. Ich muss mich Anweisungen beugen, tun, was mir gesagt wird. Es ist meine Aufgabe, meine Bestimmung.«

Caspars Augen wirken feucht. Ist es möglich …? Vielleicht …?

Mitgefühl.

Tatsache. Es ist echt. Er fühlt mit mir.

»Ich glaube dir«, sage ich und der Tod nickt. »Trotzdem werde ich niemals aufgeben. Ich muss kämpfen, muss es schaffen und zu ihr finden.« Meine Entschlossenheit kennt keine Grenzen und selbst wenn es aussichtslos erscheint, kann ich nichts unversucht lassen.

Der Tod legt mir eine Hand auf die Schulter und sein Gesichtsausdruck verändert sich. Er wirkt entrückt, als würde er etwas hören, das mir verborgen bleibt. Sein Blick geht ins Leere, während er den Kopf schieflegt und immer noch lauscht, dann erhellt sich seine Miene und ich schöpfe neuen Mut. Eine Gänsehaut überzieht meine Arme, wartet auf die Worte, die Erlösung oder Verderben bringen können.

»Die Entscheidung ist getroffen«, flüstert der Tod. »Es gäbe da eine Möglichkeit.«

Danksagung

Ihr seid am Ende!

Endlich.

Na, hoffentlich denkt ihr das nicht. Hihi.

Trotzdem seid ihr am Ende, zumindest der Geschichte, aber einige Minuten eurer Aufmerksamkeit brauche ich noch, denn jetzt kommt der wichtigste Teil – die Danksagung. »Mach was Kreatives, werde Autorin, das kannst du«, hat meine Mama gesagt, als ich mich auf ein Medizinstudium beworben habe und drölfzig Wartesemester hätte warten müssen. Wie anstrengend, schwer und nervenaufreibend das wird, DAS hat sie nicht gesagt. Deswegen zuerst ein fettes Danke an meine Familie. Dafür, dass ihr mich unterstützt, meine manchmal zweifelhaften Fragen und Ideen hinnehmt, sogar eine Lösung für all meine Plotholes mit mir sucht. Ihr seid die Besten, ihr seid meine Seelenpartner. Ich liebe euch. Bis ins Reich der Dunkelheit und wieder zurück – der Tod kennt mich, der lässt uns sicher wieder gehen. ;)

Beste Freunde sind schwer zu finden, deswegen geht ein fuchstastisches Danke an Max Beißwenger. Weil auf jedes meiner »könnten wir das nicht so machen« ein »klar, gib mir ein paar Minuten« von dir folgt und das immer und zu jeder Zeit. Du bist der Beste.

So ein Buch schreibt sich nicht von alleine, auch wenn man das immer denkt. Viele Freunde und Kollegen sind daran beteiligt, sind Ideen-Geber oder Schurken-Vorlagen.

Letzteres ist natürlich nur ein Witz.

Vielleicht.

Zuallererst muss ich meine Autoren-Therapiecouch erwähnen. Ihr hört euch jedes Wehwehchen an, lästert mit mir über dies böse und gemeine Branche und baut mich auf, wenn ich mal wieder alles für totalen Humbug halte. Danke, dass ihr meine Geschichten unlektoriert, unüberarbeitet und vollkommen roh lest, euch mit mir in die Charaktere verliebt und mir ungeschönt sagt, was ihr davon haltet. Das weiß ich zu schätzen. Merci, Ina Taus, meine Seelenschwester, Mirjam H. Hüberli, mein Schreibbuddy und Kerstin Ruhkieck, meine Ratgeberin, ihr seid der Wahnsinn.

Katharina B. Gross hat mir netterweise ihre Band 5Minutes aus ihrem Roman »Lovesongs for Alex« (nicht ich – oder doch? :D) geliehen und ich bin wirklich glücklich darüber. Bananas und Pizza Hawaii for President. Danke für all die Stunden, die wir Ideen gesammelt haben, danke für die amüsanten Gespräche. Wer Juli übrigens wiedersehen will, sollte mal in »Lovesongs for Alex« schauen. Es lohnt sich, versprochen.

Kerstin Polly – wie immer! Nicht, weil ich es muss, sondern, weil du es verdient hast. Danke fürs Anlehnen. Fürs Verstehen und Dasein. Und wehe, du kaufst mein Buch. Du weißt doch, sonst mag ich dich nicht mehr. Oder war's andersrum? :P

Ein Topf voller Gold geht an Rebecca Rossow, ohne die Chris Chucks und Lederjacke getragen hätte. Danke für deine Hilfe, was die Kleiderwahl im 18. Jahrhundert anbelangt. Hoffentlich müssen wir niemals eine Schnürbrust tragen. Hehe.

Margarita, Sophia und Silke: euren Augen entgeht nichts! Danke fürs Fehlersuchen. Fühlt euch fett gedrückt.

Weiter geht's mit den lieben Bloggern und Buchmenschen, die mich immer auf meinem Weg begleiten. Ich nenne hier keine Namen, weil das den Rahmen sprengen würde. Aber seid euch meinem Dank gewiss.

Weiterhin geht ein dickes Danke an meine Lektorin Kerstin Ruhkieck, meine Korrektorin Lillith Korn und das Team vom Drachenmond Verlag. Dieses Buch wäre nicht halb so geistreich, fehlerfrei und wunderschön, hättet ihr es nicht auf seinem Weg begleitet. Muchas Danke.

Der größte Dank gebührt wohl meinem Kunstprofessor, der mich mit seinem künstlerischen Orgasmus erst auf diese Idee gebracht hat.

Ihre Vorlesungen waren mir immer die liebsten, auch wenn ich ihre Ausführungen manchmal nicht nachvollziehen konnte. Danke.

Genauso eine wichtige Rolle wie mein Kunstprof hatten mit Sicherheit die Bands, die ich in der Playlist erwähne. Danke für eure Musik. Danke für eure Kreativität. Danke, dass ihr immer für mich da seid, niemals Fragen stellt, sondern mich stets in den Arm nehmt – metaphorisch, versteht sich.

Zuletzt danke ich dir, lieber Leser. Ohne dich würde es dieses Buch überhaupt nicht geben. Danke, dass du mich unterstützt, die Geschichte gelesen und sie damit ein Stück zum Leben erweckt hast. Ich hoffe, ich konnte dir damit einige schöne Stunden bescheren. Thanks from the bottom of my heart.

Jetzt hab ich deine Zeit wirklich genug beansprucht, aber wenn du noch fünf weitere Minuten erübrigen kannst, würde ich mich freuen, wenn du mich durch eine Bewertung, ein Bild auf Instagram, einen Beitrag bei Facebook oder die gute alte Mundpropaganda – die positive Form davon! – unterstützen würdest. Gerne kannst du mir auch einfach so schreiben. Entweder auf Facebook, Instagram oder meiner Homepage: www.alexandra-fuchs.net.

Hat dir die Zeichnung im Buch gefallen?
Der wunderschöne Wald ist von Mirjam H. Hüberli.
Weitere Arbeiten findest du auf ihrer Homepage:
www.mirjamhhueberli.com

NACHWORT
– ERST AM ENDE LESEN –
SPOILER!!! – ERNSTHAFT!!!

Hast du das Buch wirklich bereits gelesen? Ja? Gut, dann darfst du weiterlesen.

Nein? Dann aber schnell zurück zum Anfang. Ernsthaft, du machst dir sonst das ganze Lesevergnügen kaputt. (Und ehrlich, ich lese sonst auch immer das Ende zuerst. :D)

Wer meine Romane Straßensymphonie und Sturmmelodie kennt, der weiß, dass ich gerne bereits vorhandene Motive nehme und sie neu aufarbeite. Die letzten Male habe ich mich bei Märchen bedient. Dieses Mal hat es mir eine historische Figur angetan. Caspar David Friedrichs Gemälde habe ich schon in meiner Schulzeit bewundert und während dem Studium wurde er einer meiner liebsten Künstler. Er ist nicht nur einer der wichtigsten Vertreter der Romantik in Deutschland, sondern schafft es meiner Meinung nach unglaublich gut, eine bestimmte Atmosphäre einzufangen. Jedes Mal, wenn ich vor einem seiner Bilder stehe, habe ich das Gefühl, ganz klein zu sein. Deswegen habe ich mir eins seiner Bilder als Projekt im Kunstwissenschaftsseminar ausgesucht. Bei der Recherche bin ich auf seine Lebensgeschichte gestoßen und fand diese derart interessant, dass sich sofort eine Geschichte in meinem Kopf gesponnen hat.

Allerdings habe ich nur ein Detail übernommen. Christoffer, Caspars Bruder hat ihn wirklich gerettet und ist dabei selbst ums Leben gekommen. Der Rest – Chris' Aussehen, seine Ansichten, seine Vorstellungen – sind frei erfunden und entspringen komplett meiner Fantasie. Einige Dinge wurden dabei von den wirklichen Konzepten dieser Zeit und gängigen Lebensvorstellungen inspiriert. Auch, dass Caspar David Friedrich an Depressionen gelitten hat, ist mittlerweile nahezu sicher und geht aus verschiedenen Aufzeichnungen und Briefen hervor. Ob diese aber wirklich der Tatsache geschuldet sind, dass sein Bruder für ihn gestorben ist, ist unklar und umstritten.

Ich hoffe, ich bin den Charakteren gerecht geworden und konnte euch einen kleinen Einblick in die Welt um 1770 vermitteln.

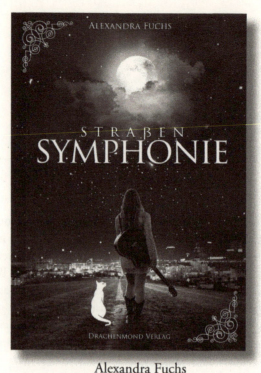

Alexandra Fuchs

Straßensymphonie

ISBN: 978-3-95991-179-5, kartoniert, EUR 14,90

Seit dem Tod meines Vaters hatte sich alles verändert.
Eine Bühne betreten und singen –
das würde ich nie wieder können, dessen war ich mir sicher.
Doch dann kam er. Wirbelte alles durcheinander
und brachte die Katze in mir zum Fauchen.
Gestaltwandler hin oder her, für mich war er nur ein räudiger Straßenköter.
Doch seine Band brauchte dringend eine neue Sängerin –
und ich jemanden, der mir dabei half, die Musik wieder zu spüren.

Alexandra Fuchs
Sturmmelodie
ISBN: 978-3-95991-184-9, kartoniert, EUR 12,90

Wer hilft dir, wenn du Gefahr läufst, dich selbst zu vergessen?
Lizzy, die junge Wandlerin, lebt im Rat der Wandler und absolviert ihre Ausbildung
zur Krigare. Sie soll zusammen mit dem Adelsgeschlecht der Grimm
ihre Art beschützen und alles dafür tun, dass Wandler und Menschen in Frieden
leben können. Doch Lizzy hat nicht nur mit ihrer neuen Aufgabe zu kämpfen,
sondern auch mit den Schatten ihrer Vergangenheit.
Einziger Lichtblick sind ihre Freunde. Und da ist auch noch der gutaussehende Harry,
der ihr nicht nur bei der Ausbildung immer zur Seite steht und ihr Herz höher schlagen lässt.
Doch als einer der Professoren des Rates verschwindet,
beginnt eine gefährliche Reise, in deren Mittelpunkt sich Lizzy plötzlich befindet …

Du brauchst Lesenachschub und hast Entscheidungsschwierigkeiten, möchtest dich überraschen lassen oder wünschst Empfehlungen? Da können wir helfen!
Wir stellen für dich ganz individuell gepackte Buchpakete zusammen – unsere

Drachenpost

Du wählst, wie groß dein Paket sein soll, wir sorgen für den Rest.

Du sagst uns, welche Bücher du schon hast oder kennst und zu welchem Anlass es sein soll.
Bekommst du es zum Geburtstag #birthday
oder schenkst du es jemandem? #withlove
Belohnst du dich selber damit #mytime
oder hast du dir eine Aufmunterung verdient? #savemyday
Je mehr wir wissen, umso passender können wir dein Drachenmond-Care-Paket schnüren.
Du wirst nicht nur Bücher und Drachenmondstaubglitzer vorfinden, sondern auch Beigaben, die deine Seele streicheln. Was genau das sein wird, bleibt unser Geheimnis ...

Die Wahrscheinlichkeit ist groß,
dass sich das ein oder andere signierte Exemplar in deiner Box befinden wird. :)

Wir liefern die Box in einer Umverpackung, damit der schöne Karton heil bei dir ankommt und als Geschenk nicht schon verrät, worum es sich handelt.

Lisan bringt das kleinste Drachenpaket zu dir, wobei *klein* bei Drachen ja relativ ist. € 49,90
Djiwar schleppt dir in ihren Klauen einen seitenstarken Gruß aus der Drachenhöhle bis vor die Tür. € 74,90
Xorjum hütet dein Paket wie seinen persönlichen Schatz und sorgt dafür, dass es heil bei dir ankommt – und wenn er sich den Weg freibrennt! € 99,90

Zu bestellen unter www.drachenmond.de